刘玉萍 著

家书

企业管理出版社
ENTERPRISE MANAGEMENT PUBLISHING HOUSE

图书在版编目（CIP）数据

家书 / 刘玉萍著 .—北京：企业管理出版社，2023.2（2023.6 重印）
ISBN 978-7-5164-2780-4

Ⅰ. ①家… Ⅱ. ①刘… Ⅲ. ①书信集－中国－当代 Ⅳ. ① I267.5

中国版本图书馆 CIP 数据核字（2022）第 238037 号

书　　名：家书
书　　号：ISBN 978-7-5164-2780-4
作　　者：刘玉萍
策划编辑：侯春霞
责任编辑：侯春霞
出版发行：企业管理出版社
经　　销：新华书店
地　　址：北京市海淀区紫竹院南路 17 号　　邮编：100048
网　　址：http://www.emph.cn　　电子信箱：pingyaohouchunxia@163.com
电　　话：编辑部 18501123296　　发行部（010）68701816
印　　刷：河北宝昌佳彩印刷有限公司
版　　次：2023 年 2 月第 1 版
印　　次：2023 年 6 月第 2 次印刷
开　　本：710mm × 1000mm　1/16
印　　张：25.25 印张
字　　数：300 千字
定　　价：98.00 元

家书抵万金

1. 文字·生涯

从本质上说，我们的每一次阅读都是一次发现。阅读玉萍的作品也是，我有一种惊喜，那久违的真朴、久违的亲切，润物无声地打湿了我。

知时节的雨是好雨，知人心的字是好文字。

身为玉萍初中时同窗、大学时校友、工作时同事的我，一直知道玉萍是喜欢文字的女生（即使与她同事时她已近五十，但她用文字抒情的状态一直像刚满十八）。身为教师，她把文字作为传递爱的精灵，不断地在学生的周记本、作业本上及会场的讲话稿里留下爱的路标。

这次是我第一次阅读玉萍这么多的文字，许久没有体验这种被优秀文字浸润后的愉悦了。说许久没有，一是说充满了真情、充满了人性之善之美的作品太少了，二是说走过人生的风风雨雨之后，我的心已堆积了世俗的灰尘，很难轻易被什么打动，感时不再溅泪，别时也不惊心。

此刻，我却被玉萍对生活、对生命、对教育的理解与爱点亮。

即便在城市的喧闹，在人生的喧嚣中，我也可以感受到她内心的宁静、淡泊。宁静致远，宁静使生命有了高度，登高望远，才会发现，生命里最美的风景，生命最高尚的品质依旧在我们的生活中。

像风一样，像阳光一样，像爱一样。

于是，在给天中恩师、给女儿晴晴的文字中，作者以生涯为缘，以自我为镜，以审视的目光，希望重塑人类在物欲风暴中塌落的良知城墙，让人性的天空永远星光闪烁。这种自我审视、自我剖析，使她的文字充满炽热的情感。

因生涯课与天中老师结缘，因生涯规划为学生导航，因生涯感悟为女儿写满情书，其实写尽的是玉萍自己的生涯态度、人生高度。生也有涯，玉洁无瑕。

2. 故事・心新

玉萍用心去读人、读山、读史。以江河养眼，以历史养心。

人生对于她是一本书。从前，她是一个读者。此刻，对于女儿，她是一个作者；对于本高（本溪高中）的孩子，她是一个作者；对于天中老师，她是倾诉者，也是一个作者。

我们从朴素又热烈的文字里，读出一个教育工作者的本高情结，读出她的本高故事、本高高度。从一千零一夜的故事，到彩虹故事，到生涯缘故事，从 1993 年至 2016 年，从 2016 年至 2019 年，从 2019 年至 2022 年，本高故事越来越清晰生动。有些故事我曾亲身经历，有些故事是本高人接续，纵有千难与万险，本高“新”流永向前。这是心新教育“心与新”相爱的故事。因为爱，因为对教育事业的眷恋，才有了事业的厚重，才有了她的思考，才有思想像叶一样长出来。她的所思所闻所想，都是本高之树上的露珠，源自教育的厚重底蕴。

无论对于人生，还是对于教育事业，她都是一个思想者。所有的思想者都是孤独的。小隐于市。大隐于史。独行本身就是一种超越，是对世俗的超越和对人类精神的渴盼，是一种过程。人生的许多美丽，尽在这一过程之中。

心新相印，她心赴山海，新赋华章。

3. 家书·家国

尽管不是烽火连三月，但是家书真可抵万金。

无论是在写给老师，写给家长，写给女儿，还是写给孩子们的文字中，我们能够感受到作者的家国情怀。

熟悉但是斑驳的日子，在她的字里行间穿行。对于她的生活，我是熟悉的；对于她的叙述，我也是熟悉的。熟悉的地方没有风景，不是风景不在，而是心不在。有太多的文字，写作者是走进情感世界却拒绝走出来，从文字中，能读出的只是写作者个人的情感经历。一次情感的月缺月圆，只是原生态地呈现，没有思考，缺少发现，凋敝的情感废墟上空荡荡的，只有几朵云影飘过。

如果个人的经历不能升华为人类共同的精神财富，那么他的经历只能是个人的一段经历，是没有冶炼的矿石，与读者无关，与世界无关。只是山坡上一朵花的开放，枝头上一声鸟的鸣叫，与春天无关，与世界无关。

我们一次次看见水的波动，一次次感受阳光的温暖，但是，只有从七色虹上，从阳光在雨滴的折射之中，我们才认识了世界的另一种美丽。

与“老龙王”相约十年又十年；与二姑相约七九到九九；与天中老师三年前不期而遇，三个月相约而至；与学生相约 2049。这相约是家书，更是家国。倾听与陪伴，呵护与成长，赞美与微笑，尊重与信任，激发与唤醒，享受与分享，感恩与行动，孝亲与报国……玉萍通过书信在疗愈自己，快乐自己，成长自己，这也成为我们的信仰。

家书温婉，家国烈烈。她的文字所带给我的就是一次折射，是思想在生活上的折射，是生命的虹，灵魂的虹。

4. **瓶子·品质**

世界很大，我们很小。

我们只是一个空瓶子。

如果我们不能够装满对这个世界的理解、爱与善良，无论活多久，我们只是一个空瓶子，对于我们自己没有任何意义，对于这个世界没有任何意义。

于是，对于我来说，对于玉萍来说，这本书都是有价值的。这本书的价值，就是让每一个读过的人拥有更多高贵的品质，就是让每个人都带着爱与善意，更美好地度过这宝贵的一生，快乐且有意义！

张喜忠

2022 年 6 月 22 日于海南

张喜忠，华东师范大学澄迈实验中学校长，海南省优秀共产党员，全国五一劳动奖章获得者，享受国务院政府特殊津贴专家，正高级教师。

爱事业犹如爱家庭

一代人有一代人的表达方式。

在称为现代的今天，在短信、微信和各种短视频充斥的全媒体时代，还有人会用写信的方式表达自己吗?

当看到这部书的文稿的时候，我猛然想起了《傅雷家书》。这流行于20世纪的家书，在密密麻麻的文字中传递着父子的爱和对生活的理解、对艺术的追求。这部书曾经是那个时代最凝重的表达。当时，我们在表面化的高喊中体验到内心深处最柔情的表达。这部书因此风靡一时。

半个世纪过去了，当从书架的最高层翻出《傅雷家书》，放下手机、关上电视，静静地读几页的时候，才发现，我们的心是可以静下来的，唯美的文字与真情才是人类最宝贵的东西。当读者与我一起看到本书这些文字的时候，希望能与我共同体味文字与真情所带来的美。

一位华侨大学的教授，一位高级中学的教师，因工作而结缘，便有了这跨越万水千山的“鸿雁传书”。当然，作者不会再用最古老的方式去完成，但电子文字并不会影响真情的流露和对生活的热爱。

想问问大家，谁还记得邮票的样子、信封的样子?更重要的是，我们有多久没有给亲人写信了?

遍布我们生活的网络，随手而为的信息传递，让我们少了些许写信的庄重与敬畏。在网络铺天盖地的时代，人们之间的交流更加便捷，方式更加多样，但在字里行间却发现我们的真情似乎变淡了，我们很难从便捷的交流方式中感受到生之快乐。

现代人已经不会像我们的前辈那样难于将“爱”说出口。在“爱”字泛滥的时代，谁会分得清哪个爱是事业的、哪个爱是家庭的呢?

好在这里写得清楚：爱事业犹如爱家庭。

当我们把对生活的热爱投入到工作中，“相约星期二，家校一家亲”就变得如此地契合；当我们对待家庭犹如对待终身热爱的事业，“姐妹”情深、母子情怀就变成了人生指南。

而《家书》就成为点滴生活的记录、对事业的表白、以爱相望的倾诉。

有什么比这更快乐的呢!

生涯！生而有涯。有限的生命中能有多少是关于成长、成熟、成功的记录，又有多少是关于消沉、低迷、无奈的记载?我们从少年到青年、从青年到中年、从中年到老年，在体味生活况味和人生有涯时，是否给自己留下过快乐的痕迹?

快乐才是人生的调味料。本书字里行间，处处都可感受到快乐的痕迹。在与天中教授的“家书”中，处处都是感恩、相约、健康、成长。在与女儿的“姐妹”情深中，处处都是珍惜、善良、自信、幸福。“所有的日子，所有的日子都来吧，让我编织你们……”著名作家王蒙在青年时代对生活的渴望与向往之情，在这里都有。

在与长辈探讨事业的时候，充满着家庭情愫，是一个弱女儿对父辈的请教，是一个后学者对前辈的仰慕，犹如一杯淡茶的余味。在与女儿讨论学业的时候，充盈着对事业的执着，是一位刚母亲对女儿的抚慰，是一个过来人对后辈的点拨，犹如一杯咖啡的苦味。

一切都是这样自然而然，该来的不推，该走的不追。

我们何尝不会羡慕这样的生活呢?

追寻人生中每一个节点的快乐。生活的快乐来自对事业、对家庭、对他人、对自己的态度。文字中渗透出来的关于爱和感恩的美好体验，水到渠成的实现，都是快乐的源泉。

在追寻人生的过程中，谁会拒绝不期而遇的美好呢!

当我们面对消沉、打压、无助、无奈的时候，不妨抬起头看看天，远方有诗，脚下有路。我们把这些集合成册，时常点缀心灵、放飞生命、体味生活，不亦乐乎?

忝列文字间，是为读后感悟。

辽宁省本溪市归国华侨联合会主席　苏东

2022 年 7 月 20 日于本溪

二十年后再相会

与玉萍书记相识相知，源于我在教育系统工作了20多年。2003年秋天，本溪市委宣传部和市教育局组织全市特别突出的10名师德标兵、优秀教师赴厦门学习考察，那时的我在市教育局工作，是这次活动的领队。这是一次“重视人才有待遇”的学习考察，也是一次快乐之旅、难忘之旅。玉萍就是其中的一员，她热情、热心、快乐、灵动，感染着我们一行人，被我们亲切地称为“蓝精灵”。也因这次旅行，我与玉萍结下了深厚友谊。虽然我离开教育系统十年了，但我们没有“断联”，也相互关注着彼此的成长与发展。

近日，她给我发微信说，黄天中教授鼓励和催促她，让她把日积月累的教育心得、体验和关于爱的点点滴滴结集出版，并表示想让我作序。

我当时的反应是，“怎么会选到我作序呢？！”我又惊又喜，忙问她原因，她说是庞校长推荐的，这一理由让我心中窃喜，因为庞鸣嵘校长是我十分敬重的、有影响力的教育专家。她还说了几条让我作序的理由，就这样，《家书》电子版给我发过来了。

好家伙，文稿近500页，20多万字！无论是“工作篇”，还是“生活篇”，都是娓娓道来、充满真情，是真正的“爱”的教育分享，也由于我的教育情结，产生了很多共鸣。细细品读，时时感动，泪光盈盈。不禁感叹，“做玉萍的学生是多么幸福啊”，真是“一举一动皆有爱”。也是品读到此时，我有了为此书作序的些许压力和小小折磨。

与黄天中教授的家书，与女儿的家书，处处真情实感，充满大爱情怀。正如黄天中教授给玉萍回信时写的那样：“玉萍，你是最棒的！”“教育本身就是一种良心事业，而你知行合一地把爱给了你的家人、你的学生！这就是最可贵的，这就是为什么你的每一封家书都格外珍贵和温暖。”

读完了一遍，再读一遍，常常眼睛温热，时时被感动包围！欣喜、欣慰、骄傲、祝福一起涌上心头！总的感受是：

百封家书，通篇大爱，

真情流露，娓娓道来。

生涯故事，家国情怀，

天中恩师，一路花开！

玉萍书记，百封家书，哲思小语，佳句频出。比如：“教育是唤醒的艺术，是慢的艺术，是需要等待的艺术。”这契合了木心先生的《从前慢》：

“从前的日色变得慢，

车、马、邮件都慢，

一生只够爱一个人。

从前的锁也好看，

钥匙精美有样子，

你锁了，人家就懂了。”

这是怎样祥和安宁的场景啊！

玉萍书记身体力行慢的教育艺术，期望生活多些慢：慢出真诚、慢有力量、慢是艺术、慢才从容，从前慢，喜自然，真憧憬。

又如：“在生涯教育领域没有专家，每一个有大爱的人都可以是生涯导师，每个人都是自己生命问题的专家。”“只要全心全意地为生活、为工作付出自己承受范围之内的努力，就可以问心无愧了，结果如何也就不那么重要了。”这样高度的认知，这样平和无求的心境，是玉萍的“水到渠成”，也愿一切美好与她“不期而遇，如约而至”。

据我了解，这些年她默默地付出，得到了学生、学生家长、教育同仁及社会的普遍赞誉！真是“学生有你，何其幸运！本高有你，何其幸运！教育有你，何其幸运！”

毕业于本高，工作于本高，从教30年，一生只做一件事！作为辛勤的园丁，她热爱本高，深爱家乡本溪的热土！

是啊！作为生长、生活、工作在本溪的一员，我们深爱这片土地！希望她越来越好！青山绿水，细水长流！我们有责任，奋发有为，激情担当！建设家乡，无怨无悔！像玉萍一样，“每一天都走在热爱里”，“相信时间的力量，相信爱的力量”。受这“深沉爱”的感染，耳畔响起艾青的诗句：

“为什么我的眼里常含泪水?

因为我对这土地爱得深沉！”

玉萍写到与父亲离别时：“我就像一个任性的孩子一样蹦着脚哭，要是没有好朋友拽着，我就想坐在地上打滚哭。”

提到婆婆时：“因为工作忙碌、身体和情绪等各种原因带来的任何照顾不周，都不是我的本意。我们共同努力，加油幸福，让大街上每一个不相识的人，一眼看去，都感觉我就是您的女儿！”

聊到女儿，更是满满当当情真意切的爱与嘱托！

对父亲是真挚的爱，对婆婆是温馨的爱，对女儿是细腻的爱，字里行间还看到了玉萍和爱人之间“一争吵就喊停”的爱情模样。人的一生能够保持内心的通透，活出真性情来，这是最高级的自由。读此《家书》，感到玉萍“知世故而不世故，历圆滑而弥天真；善自嘲而不嘲人，处江湖而远江湖”。

在这里，送上对玉萍书记的祝愿：

愿你如陶渊明，“结庐在人境，而无车马喧”。

愿你如陶行知，“捧着一颗心来，不带半根草去”。

愿你如季羡林，“都以为我是闷老头，其实我是一生放纵爱自由”。

愿你如杨绛，“我和谁都不争，和谁争我都不屑”。

愿你如自己，“深受黄天中教授大爱情怀的感染，把爱当成一生的志业，愿往后余生做一个发现美、传递爱的始终温暖的志愿者”。

一转眼，因教育结缘的厦门之旅，已经过去二十年了。二十年后很荣幸品读了玉萍的《家书》，见证了一个初心纯粹的师德标兵在三尺讲台一方净土的坚守，很感动，也非常欣慰。祝福青山绿水围绕的本溪的教育永远可持续发展，祝福玉萍深爱的本溪高中永远是成人世界里的童话、山城人民的福祉、孩子们成人成才的摇篮！

是为序。

孙诚

2022 年 7 月 16 日于辽宁省本溪市文联

爱的缘起和见证

——我与玉萍书记的生涯缘

2016 年，因为负责组织全国高中学生发展指导联盟第二届年会，我和刘书记相遇。当时印象并不深刻，模糊记得有一天，她作为学员为了了解我们学校如何开展家校联动工作，和我有过短暂的交流。

2019 年，我和刘书记一起作为分享嘉宾参加了黄天中老师在厦门举办的生涯研讨会，但各自的时间有限，也没来得及深入地交流。

2021 年，因为黄天中老师要建立一所没有围墙的生涯大学的心意，我们这些有缘的生涯人再一次聚集到一起。我们一起参与了专门为中学生涯老师录制视频公益课的活动。每次黄天中老师说到和玉萍书记的生涯缘的时候，总是会提起我是缘起人和见证者。

这次，有幸收到玉萍书记的邀请，给她的《家书》写个序。我非常开心地看见了一个中学生涯老师、一个爱的志工这么多年的坚持和坚守。同时，我也更加深入地了解了玉萍书记在中学一线兢兢业业的付出。当时在 2016 年，她向我询问如何开展家校互动工作，回去后就马上投入到“相约星期二，家校一家亲”平台的建设和维护中。如今，通过六年的坚守，其已成为学校

“心新党建”品牌工程。由此，我想到这个时代并不缺少懂道理的人，先进的教育理念从古至今从未缺失，但是我们缺失行动者和践行者，缺少对每一件小事都精益求精的坚守者。

黄天中老师始终对我们这些一线的教育工作者给予激发、唤醒和鼓舞，同样让我深受感动。这些年来，我和玉萍书记一样在中学一线做管理工作，每当我遇见困难的时候，黄天中老师作为生涯榜样，以及天中小语“没有抱怨，只有面对”，都会给予我无限的力量，支持我努力克服困难，迎接挑战。因此，也借此机会由衷地表达对黄天中老师的感恩之情，期待着玉萍书记的《家书》可以给更多的生涯志愿者带来启发和鼓舞，祝福黄天中老师没有围墙的生涯大学早日建成！

北京师范大学附属实验中学顺义学校校长　杨文芝

2022 年 7 月 27 日于北京

爱的传承和流动

——我和刘老师的生涯缘

刘老师是我高三的班主任，虽然只教了我一年，但对我的影响最大。在小学六年级的时候，我就想长大后当一名老师，后来高三遇见了刘老师，我觉得她就是我理想中老师的样子。

印象最深刻的是她第一周结束时让我们写周记，希望通过这种方式，增进大家彼此的了解，交流感情。刘老师在每个学生的周记后面都用心写了很长的回复，我也因此有了倾诉的渠道。在整个高中时期感觉很自卑和缺爱的我，通过这样的方式，得到了关注和鼓励。

“有的时候，你倾其所有地给予爱，对拥有很多爱的孩子来说只是满溢出的那一份；而那些成长过程中缺少爱的孩子，你给予一杯水的温暖，他会当成自己的海洋。”“年少的时候，很少有人能够成熟到不依赖外界的评价来认可自己，尤其是来自老师的评价，所以老师的一句话、一个眼神、一个动作可能真的就影响到孩子的一生。”这些话是在我也成为老师后，刘老师分享给我的班主任经验总结，她鼓励我用自己的行动去更好地爱护每一个学生。

当年的我就是那个缺少爱的孩子，特别珍惜老师的鼓励，至今还珍藏着老师在周记上写给我的那些激励人心的话语。刘老师总是能够了解每个学生的性格特质，用善意去理解和洞悉背后的诉求和渴望，所以这样的老师，我们真心喜欢。

高中毕业后，我考上了一所师范大学，毕业后成为南方小镇上的一名中学老师。2014 年暑假，我回老家看望父母，一个傍晚，偶遇了刘老师，我们留下了彼此的联系方式。自此以后，通过读刘老师的文章和工作日志，刘老师再一次对我的职业生涯产生了很大影响，她启发我在教书的工作中更加着眼于唤醒和激发，践行“教育是灵魂对灵魂的吸引，是人与人之间的影响”。

以至于 2019 年 6 月，听刘老师说要去厦门参加培训学习，我马上请假，欣然前往。厦门的经历让我深受感染、感动，更感恩和黄天中老师的相遇！三天的培训学习都是从早上 8 点开始到晚上 11 点才结束，这让我意识到每个领域都有一批痴迷的人，身在其中，我感到非常荣幸和自豪！两位老师都用自己的榜样力量告诉我：“爱，不是用嘴说感谢，而是用心去传承，去付出，去行动。”2020 年，我申请去新疆支教一年半，这也是在这份大爱的影响下的一种传承，刘老师却说我是在帮她实现心愿。

其实，刘老师对我的影响不仅仅是在工作中，更是在生活上。每当我因为各种琐事感到疲惫和困扰时，看看老师的文章，我的心灵总会得到净化，困惑也就找到了答案。“孝亲至上，情谊为重。借助每一个节日，彼此表达爱，看见爱。”作为平凡人的喜乐，“就是在每天平淡的生活里找到一些智慧的瞬间，时时在凡俗的日子发现一些美好的事物，并把这份发现分享给身边的人”。

司马光曾说：“经师易遇，人师难遭。”能传道授业的老师很多，但真正能为人师表，育人也育心的老师并不常见。我想，能遇到这样一位老师，是我人生最大的幸运。如今，希望老师写的这本书能够让更多的人像我一样得到启发和洗礼，努力把这种温暖和力量传递下去，去成为最优秀的自己，去创造属于自己的美好生活！

江苏省昆山市第二中学英语教师　李丽

2022 年 7 月 2 日于昆山

爱的倾听与疗愈

——我与黄天中老师的生涯缘

“美好的事情发生了，却是不期而遇的，这就是缘。”我在遥远的北方小城和黄天中老师相遇，缘起就是“三年前的不期而遇，三个月的相约而至”的故事。

2016 年深秋，我在北京师范大学附属实验中学参加全国高中学生发展指导联盟第二届年会，会后有黄天中教授的工作坊。所谓不期而遇，就是说那是我第一次参加生涯方面的学习，第一次知道老师的名字。还记得第一天晚上，上课上到了九点半，七十多岁的老师全程站立讲课，而且还给我们准备了免费的讲义。老师提出了“人为什么活着，我活着为了什么”这个问题，而这正是我从年轻的时候就一直在思考的。我被他激情洋溢的状态所感染，仿佛自己再次回到活力四射的青春时光。因此，第二天我鼓足勇气找老师合影，没想到老师非常愉快地答应了我的要求。

当时是我坚守思想政治课堂的第二十三年，正在为未来的生涯选择而纠结和犹豫。听了黄天中老师的课后，我再次思考了自己对未来的期待和年轻时候的心愿。受到老师说的“立即行动”的鼓舞，那一年我做了人生中重要的决定——不再坚守思想政治课堂，而是转到生涯教育和心理教研，为孩子们的心灵成长提供有意义的帮助。

这一晃就是三年，三年来从未和黄天中老师有过任何联络和交集，只是在心里默默地做着，告诉自己我是爱的志工。从2016年到2019年，我针对家长建立了“相约星期二，家校一家亲”微信群，每周都进行主题分享和互动；学校启动了荒废很久的心理咨询室，每周都开展心灵陪伴和倾听活动，两个校区都建立了专门的心理教室。心理教研组已经开发了自己的生涯教育校本课程，并在我的带动下，开启了全新的上课模式，所有的班主任老师都兼职生涯教师，生涯课成为孩子们最期待、最喜欢、最能感受到欢声笑语、又能在体验中得到启发的课堂。

2019年春天，又是一次机缘巧合，办公室主任给我发了一份生涯学习的会议通知。我打开随意浏览着，但一瞬间就因看到黄天中老师的名字而惊喜不已。原来在东北大学主办的生涯研讨会上有黄天中教授的主题分享，当下我就决定前往，去和老师当面说一声感谢，以及汇报一下我三年来的工作。

在东北大学的会场上，恰巧有个互动环节，邀请听众表达自己的感受。我第一个举起手并一路小跑到台前，用了五分钟左右的时间表达了三年前的不期而遇给我的生活和工作带来的影响和变化。会后，天中老师对我说：“三年了，时间有点久，三个月后在厦门有个研讨会，你记得去参加呀。”

三个月的如约而至，恰巧是高考后，时间、地点和期许如此地吻合。在厦门，我参加了黄天中老师的体验式全程生涯的研讨会，还做了《遇见自己，预见未来》的主题分享。就在那次研讨会后的交流会上，天中老师和众多的生涯老师们说：“你看玉萍老师和学生在一起开心的样子，一举一动都是爱。”那一瞬间，我感到自己多年来的辛苦付出被看见，为此感动不已。

因此，从2019年6月21日，也就是我从厦门回来后的第三天开始，我每个月会给天中老师写一封信，汇报我的工作和生活。这是感激，更是回应，也激发我的生涯自力不断涌流。尤其是 2020 年春天，我被组织信任，担任了本溪高中的党委书记，肩上的担子更重了。我们学校作为“成人世界里的童话，孩子们成人成才的摇篮，山城人民的福祉”，是这个城市的名片，而这荣誉的背后就是无所不在的压力和责任。我忽然间感觉好多好多的人都需要我的爱与鼓励，而我在那些迷惘和焦虑的时刻也需要一个倾诉的通道。

每当这样的时刻，我都会找远方的天中老师倾诉，而他总是会在我倾诉后对我说：“玉萍，你是最棒的，我以你为荣。”“你的真就是你最宝贵的优势。”“你这样真诚地对待家人、对待学生、对待每一个人，真的特别难得，你是有大爱的人。”……这些鼓舞人心的话语在老师那里说得那么真诚，以至于我都慢慢相信自己就是那样的人，尽管我知道其实有很多的时刻，我也像小女孩一样孤独和脆弱。

之所以把当初对天中老师表达感激也是自我疗愈的家书出一本书做分享，主要是因为老师在带状疱疹带来的神经痛的日子里，还在惦记着给中学老师录制生涯教育视频课，以及一直怀抱着建立一所没有围墙的生涯大学的心愿。老师希望我们的生涯缘故事可以鼓励更多的人，在双向奔赴的感恩和倾听里，在付出爱的行动里，成为真正快乐的生涯人。

如果我的分享真的可以带来这样的影响，如果爱真的可以穿越时空，无限地扩展，无限地荡漾，让爱的涟漪带来更大的波纹，让更多的人激发出自己的生命自力，每一天都向阳生长，活出自己本自具足的生命状态，也带给世界以阳光般的暖意，那么，我和天中老师的心愿就一并在这样的温暖中实现啦！

再次深深地感恩黄天中老师给予我的倾听和陪伴，感恩此刻阅读的您的倾听和陪伴！

刘玉萍

2022 年 6 月 27 日于山城本溪

目录

第一部分 工作篇

与黄天中老师的家书

给天中老师的第 1 封信：三年前的不期而遇，三个月的相约而至

亲爱的天中老师：

我在家中的书桌前，想起您拿着汉堡却迟迟不能入口，因为您一直在微笑着耐心回答老师们的问题。我在内心一直默默地希望您快点停下讲话，赶紧先把午饭吃了。就在这个时候，您环顾四周后冲着沉默的我说："刘老师就是一个有情怀的老师，你看看她和学生在一起开心的样子，一举一动都在爱。"那一瞬间，我被您的看见打动，心里有好多话想说，却什么也没有说。

如今，拿到了这个用心和爱制作的"生涯缘"笔记本，想起了天中老师的话——**一举一动皆有爱，一时一刻都生涯**。那么，我对自己生命故事的记录和对您的倾诉就都可以是生涯教育的资源。我被激励、被点燃的力量，就是最好的生涯自力。

回来的当天晚上，打开网络课程，听了陆丹老师的见面课，把截图发到群里，结果激发了那么多老师学习的热情。也许**好多人内心里都有爱的种子，需要水和阳光的滋养**。也是在那个瞬间，在老师中开展课程的学习的念头被激活。夜深才睡，醒来的时间竟然是凌晨三点半。我迫不及待地打开手机，给"智慧树"的杨惠老师发了微信，做了申请。

最好的谢谢是传递，真正的爱就是要付出行动。我想这些话支持着我每一天每一刻对自己、对家人、对朋友、对同事、对学生以及世界上有缘相遇的陌生人付出爱，这样才能真正成为您心目中的生涯人。

写这一封信，距离与您分别只有短短的三天，也算是对"三年前的不期

而遇，三个月的相约而至”的故事的一个美好回应吧。我想和您汇报的事情有很多。2019 年 6 月 23 日将举行毕业典礼，我第一次提出了可以穿正装出席的建议。毕业典礼的最后一个环节是老师和学生们一起歌唱《我和我的祖国》，我希望在以后的每一次大型活动上孩子们都能感受到在祖国母亲怀抱里的温暖和自豪。集体学习的名单我已经上报给“智慧树”沈阳地区的课程负责人。我在一点点地将老师的理念落实到实际的工作中，每一点一滴的进步都让我非常开心。

从 2019 年 6 月 9 日开始，一路从西安到厦门再到上海，从生活到工作，从家人到师长到朋友，这十几天的时光异常充实忙碌，虽然有些许疲劳却感到万分幸福喜悦。

此刻的我已经进入了工作模式，陪伴孩子们参加清华大学的宣讲会。宣传片上关于“传承”的故事再次让我心动，我心里暖暖的，想要流泪。

从“一”开始，生发无限的可能和希望。

从“我”做起，传递美好的信念和梦想。

慈悲服务，爱在当下。

玉萍敬上

2019 年 6 月 21 日夏至

Popular element

21/04/2019

Light induscry The new fashion

2016年秋天，在北京师范大学附属实验中学和黄天中老师第一次不期而遇；2019年春天，在东北大学和黄天中老师久别重逢。

2019 年 6 月，如约与黄天中老师在美丽的厦门相见。我们在黄老师的办公室里继续美好的生涯缘！

生涯缘故事一：爱的延续和传递

2019年夏天，得知我要到厦门参加黄天中老师组织的生涯研讨会并有发言，2001年毕业的老学生李丽跟随我一起来学习。我们时隔近一年再次相遇，特别开心。

“美好的事情发生了，却是不期而遇的，这就是缘。”黄天中老师的这句话说得真好。我的好朋友珠珠有一年从厦门归乡，我们在本溪千金沟有个聚会。在千金沟的路边乘凉的人群中，我看见冲着我高兴打招呼的李丽。那时候，我已经记不得她的名字。自此不期而遇后，我才知道一年的师生情一直被她珍藏着。

2017年，我带着婆婆去苏州，她在朋友圈里看见我的信息，便和爱人、孩子驱车从昆山赶来，请我们吃饭，陪我们逛苏州新区，还特意满足我的文艺情结，领我去诚品书店。

2018年夏天，我到上海看女儿，我和爱人一起被她盛情邀请去昆山，并在她的家里住了一晚。在我，这是万分麻烦，过意不去；在她，却是一直念念不忘，满心欢喜。

这次又是仅仅因为朋友圈里的消息，她特意请假，跟随我前来学习。她贴心陪伴着我，还一直说我给予了她美好的影响。她也一直深受黄老师的影响，后来还到新疆支教了一年半，也算替我实现了我多年前就有的心愿。

长大后她就成了我，这样的感觉好幸福呀！爱不需要说谢谢，需要的是传承。如果说我真的影响到亲爱的她，相信她也会将爱一直延续下去。

2019 年 6 月 15 日

玉萍心语

- 一举一动皆有爱，一时一刻都生涯。
- 好多人内心里都有爱的种子，需要水和阳光的滋养。
- 最好的谢谢是传递，真正的爱就是要付出行动。

给天中老师的第 2 封信：一次充满爱与感恩又融入家国情怀的毕业典礼

亲爱的天中老师：

我今天特别激动，本来不想打扰到您的眼睛，但是确实是难以抑制兴奋的心情。在今天的毕业典礼上，我非常激动，眼泪一直在脸上流淌。

当七十多岁的当年我的数学老师（他退休后一直在传达室工作）被邀请上台，全场响起最热烈的掌声的时候，我激动得想要和您分享；当视频里播放祖国 GDP 的增长变化并一直预计到了 2049 年的时候，我激动得想要和您分享；当全场合唱《我和我的祖国》的时候，我激动得想要和您分享。这是充满了爱与感恩又融入家国情怀的一次毕业典礼，而这一切都是因为您的引领和示范。

下午，我们在学校等候高考的成绩。上次分享的时候我说，在我们这个对高考成绩非常关注的小城市，成绩关系着孩子们的前途和命运，也关系着家长是不是配合我们的教育理念。**如果学校的各种活动确实激发了孩子们的生涯自力、生命内力的话，好成绩一定是水到渠成的。**我特别想要证明这样的理念，所以我很期待我们今年的高考成绩。

现在成绩揭晓，我们常规重视的各项指标都特别特别好，我们实现的是从顶点到底面的全面丰收呀！那一刻，我感到内心有种尘埃落定的安宁，以后我就可以更加放心大胆地将您的理念落实到每一个社团活动和每一次集体活动中，每一天每一刻我都可以勇敢去做，而不用有更多的惶恐和担心。

我想如果老师知道万水千山之外，您的影响力正跨越时空，您的内心一定也是开心愉快的吧，那么我的打扰也就特别有意义了吧！

玉萍敬上

2019 年 6 月 23 日

天中老师给我的回复

玉萍书记：

看完了你的信，我很受触动……也让我，就算是眼睛在“流汗”吧！

从你的信中，我感受到了一位中学教育工作者的情怀、信仰和坚持。

你唤醒了很多孩子，你激活了很多孩子……在集体活动中，你把体验式全程生涯教育糅入了。

一方面为你们今年优异的成绩而高兴，另一方面也为你们今年把一位资深且又退而不休的老师请到毕业典礼上而开心，这是非常非常有意义的。

这位七十多岁的老师仍在学校服务，相信他的内心是快乐的、踏实的。

谢谢玉萍书记，祝贺你取得教育成就，向你致敬！

天中敬上

2019 年 6 月 23 日

生涯缘故事二：难忘的毕业典礼

难忘的毕业典礼，难忘的一千零一夜的尘埃落定，令我特别开心。

门卫卢师傅，食堂乔叔，保洁张阿姨，还有我的高中数学老师——退休后一直坚守在传达室的孙老师，都被请到了典礼的第一排，并接受了孩子们的感恩和鲜花。这是这么多年来坚守陪伴的孙老师第一次受到这种礼遇，作为他的学生，我特别开心。

如果我们的每一次活动都能够激活和唤醒孩子们的生命内力，那么好的成绩一定是水到渠成的。这是我的理想和信念，今天得到了证明，我特别开心。

我希望，以后的每一年每一月每一天每一刻，都特别开心。

我和为学校服务了五十年的我高中时代的数学老师孙佰祥老师在毕业典礼后合影。

如今已经在海南开启新的教育旅途的张喜忠校长（右一），在2019届毕业典礼上把最好的位置留给默默奉献的本高英雄们。

玉萍心语

➢ 如果学校的各种活动确实激发了孩子们的生涯自力、生命内力的话，好成绩一定是水到渠成的。

给天中老师的第3封信：在付出爱的过程中疗愈自己、快乐自己

亲爱的天中老师：

虽然七月份才刚刚开始，可是我总感觉心里有很多话想要和您分享。遗憾齐齐哈尔之行未能同行，但是我每天都关注着群里的信息，为老师在黑龙江省教育厅组织的会议上得到认同而感到高兴，更心疼您的奔波与忙碌，也内疚没能作为志愿者做点力所能及的事情。

6月29日上午收到信息，说清华大学的培训改期。想到7月1日、2日有我提议举办的“闪亮的日子”青年教师庆祝党的生日主题演讲活动，心中犹豫万分，但最终选择了安心在学校参加活动，也期待着月末可以有机会在您不那么忙碌的状态里和您见面，好好聆听您的指导。

昨天，和我同住的婆婆生病了，在陪伴就医的过程里，我时时反思自己是否做到了**孝亲至上**。很多时候，我在想：您一生教过了无数优秀学生，为什么茫茫人海中您能看见如此平凡的我呢？如果说我具备生涯人的基本素养的话，那也一定就是我心里面在不断涌流爱吧。

我每一天每一刻都在付出爱的过程中疗愈自己、快乐自己，并以此为我的信仰。

一大早来到学校，在空荡荡的教学楼里安静地和您说话。桌前是毕业生家长送来的“永生花”，打开的电脑屏幕上是高一时候匿名写留言给我的学生毕业后给我的回应：

“刘书记好，我是2019届本高毕业生小舒，在高一分班时曾给您发过一

篇很长的牢骚文。现在我毕业了，和一些优秀的小伙伴一起想可以为学弟学妹做些什么，比如帮他们做些优秀笔记。本以为只是学生或家长之间的互动，没想到能得到您的转发，非常惊喜，也非常感谢。毕了业，情还在！**可能您不知道我是谁，但真心感谢您的每一次演讲、每一个微笑，感谢您回复了我的牢骚文，这些都曾给了我无穷的动力，让我有能量为学弟学妹们做些什么。**感恩有您，爱您！祝您万事顺利，家庭幸福和睦，永永远远。”

天中老师，此刻的我，感觉特别特别开心！

玉萍敬上

2019 年 7 月 4 日

生涯缘故事三：我和婆婆的故事

二姑是我的婆婆，今天是她老人家79岁生日。十年前，她69岁生日的时候，我们第一次给她隆重庆祝生日。在亲朋好友面前，我发言说："希望桓仁的绿水青山作证，等妈妈99岁的时候，邀请大家再次来桓仁欢聚一堂。"当时，这就是瞬间想到的话，没想到一下子就给二姑树立了人生的小目标。如今每当她因为年老带来的孤独和体弱而情绪有点小低落的时候，我总是给她加油，让她别忘记了当初答应我们要实现的理想目标——99岁的时候，还可以清醒安康地坐在那里看着晚辈们的幸福生活而微笑。

一转眼，我们朝夕相处就二十多年了。很多人听说我和公婆一起生活，都会忍不住表扬我，其实是我自己非常幸运。老爹和二姑这么多年来始终在为"三只小猪"的家奉献和付出着，他们本身也都是可爱可敬的老人。

我和二姑是一见如故的，因为她缓慢地说话和做事的模样其实很像我唯一的亲姨娘。我们刚认识不久，就得知她和我做了同一件事情——都参加希望工程资助了桓仁的一个小朋友读小学，而且资助对象还在同一个村子里。这对笃信缘分的我来说，其实是一个莫大的心理暗示，仿佛这就是上天赐予我的姻缘。后来我知道，当时二姑作为工程质量监督员工作认真负责，不肯给并不合格的材料签字，导致领导不满意，被扣下奖金。二姑坚决争取来，并捐出去，表达自己对是非曲直的态度。这件小事非常鲜明地体现了她的性格——认真、理性、倔强。

我和二姑在后来的岁月里始终情同母女，首先是源于她对我们的倾心付出。尤其是我刚刚做母亲的时候，当时桓仁下很大的雨，她第一时间赶到我身边，生怕敏感的我因为生了女儿而多心。后来的十天陪伴里，她晚上几乎是不睡觉的，常常是坐在我们母女身边，孩子稍微一动，她就会抱起来哄好再交给我。印象非常深刻的是，十天后她没有继续陪伴，因为她要去沈阳参加工程师的考试。那时候她已经接近退休年龄，还在学习和努力。这也体现了她的特质——看起来柔弱，其实非常坚毅、勤奋，也特别愿意学习。

还源于在日复一日的相处中，我在她身上感受到了和我的母亲完全不一样的女性优点——理性和独立。老爹 2015 年末以非常突然的方式离开了我们的生活，有一个月的时间，二姑都没有下楼。那一年春节，我们带她去厦门散心。从第二年春天开始，她就基本上恢复了往常的生活。她每天非常有规律地锻炼身体，看电视的时候也在压腿和按摩。无论在哪里，她身边都围绕着一群老伙伴。她性情随和，很少挑剔，这是老伙伴们喜欢她的重要原因。如今她学会了使用手机和平板电脑，每天都过得忙碌而充实。

本来是希望在她 79 岁生日的时候也庆祝一下的，可是她坚持说还是等 99 岁吧。所以，趁着我还喜欢写字，首先用文字祝贺一下约定的小目标取得了阶段性成果——第一个十年顺利实现。记得我是从我“老龙王”爸爸 60 岁开始和他老人家相约一个又一个十年的，老爸满足我的心意，真的三次约定都实现了。我也替亲爱的人和他的妈妈约定三个十年，他们母子之间不擅长情感表达，但是内心深处的爱和在意一点都不少。我也一直都能感受到，爱人这么多年来对我的包容和关爱里有着对我深切的希望——希望我一直能像照顾自己妈妈一样爱护他的妈妈。如今，就像当初和老爸约定一样，我期待着和二姑的约定也都能如期实现，我想这份心意二姑和亲爱的人都能感受到吧。

2011 年我们在浑江河畔合影，2021 年我们在章樾公园留念。十年时间，很多事情发生了改变，但不变的是我们情同母女的陪伴。2011 年当着亲人的面许下的承诺也依然未变，希望二姑 99 岁生日的时候，邀请亲朋好友再次来桓仁相聚。

真心祝福以后的日子里，二姑一如既往地坚定信念，加强锻炼，积极乐观，健康幸福！因为工作忙碌、身体和情绪等各种原因带来的任何照顾不周，都不是我的本意。我们共同努力，加油幸福，让大街上每一个不相识的人，一眼看去，都感觉我就是您的女儿！

玉萍心语

- 我每一天每一刻都在付出爱的过程中疗愈自己、快乐自己，并以此为我的信仰。

给天中老师的第 4 封信：每个老师都是孩子们的生涯导师，每个人也是自己的生涯导师

亲爱的天中老师：

又一个“一千零一夜”的故事开启，今天 2019 级学生开始军训啦！在这样的日子里和您汇报我的生活，内心里再次感到小小的激动。

“我们每个科任老师都是孩子们的生涯导师，而不仅仅是班主任。因为我们每个人也是自己的生涯导师，所以学习如何管理生命不仅有益于学生，有益于自己的孩子，也有益于我们自身的幸福和成长！”这是我刚刚在教师微信群中布置开学后的网络课程交流工作时所说的话。

在这个过程中，我也完成了关于开学后生涯课程落地的简单设想——周末返校后安排“看电影体验生涯”，由班主任老师做生涯老师，开启每周的生涯教育时光。我参考的还是 2016 年您的工作坊给予的讲义，至于具体的电影资源，如果我在寻找时遇见困难，再和您求助。

另外，昨天我买了您的那本《生涯规划——体验式学习》，还买了一本专门介绍家长和孩子沟通技巧的书——《孩子，把你的手给我》。我想在老师团队和家长团队里都倡导爱的聆听与理解，倡导对生命的尊重与热爱。

八月份，我在陪伴女儿的日子里，尽情享受到了母女之间顺畅沟通的甜蜜。母女之间如同闺蜜和姐妹的情感互动，让我的心充满了感动和温暖。我一直记得老师的话“**一举一动都有爱，一时一刻都生涯**”，**生涯教育不是理念，更不是技术，而是实际的生活，是有觉察的生命管理，是关于如何过好**

这一生、如何珍惜宝贵的生命资源，是从始到终的全程故事。

我的食指最近有些不舒服，握笔写字的时候就有点疼。正是这份疼让我知道了自己向您倾诉的意愿的强烈，以及自己发自内心的对文字的热爱，也提醒自己要更加珍惜每一个健康而有活力的平凡日子。

对了，我在朋友圈里开启了**每天赞美亲爱的生活打卡活动**，因为我有时候看见女儿在抱怨上海的天气以及陪伴在身边的男朋友，我想，作为她的幸福榜样，最好的示范就是我亲自去体验美、看见爱，并真心地表达出来。如今坚持了十天，我发现在这样的赞美里，自己每每获得疗愈，让我可以忘记那些小小的不舒服、不如意或者是那些不能理解的人和事，从而有更好的接纳。

本来应该简短表达的，省得累您的眼睛，可我总是一不留神就说了这么多。不知道老师的眼睛好些否？最近忙吗？祝福您一切安好，每天都精力充沛，开心快乐！

玉萍敬上

2019 年 8 月 21 日

玉萍心语

- 珍惜每一个健康而有活力的平凡日子。
- 在赞美里获得疗愈。
- 生涯教育不是理念，更不是技术，而是实际的生活。

给天中老师的第 5 封信：
每一次把想法付诸行动的努力都是成长，更是激发

亲爱的天中老师：

早晨收到您的祝福，心里暖暖的，就像此刻的阳光一样。

我已去医院做了检查，核磁共振结果显示，由于颈椎五、六节突出，压迫了左神经根，导致我的左肩剧烈疼痛。

过去我一直因内心恐惧而不肯接受针灸治疗，经过了这一个月以来的不舒服，也终于有了勇气。每次去针灸，我都告诉自己是一次修行和挑战。明天我就可以完成第一个疗程啦。

今年是我的本命年，四十八周岁。回顾一下，这一年经历了身心所受之最苦。春天时和父亲的分离，让我第一次体验和最爱的人分离之苦。秋天时身体的疼痛让我第一次体验疾病和衰老带来的苦，但也都同时给予我更多的思考和感悟。

充满活力地去爱、去工作的每一个日子，原来都是那么宝贵。除了在尚存力气的时候更加珍惜，我别无选择。

这一个月我特别忙碌，作为年级领导小组的组长，我每天日程满满，工作千头万绪。我感觉今天是自己这一个月来第一次这样安心地坐在这里，梳理自己的故事，也越发觉得茫茫人海中有您倾听，对我来说是一种疗愈。

昨天我终于完成了一直以来心心念念的作业，就是举办了您的网络课程的学习分享会。我也借此机会再次和团队里的老师们分享了您的故事。人生就是一场不断的遇见，不一样的人成就不一样的旅途、不一样的风景。我希

望也可以像您影响到我一样，影响到学校里的老师们，进而像水面的涟漪一样慢慢地影响到更多的心灵。

这次分享会给我带来的触动就是要行动、要做，**每一次把想法付诸行动的努力都是成长，更是激发**，不仅仅是激发了别人，更是激发了自己的活力和潜力，激发了自己的生涯自力。

我心若静，风奈我何。愿以宁静之心修身养心，让再见的时刻您为我放心、安心。让我们快快乐乐地工作，快快乐乐地生活！

玉萍敬上

2019 年 9 月 26 日

天中老师给我的回复

玉萍，知道你身体恢复得差不多了，心中放心多了。谢谢你的彩虹故事——爱的聆听与看见。非常平实却情意浓浓，谢谢，谢谢。

请问 11 月 5 日、6 日，你有可能来辽阳吗？我目前的行程是：

1.10 月 31 日至 11 月 2 日在黑龙江鹤岗。

2.11 月 2 日至 4 日在哈尔滨。

3.11 月 5 日至 6 日在辽阳。

4.11 月 7 日从沈阳去南昌。

若有时间，真希望能在东北见面，叙叙家常。

天中敬上

2019 年 10 月 16 日

生涯缘故事四：
黄天中教授体验式全程生涯教育网络课程分享会

2019年暑假组织老师们学习黄天中教授体验式全程生涯教育网络课程，计划九月份要进行一次学习分享会。学校新开学后，工作很忙碌，加之个人身体的原因，我一直也没有完成这个作业。今天，终于交作业啦！我如释重负，内心充满欢乐和感恩。

发言的老师涵盖了各个年龄段，有班主任也有科任老师，有的谈了学习的感悟，也有的谈了对自己的生涯的新思考。在操场上背稿子的年轻的小刘老师让我感动；乐于学习，看见我的彩虹故事后，在自己班级的后墙上设计了好多小香囊，里面装上鼓励和表扬小纸条的小邢老师让我感动；和上了大学的女儿一起努力读书的张莉老师让我感动；父母在外地，妈妈生病了却无法照顾的彤彤的发言让我泪目；英语组年轻的小岳老师高三后半学期坚持上完最后一节课才去医院的故事让我感动；为剑桥文科女生操碎了心的老王让我感动；为了带这一届高三，有一段时间带着女儿住在石桥子的孙燕儿老师让我感动；等等。太多的故事，无法在短短的时间里分享。愿快乐幸福的生活和儿女的幸福成长是生活给予大家最好的馈赠。

最近在祖国生日前夕举行的每一次小活动中，都会录制一个15秒的小视频，表达对祖国母亲的祝福。这样一个小小的创意，既节省时间也表达心意，又烘托氛围，受到了老师们和学生们的欢迎。有谁不希望自己的家好呢，无论是小家还是大家。只要用心，就会不断创造更美好的生活。

最后，再次特别感恩黄天中老师对我的引领，对学校老师的成长给予的关怀和帮助。

玉萍心语

- 人生就是一场不断的遇见，不一样的人成就不一样的旅途、不一样的风景。
- 每一次把想法付诸行动的努力都是成长，更是激发。
- 充满活力地去爱、去工作的每一个日子，都那么宝贵。

给天中老师的第6封信：所有的意义都需要用心付出才能获得，想求心之所安就要心随所动

亲爱的天中老师：

时间真的好快呀，又一个月过去了，在日复一日的忙碌之中，我更加珍惜这一瞬安静的倾诉时光。

这一段时间我非常忙碌，记得上周有两天下午都没机会回办公室坐一会儿，一直在奔走工作的状态中。但是让我倍感欣喜的是，今年秋天我的精神状态一直非常好，竟然没有出现以往秋冬换季之时的低落和忧郁。我想，除了因为生活中爱人和女儿给予了我关怀和陪伴之外，还有一个重要的理由，这也许就是您所讲的，**当一个人为了自己喜欢的事情，为了满足内心的需求去工作的时候，当一个人是受内在的驱动去付出的时候，辛苦与疲惫都可以在意义中得到化解**。

这个月印象最深刻的事情是，我在2016年告别思想政治课舞台后，有机会再次为孩子们上一堂思想政治教育课。这一次是视频直播课程，1000多个孩子一起聆听，对我个人来说也是一次激励和挑战。最后，当播放我国GDP增长动态图的时候，孩子们自发起立，长时间鼓掌；在和孩子们合唱《我和我的祖国》的时候，我们师生热泪盈眶，内心涌动着感激、喜悦、幸运、兴奋交织的复杂情绪。我还记得我当时都要赶不上校车了，一路奔跑着上了校车去做针灸治疗，完全忘记了自己还是一个小病人。

通过这一堂课，我想起了您送给我的生涯缘日记本上的天中小语——

“掌声是给解决问题的人”。所有的意义都需要用心付出才能获得，想求心之所安就要心随所动，全情投入、真情付出的每一分努力都会被看见。

这一周我还将受小时候闺蜜的邀请，去她所在的学校上一次党课，主题是“不忘初心，成就自己”。我计划按照您的生涯自力思路中的“**唤醒生涯意识，发现生涯潜能，激活生涯能力，活出生涯尊严**”四个方向展开。能够再一次有机会传播您的理念，分享您的故事，我感觉特别开心，也在这份开心里更加明确了自己的生涯使命，就是要在有生之年更好地看见爱、创造爱、传递爱，为爱的信仰，过好每一天。

2019 年 10 月 28 日有您的直播课，下个月初有可能在辽阳当面聆听您的教诲，想想都开心。

玉萍敬上

2019 年 10 月 23 日

生涯缘故事五：儿时伙伴的邀请

三十七年了，自从我和小兵在千金小学初见，就一直在对方的生命里。那时候，她还是一个从新疆来的娃娃般可爱的小女孩，我还是一个假小子一样直爽的小丫头。今天，以被她邀请去讲一次党课这样特别的形式纪念我们三十几年的感情，内心是满满的感动和喜悦。时光流转这么久，我们从少年到中年，各自经历不同的生活，却始终不渝十几岁的初心。

为实现这个约定，我们已经等了整一年，其间小兵经历了一段特殊的日子。她的积极乐观帮助她克服了暂时的困难，她又活力满满、健康快乐地回到了工作岗位。回想起半年前我们隔着一小段距离约会的日子，更加感觉到我们共同努力完成这次约定的美好和珍贵。这一段时间以来，工作的压力和强度都非常大。但是，我感到自己在但凡有精力的时候，都还是发自内心地笑着。**因为工作着的自己，总是会收到生命奖赏的礼物，比如今天这个阳光明媚的午间时光。**

玉萍心语

- 当一个人为了自己喜欢的事情，为了满足内心的需求去工作的时候，当一个人是受内在的驱动去付出的时候，辛苦与疲惫都可以在意义中得到化解。

给天中老师的第 7 封信：
一起踏上新征途，用智慧与爱的力量胜任工作，愉快生活

亲爱的天中老师：

北方的第一场雪后，阳光明媚。由于特别的原因，我上午在家，因此拥有了一小段难得的静谧时光。

昨天和来自新疆的几个学生举行了小座谈，在送出生涯缘日记本的时候，瞬间被美好的生涯缘感动。您的一次用心播撒，不知道未来在哪个角落会萌生出奇妙的生涯故事。从美国到中国台湾到厦门到东北到新疆，这是多么深厚的缘分。这一切都源于您播撒的爱的种子，而我就像沐浴着您的光和暖成长的小园丁一样，也在更多年轻的心灵中学习播撒爱的种子。

辽阳一行虽匆匆聆听教诲，却时时回响耳畔，时时激励着我不断努力，不断创造，不断向上，**寻找各种机会去“授人以筌”**。“**相互信任，相互尊重，相互受益**”的同行者，还在寻找的过程中，在共同的享受（**牺牲享受，享受牺牲**）方面，也许受各方面的局限，我的进步有些慢，与老师的期待也有很长的距离。但是怀着对 2049 年的美好憧憬和希望，这个 30 年，我每一天都将带着被唤醒的心去付出爱的行动。希望 2049 年向您汇报和分享生活的那个我，能够得到您鼓励和欣赏的目光，让我带着勇气不断丰厚自己的底气，让未来的自己更争气。

这一周在两个校区之间来回奔波，我觉察到自己内心的焦虑。虽然有很多事情等着我处理，但时间和精力四处分散，只能说自己还不够勤奋，更没有达到您无我忘我的工作状态，晚上回家后还是有很多时间被浪费在信息浏

览和个人的小放松之中。就让我从收到您寄来的书开始，让我真诚地接受邀请，一起踏上新征途，每天晚上都争取静心在桌前读书，学习至少一个半小时。

您对生活的热爱，对志业的付出，对每一件小事的精益求精，已经给予我生涯榜样。虽远隔千里，但您鼓励的眼神时常浮现眼前，您温暖的话语始终萦绕耳畔——**“玉萍，你是最好的，我对你有信心，你会成就一番大爱的志业。”“你所写的很诚恳、很自然，所以很美。”**

我是有多幸运，遇到了您。心中的爱，被您看见，更被您激发。马上就要2020年了，这个假期争取安排一个更好的体验生涯实践活动——无论是对亲情的体验还是对劳动的感悟，抑或对社会的探索。我争取不是简单地布置下去，而是有引导，有设计，有反馈，有触动，希望会创造惊喜与您分享。

知行合一，以行生慧，用智慧的力量胜任自己的工作，用爱的力量充实自己的生活，我一定会更加努力的。

玉萍敬上

2019年11月5日

生涯缘故事六：和新疆的宝贝们建立生涯缘

“美好的事情发生了，却是不期而遇的，这就是缘。”今天特别开心的事情是和从新疆来我校交流的五个娃儿一起沟通。

第一个来到我办公室的是哈萨克族的巴提。他灿烂的笑容瞬间让我对他产生了亲近感。我送给他的礼物是生涯缘日记本，并给他讲了黄天中老教授从中国台湾到美国再到厦门的人生经历，又谈到我们从新疆到东北的这一场缘分。我自己都被这瞬间想到的创意而感动到。

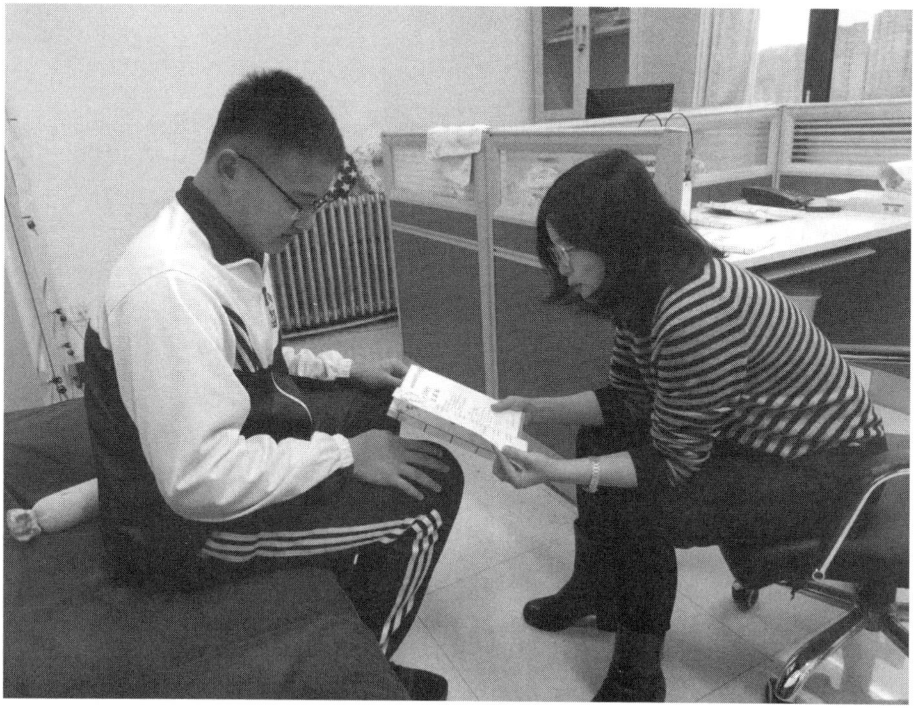

和第一个到办公室的巴提分享黄天中老师的故事，被偶遇的同事拍照记录。

五个孩子都到了以后，我们就从“2049 年，在他们人生最美好的 45 岁时，他们在哪里，他们的人生状态如何”开始谈起。为了缓解他们的压力，不让他们感到紧张，我们还进行了一个小小的自拍活动。在欢声笑语当中，我们开始了对未来的畅想。五个孩子对未来的理想很不一样，非常特别的是，他们中间有一个孩子在本溪高中读了两个月，希望将来可以回到本溪高中做一名优秀的老师。因为本溪高中的老师在黑板前讲解知识的样子让她觉得特别帅、特别酷。有三个孩子都希望将来可以回到新疆，更好地建设新疆，为民族团结做出更大的贡献。还有一个娃表示希望将来上大城市，更好地看看这个广阔的世界。

我期待着他们在 2049 年可以有一场约会，纪念宝贵的青春。当我对孩子们说，如果你们有一天可以在本溪聚会，到时候记得喊我，有一个娃儿提议：“老师，我们也可以到新疆聚会，你可以到新疆去找我们玩儿。”这是多么美好的约定呀！我说，我期待着我可以成为一个 80 岁还能到新疆去旅行的老太太。2049 年，那一年我 79 岁，就和现在的黄天中老师一样一样的年龄，多么神奇的缘分呀！

我是一个多么容易感动、多么容易快乐的人呀。在和孩子们的交流当中，我竟然对 2049 年充满了憧憬和期待。从早到晚忙碌的疲惫，仿佛也在这一瞬得到了化解。我一路小跑着冲向校车的时候，天空下起了这个冬天的第一场雪。我给孩子们买的小礼物是每个人一小袋本溪桓仁特产的松子儿，特别希望他们在本溪高中的三年读书时光里，尽管要面对各种挑战、困难和压力，但是依然可以像森林中的小松鼠一样快乐自由地蹦蹦跳跳，也希望多年后的他们能够记得来自东北的味道。

最近总有人问我为什么这么忙，却每天都可以赞美和微笑。我想就是因为工作着，常常会不期而遇这样的美好。在教师群里看到老师们精心用心写给孩子们的评语，我也会分享给自己的亲人，每每亲爱的人都会因此更加理解我的辛苦。每一次与孩子们交流和互动时，我都会在他们的笑容和眼神里找到意义。年轻的时候是不知不觉地穿上红舞鞋，如今是自觉自愿地旋转舞蹈。

也许这也是抵抗衰老（或者说恐惧衰老）的另外一种特别的方式吧！谁知道呢！先记录下来，待我79岁的时候，再跟踪记录一下彼时彼刻的心路历程。

生涯缘故事七：本溪高中心灵陪伴小组党员志愿者学习成长故事

心灵陪伴小组的志愿者的初心就是陪伴与聆听。在每一个周三的午后，我们都会带着充满爱意的心灵和愿意倾听的耳朵，陪伴青春期有点孤独、有点叛逆的心灵。**这个陪伴的过程中，聆听比说教更有意义，爱意比能力更有温度。**所以，我们要在日复一日的繁忙教育教学工作中始终保持初心，保持热情，愿意付出自己的时间和爱。陪伴是最长情的告白，但是这个告白不是说说而已，而是需要实实在在地付出爱的行动。

恰逢辽阳教育学院承办的新课改理念下的生涯教育专题论坛邀请我心目中的生涯榜样——华侨大学生涯规划研究院院长黄天中教授，做一次以“新课改理念下的当代生涯教师的发展与使命”为主题的讲座，为了让年轻老师始终不忘初心，心中有爱，我带着心灵陪伴小组的志愿者来聆听先生的教诲。虽然这是我第四次听先生做分享，但依然会被他的大爱里面的激情、活力、奉献所感动。

会场有些冷，但我还是坚持坐在离先生最近的第二排，认真用心地聆听，因为我要一生努力学习这样初心不变的坚守，对自己认定信仰的践行。怎么努力都不够，怎么爱都不嫌多。八十岁还能坚守讲台，依然站立完成三四个小时的课程，依然坚持与毕业生一对一地面谈。这都值得我学习一生。**一生一世一生涯，一撇一捺一人生。**希望自己余生在做生涯志愿者的旅途中，一直这样开心快乐地坚守初心，勇敢前行。就像老师鼓励我的时候说的那样，“有底气，有勇气，为自己争气”，不断遇见更美好的自己，也不断遇见更美好的风景。**不管有多么老，依然可以那么美。**

2019 年 11 月 7 日

特别邀请到黄天中老师和我们的年轻老师们合影留念。

玉萍心语

➢ 带着被唤醒的心去付出爱的行动。

给天中老师的第 8 封信：感恩这份不期而遇的美好

亲爱的天中老师：

我的心里每天都有很多话想对您说——因为您是我的生涯榜样，您的存在本身就是一种引领、一份激励。

我的日常工作很繁忙，我仿佛又回到了多年前自己年轻的时候如“小蜜蜂”般忙碌的工作状态，可是我知道现在的我和过去已经不一样了。过去是为了学校的要求，为了他人的期待，或者为了世俗的成绩，而我现在就是为了实现自己的生涯心愿，为了自己内心的生涯信念，为了孩子们的人生成长，也为了活出自己的生命价值。

尤其是我学习了如何面对死亡和分离的功课之后，尤其是我看见您在八十岁的年龄状态下的勤奋努力之后，尤其是和您“相约 2049”之后，我感觉我的人生开始了新的征途。尽管我不知道您的这份邀请里，我可以跟随着走多远、走多久，但是对我个人来说，最幸福的事情就是在人生的下半场找到了方向和目标，比年轻的时候更加清晰地觉察了自己的人生。**也许我没来得及认真地年轻就老了，可是我一定要到人生最后的时刻，为我认真地、用心地珍惜过下半场的旅行而庆幸和满足。**

而这份庆幸和满足，都是因为与您的相遇和相约。“美好的事情发生了，却是不期而遇的，这就是缘。”您说的这句话也是我最想对您说的！我在 2019 年春天跑到东北大学去看您时，我根本没想到会在现场发言，也根本没想到短短的发言后还收到了您的邀请去做分享，更没想到茫茫人海中，您竟然看见了我心里面多年积攒着的对学生和这份事业的热爱。这不期而遇的美好，就是藏在岁月里的礼物，这礼物让我好惊喜、好感动！

玉萍敬上

2019 年 12 月 1 日

天中老师给我的回复

玉萍，非常高兴看到你 12 月 1 日的信，顺便又再一次看了 11 月的信。棒！新征程！看你的信，很开心，信中充满活力。

我正在全心全力地整理一些和生涯有关系的课程、出版物、视频、音频等，准备做一个 99 生涯网，建一所没有围墙的生涯大学。

2019 年 12 月 20 日

生涯缘故事八：分离之苦

从老爸九十岁开始，我就在为这场告别做准备，甚至都提前想好了名字——欢喜别离。可惜，当这一天真的来临，我才知道所有的准备都永远不够。

我就像一个任性的孩子一样蹦着脚哭，要是没有好朋友拽着，我就想坐在地上打滚哭。爸爸不在了，那个让我又爱又怕的“老龙王”不在了，我实在是太舍不得和他分离，所以我就得哭，使劲地哭呀哭……

爸爸四十三岁的那一年，和我相遇，我是他的第六个女儿。一直到八岁，我还经常躺在爸爸妈妈的被窝里。我们手拉着手在大街上散步的时候，经常会有人以为他是我的爷爷。全家八口人在农村，只有他一个男人赚钱养家。在学费都偶尔要去姑姑家借的情况下，他会在我童年时托出差的同事给我带回来一条奶黄色的布拉吉小裙子。他会在我高中的时候答应我可以报名参加学校的夏令营，会在我大学的时候答应我可以和同伴一起去草原。他还会在我大学的时候因为思念专程去学校看我，让我成为寝室里备受羡慕的人。

他是第一个让我爱上的男人。我第一次陪同他治疗牙齿的时候，一低头，满眼的泪水就汩汩流下。只要他哪里疼痛，我的心就一阵阵地疼呀，无法安心工作，无法正常欢乐。

可是，就是这样爱着的人，却必须和他分开。舍不得他受苦，舍不得让瘦弱的他再去医院煎熬，我们尊重老爸的意愿就在家陪他走过在人间最后的十二天。最后给他化妆的时候，只有我陪伴在身边。我忍不住去摸爸爸的脸，竟然感觉到他的温度。那真是刀割自己一样的疼呀，不经历的人永远不知道这会有多苦。

这个春天，帮助我疗愈自己的最好的礼物就是文字。每当我情绪失控，每当我思念爸爸，我就要在微信里和他说话，就要对他说爸爸我爱你，然后就又可以充满力量，继续开始人间的生活。

没有遗憾，因为老爸按照自己的心意有尊严地告别世间，这也给予了我面对死亡的勇气，让我有了榜样。但是，从此以后，我却对分离产生了恐惧和担心，担心往后的日子还要一次次经历别离之苦。在这样的担心里，我也看见了自己内心的爱，让我对所爱的人有了更多的珍惜、尊重和宽容。

也正是这个春天的这场别离，让我重新认识了生命和死亡。生命循环往复，永不停歇。有一天我忽然发现，如果我在人间再坚持四十三年的话，如果我也可以有老爸的福分，健康活到九十二岁，那么爸爸在另外的世界里就又四十三岁啦，那么我们不是就又一次遇见了吗？

曾经年年春节都拥抱着老爸合影，每一次我们都非常开心！

数学不好的我为发现这个简单的算术题的答案而窃喜半天。从此以后，我必将欢欣鼓舞地度过每一个自己的生日和老爸的重生之日，满怀希望和喜悦，因为那是宝贵生命赠予的礼物！

玉萍心语

- 也许我没来得及认真地年轻就老了，可是我一定要到人生的最后时刻，为我认真地、用心地珍惜过下半场的旅行而庆幸和满足。

给天中老师的第 9 封信：在工作中我体验到自己的高光时刻

亲爱的天中老师：

今天，2022 届高一年级选科走班的初步方案终于有了进一步的落实。为了更加科学合理地安排好这个工作，我们已经连续研究了多个方案，现在方案落实，我终于可以得空安心坐下来和您说说话。

上一周我去沈阳参加了辽宁省生涯规划专家候选人的培训，在进行自我介绍的环节，我还是脱口而出：“**在生涯教育领域没有专家，每一个有大爱的人都可以是生涯导师，每个人都是自己生命问题的专家。**”我想，您对我的影响就是这样不着痕迹却已经成为我的一部分。

宛豫博士给我发了生涯自力问卷 150 问，我根据自己的经验已经做了认真的填写，同时也说明了自己的想法。我感觉对于高中生来说 150 问稍微有点多，最好有更简洁的版本。

今年上半年我们的生涯课程一共安排了 10 次，我们不仅有了成型的课件设计，还邀请南京大学徐凯教授进行了一场以“选择，人生的岔路口”为主题的专家讲座，也邀请到浙江大学的优秀团队来学校给孩子们做生涯唤醒。另外，我独自设计了一节课“觉察与唤醒”，希望孩子们和老师们都唤醒沉睡的“自我”意识，朝着清晰的方向踏实走好当下的每一步。

这一段时间，我个人的生命体验就是**在工作中我体验到自己的高光时刻**，每一次完成一个有创意的工作，每一次落实一件有意义的事情，内心的满足感和小激动总是让我特别快乐。比如，刚刚进行完学生干部培训工作，走下讲台飞奔到校车的过程中，我感觉自己的脚步快乐地在飞。比如，学校的心理咨询室常年闲置，落满灰尘，但因为我们心灵陪伴小组的活动，每个周三都充满欢声笑语，充满活力和温暖。比如，今年利用年末学校经费有所缓解的机遇，申请到专项基金在音舞厅的空教室为孩子们购置了8套彩色的桌椅，可以让孩子们在做活动和游戏的时候有更好的环境。

每一次心中的愿望一点点变成行动，我的心里都充满了喜悦与感恩。您播撒的大爱的种子在慢慢地发芽，我在精心地浇水施肥，细心地呵护。期待着终有一天长成大树，可以荫泽更多的花朵、小草和树苗。

2020年马上就要到了，丽霞说您送的日历已在路上，我没有礼物相送，只能再次表达对您和您的团队的祝福与感恩。希望您在激情点燃的生命状态中工作的时候，记得爱护自己的身体！

最后，真诚地祝您及家人健康快乐平安。

远在东北小城的玉萍

2019年12月24日

天中老师给我的回复

玉萍，你是最好的，因为这是最真实的肯定。

天中敬上

玉萍心语

- 在生涯教育领域没有专家，每一个有大爱的人都可以是生涯导师，每个人都是自己生命问题的专家。

给天中老师的第10封信：只有面对，没有抱怨；高兴地干，干得高兴

亲爱的天中老师：

我终于要放寒假啦，透过屏幕您都能感受到我的兴奋吧。现在我的心情就和高中女生一样，充满期待，充满想象，心里仿佛有一只小鹿在蹦蹦跳跳！

这一段时间真的太忙了，一周之内我们完成了2022届高一新生的选科走班工作，一切都要重新开始。我们除了完成常规的教育教学工作外，还开展了“名师面对面”师生学法交流活动、“致三年后自己的一封情书”活动、“情系家乡，感恩母校”大型校友分享活动、“清爽干净是最美”仪容仪表检查活动、自主搬迁寝室“小搬迁，大成长”劳动教育课程，并进行了一次期末“家校合作，共启新征程”的家长会。可以说，每一天都在紧锣密鼓的工作中度过。我们团队里的伙伴们都勤奋又努力，我只是负责引领、设计和督促，可是这么多事情放在一起，而且都需要高效完成，对我来说也是挑战和压力。

好在我每一次遇见困难，都会想起您的八字金句，“**只有面对，没有抱怨**”。我也提出了“**高兴地干，干得高兴**”的工作理念，并分享给班主任们。知行合一，以行生慧，在您的一路引领和鼓舞下，新的一年，在快乐生涯人的路上，我要做世界上最美丽、最用心的小园丁，呵护花朵和树木，同时快乐生活，积极努力。

生活是最好的课程，愿我带着美好的信念，在家庭里也能像春日里的阳光一样温暖和煦。过去的我有的时候太急躁，也有点小强势，我要向老师学

习，好好地经营自己的小家庭，**在生活赋予我的每一个角色里都舍得付出爱、善聆听、乐分享。**

今天我的字迹明显有点乱呀，但也特别符合我此刻的心境啊。新的一年的第一封信，还是要祝福亲爱的老师身体健康，快乐平安。为“相约2049”，老师要加油关注健康呀。

玉萍敬上

2020年1月17日

天中老师给我的回复

玉萍老师，新年快乐，新年新展望！你是最好的，你也是最棒的。

天中敬贺

2020年1月25日

生涯缘故事九:“疫”后余生——从2003年到2020年

2003年，爱人在加拿大蒙特利尔大学读书，我在带高三。每当独自带着女儿的孤独和工作的压力带来的焦虑袭击到原本脆弱的自己的时候，对暑假的期待都可以让我舒缓许多。每每想到高考过后，可以到遥远的异国过一段逍遥自在的日子，好像生活就充满了无限的希望。

那一年的春天，我带着女儿去北京办签证。走的时候，本溪还对“非典”几乎没有概念，北京也是安然无恙的模样，很少看见戴口罩的人。可是，等到我被拒绝签证，回到家乡，忽然就发现电视画面已经变幻成满屏的紧张和白花花的一片。

然后，我开始感冒咳嗽。睡不着的暗夜里，内心的恐惧和担忧彻底袭击了我。我开始一遍遍想，是不是自己已经被感染。如果是这样的话，女儿怎么办，学生怎么办。后来在楼下的诊所打点滴，慢慢地好起来。心里面有好多好多的感激，因为我第一次在那样的恐惧里看见了自己原来如此希望活着，尽管很多年来我一直感觉人生原本没有什么意义。

2015年春节过后，女儿到韩国交流学习。那一年，我们一家五口人在首尔相聚，那也是女儿的爷爷第一次出国，也是最后一次出国。我们为圆满相聚而庆幸，但不久之后，韩国的呼吸综合征开始蔓延。女儿天性敏感，又远在异国他乡，她的惊恐每天都通过电波传递给我。本来一直笃定，只要远离医院，远离易感人群，一定没有问题的。可是最后还是在心里一遍遍地确认：对我来说什么是重要的？是生命和健康还是考试成绩？也许女儿在意的也是爸爸妈妈的这个选择。

后来，我们决定放弃期末考核，回国。如今想起来，依然很庆幸当时的选择。尽管那次疫情其实对学校和学生并没有大的影响，但是我想对我们之间情感的确认，是对青春期女儿内心困惑的最好回应——**对爸爸妈妈来说，她的生命健康是世界上最重要的事情，没有之一。**

2020年，盼望着盼望着的寒假终于来了。之前我们新生分班，我每天好像陀螺般地旋转不停，现在终于可以把红舞鞋脱下来，换上旅游鞋，带着姐姐们去成都逛荡一下。腊月二十八，回桓仁的路上，我收到闺蜜取消回乡计划的信息，还暗自批评她大惊小怪。她说在机场上看见太多的口罩，瞬间就让她改签了机票，但是我内心深处依然是不以为然的。直到那天之后，媒体开始铺天盖地地报道，还有自己熟悉的好妹妹作为第一批援助武汉医疗队的成员飞奔前线，以及大年初一接到校长的电话，我才终于意识到，一场真正的战“疫”，来了。

如此之久地和女儿朝夕相伴，应该是很久很久都没有的事情了。这么长久地在家里生活和工作，对我来说也是人生中的第一次。从大年初一开始，我每天不间断地面对和一千多个娃相关联的人和事，也让我再次看见了工作对我的意义，看见了自己找寻多年的意义和价值。

“疫”后余生，每一天都在朋友圈里写的三个词代表着我的心意。

祝福：祝福是深深的爱，是行动和付出，是每一个人都在自己力所能及的范围内发出自己的光芒。祝福不是口号和形式，是用心地去创造美好的生活！

期待：期待是深情的信任，信任自己的国家、自己的团队、自己的家庭，还有自己，都可以变得更好，只要我们每一个人都付出努力！

感恩：生活在这么好的时代、这么好的中国、这么好的家乡，拥有这么好的工作，还有这么多爱我的人，真心感觉自己特别幸运，也深深地感恩。活着本身就是一种幸运和幸福，如果还能让周围的人感觉到幸福，那就是最好的意义和价值。人生原本没有的意义，都可以自己去赋予和创造。

此刻，坐在桌前像放电影一样，回放了一帧帧美好的记忆图片。内心特别平静温暖，也充满了力量。**愿“疫”后余生，每一天都带着充满祝福、期待和感恩的心，好好活，好好爱！**

天中老师给我的回复

谢谢玉萍的电话留言，也看了《“疫”后余生》，很感动！

这是真情的流露，而且把幸福定位得那么清晰，难得啊。

我还在台北，回厦门之后，我们再联络。

非常高兴收到你的来信。广播志愿者的信息，每一篇，我都看了好几遍，而且每次都很受感动。你说得非常好，活着就是幸福！

今晚，我也和你分享一下我的幸福。刚刚在饭后散步的时候，我每走一圈，我的女儿就给我一个手掌（在美国这叫 give five），然后就跟我说加油。我一圈一圈地走着，就是等着女儿的鼓励。

玉萍，对我来说，这就是幸福。天天能和家人一起，活着，就是幸福，我感恩、感恩。

2020 年 3 月 11 日

玉萍心语

- 希望每个人都成为一个引导者，都成为一个积极向上的榜样，都成为一个身上带光、心上有暖的人，影响和带动班级。你所在的地方就是你的班级，你所在的地方就是你的学校，将来你代表的就是你的祖国。
- 高兴地干，干得高兴。

给天中老师的第 11 封信：疫情之下我的成长是再次明确了生命中最重要的三件事——健康、工作、亲密的爱

亲爱的天中老师：

2020 年 1 月 17 日寒假前给您写信时，北方还是冰雪飞舞，如今窗外已是花团锦簇，这中间相隔的不仅仅是普通的几个月时光，而是一段难忘的故事，一段特殊的历程。

作为 2020 年新冠疫情亲历者，我的故事很普通，但对我个人来说，所有的记忆都如此宝贵，能和您分享更是我的快乐。疫情之下我的成长是**再次明确了生命中最重要的三件事——健康、工作、亲密的爱**，为此我每一天都在努力。

从正月初二开始意识到一场危机将影响到我们的工作和生活，影响到孩子们的成长，我就开始着手与老师们建立联系。我成立了一个名为“今晚八点半”的微信群，因为当初读大学的时候特别喜欢中央电台的《今晚八点半》栏目，每晚的相约让我的生活多了一份期许和盼望。从那时开始，我几乎每天都与老师们分享和交流工作的体会，就这样一路走来，坚持了 100 天。

其间，依靠备课组的集体智慧，我们推出了精品课程；为了实现互动，我们又开启直播答疑；后来从五月开始，我们全面进行了直播授课，精心设置每一步的教学内容和传递方式。为了加强对孩子们的心理疏导，我们将班级分成若干小组，每个小组都配上导师，最后还评选了最美导师。

在此期间，我被招募为本溪市精神文明办公室心理热线的志愿者，还在本溪电台为初三和高三家长做了《疫中备考，并肩作战》的心理讲座，也因此参加了新基础生涯举办的志愿者网络课程，获得了人生中第一次上直播课程的体验。

居家工作的三个月，我每天都感受到自己的工作与一千多个孩子和一千多个家庭的紧密链接。这让我体会到，**活着不仅如此幸运，更加幸运的是自己的生命还有意义和价值，还可以给他人、给世界带来积极美好的影响，这就是您所说的“大爱就是帮助别人、快乐自己的生涯志工的情怀”吧**。

除了在云端进行学业管理，我们还进行了各种活动，有孝亲感恩的亲子陪伴活动、云端经典诵读活动、英语趣配音比赛、语文新闻“麻辣烫”等。我们每周都让孩子们相约云上，隔着屏幕分享彼此的欢乐与成长。开学前，我们认真组织学生参加了您的生涯测评——德智体美劳五育素质测评，进一步引导孩子们思考疫情之下想成为一个什么样的人，为此现在需要付出哪些努力。为了更好地延续这样的思考，我为三个年级的学生准备了春季开学的第一课，课程的内容还在整个本溪市的中小学进行了推广。学校在公众号发布后，还有外地的老师和我要了第一课的视频。

为了健康，也因为爱，居家期间我还学会了一个生活本领，那就是和面，做面食。在等待面醒发的过程中，也再次感受到**教育是唤醒的艺术，是慢的艺术，是需要等待的艺术**，因此作为园丁，需要有守得住的心态，静下来的状态。

2020 年 5 月 18 日复学以来，我个人因工作职务的变动，加上疫情的影响，工作上再次面临巨大的挑战。一方面为自己多年来对母校、对学生的付出被认可而感到骄傲，另一方面也为压力和责任而感到忐忑不安。但不管怎样，还是那句激励我的话，**“没有抱怨，只有面对”**，我将迎接各种挑战，坚信一切困难都会成为过去。

此刻，在艰难的两周之后，我终于可以在阳光明媚的六月的清晨，再次有时间、有心情，在桌前静静地回忆疫情中的成长故事，再次在对您的倾诉中获得支持和力量。

学校终于有了正式的心理教室，多年来期待的和老师们共读一本书的活动也开始一点点地推进。我执着地相信，爱是日久天长的考验，是天时地利的着迷和相信。期待所有的美好与幸运都能水到渠成地抵达，也希望可以不断见证与美好的事情不期而遇的缘。**世间所有的不期而遇，都是心意相通的美好重逢。**

祝福、期待、感恩是我每一天都心怀的美好意愿，愿这美好的心意可以通过文字、透过屏幕来到您的身边，给您带去快乐与温暖。

夏安。

玉萍敬上

2020 年 6 月 4 日

天中老师给我的回复

谢谢玉萍书记，带着感动、感恩的心情，也夹杂着喜悦的泪珠。恭喜你成为你自己母校的党委书记，我有种“天将降大任给玉萍”的自豪，也担心你个人的身体是否可以承担如此重责大任。任重道远，但可喜可贺！老天给你一个更大的平台，就是要你担当更多的责任。感恩惜福，助人乐己！

又想起了在北京师范大学附属中学初次见面，开启了生涯缘。看着你的每一封信，都能感受到你是热情的、开心的。

疫情之后，希望能够在今年的第二届体验式全程生涯教育研讨会上见面，再次聆听你说不完的生涯故事。

天中敬上

2020 年 6 月 4 日

在本溪电台为初三和高三家长做《疫中备考，并肩作战》的心理讲座。

玉萍心语

- 大爱就是帮助别人、快乐自己的生涯志工的情怀。
- 教育是唤醒的艺术，是慢的艺术，是需要等待的艺术。
- 世间所有的不期而遇，都是心意相通的美好重逢。

给天中老师的第 12 封信：续写生涯缘，开启“相约 2049”的故事

亲爱的天中老师：

一转眼，一年的时间过去了。2019 年 6 月 21 日，我开始书写生涯缘的信，这是我给您写的第十二封信。现在，我开启了“相约 2049”的故事，用行动传递您的爱。这一切都是自然而然地发生，都是我最喜欢的状态，不期而遇，如约而至，水到渠成。

走上新的工作岗位已经两个月了，我也逐渐适应了新的角色，从安心专心开展教育教学管理，到全面地爱护一个校园。食堂、安全、人事，方方面面的工作我都要参与。之前由于压力重重，我心里充满困惑与焦虑，而如今，我已经可以从容面对，勇敢接纳，平静解决。

今天，一个刚刚与我真诚谈心，并“相约 2049”的学生再次违纪，我的心里虽然有小小的失落，但更多的是平静。一个孩子如同一棵小树一样，任何指望一次浇水就能解决问题的想法都是不现实的，唯有以园丁之心持续相信，永葆希望，踏实付出，才能护佑小树苗慢慢生长，直到它成为一棵参天大树，可以给世界遮风挡雨。

上个周五，学校新的心灵陪伴与倾听工作室正式启动，全校共 42 名学生（每个班级有两个心理信息员参加，他们是从班级里推选出的积极阳光、乐于服务的学生）和年轻的老师们，还有我，一起开启 2020 年第一次心灵陪伴活动。我希望这些向日葵的种子发芽长大，成为班级里的“小太阳”，散发出属于自己的光芒。

因为疫情，您始终在台湾，虽然暂时不能到祖国各地讲课，但是您也因此有机会更多地和家人相伴。真心地祝福您健康、快乐、平安。

玉萍敬上

2020 年 7 月 21 日

天中老师给我的回复

玉萍，只要收到你的信，听你讲工作，我都特别开心！

是的，生涯教育，任重道远啊！

希望 2049 年孩子们长大后还记得当初的约定。

另外就是一个希望：不要等将来，务实一点。

马上收集整理你写给我的“家信”，里面汇集了许多真实的故事，这样的书写，才有灵魂，才有灵性。玉萍，说做就做！我支持你！

2020 年 8 月 14 日

2019年冬天，我还坐在地上和孩子们开展倾听与陪伴活动。

2020年，我们终于有了自己的心灵陪伴与倾听工作室。

生涯缘故事十:“相约2049”的故事

接到1993年大学毕业第一年工作带的老学生的电话，已经好几天了。我能感受到她的焦急和盼望，她希望我可以和她的宝贝交流一下。孩子在学校里任性地违反纪律和规则，在反思的过程中有一些冲动行为。

之所以一直在等待，是因为期待着一个经过自我沉淀和思考的孩子，与这样的孩子沟通才能够有更好的心灵陪伴和感应。今天，终于等到了这样的时刻。一个已经冷静下来的温和有礼貌的高大男生在我面前坐下，我们就以下问题畅谈许久：三年后的自己想在哪一个大学读书？三十年后的自己想在哪一个城市生活？可以给自己的孩子什么样的教育？如何自由选择自己的人生？如何给予这个世界更美好、更有意义的影响？

在送给孩子的生涯缘日记本上，我郑重写下祝福并签上我的名字，也写下一生不变的电话号码和微信号码。我们“相约2049”，不管这个约定实现的概率有多大，这对我来说是理想，也是期待，更是心意，还是我对黄天中老先生做终身生涯志愿者的爱的传递。

也要感谢亲爱的老学生对我的信任，对本溪高中的信任，愿意采纳我的方法，并配合学校的严格管理。我有信心让她看到一个真正触动心弦的孩子，一旦孩子开始为了梦想、为了更积极的目标而奔跑，他所爆发的力量一定会给世界带来奇迹和惊喜。

也真心希望所有年幼孩子的父母，要早日学习做智慧父母，在孩子小的时候，一定要多关注孩子的性格养成和习惯培养，早日根据孩子的兴趣爱好引导孩子树立目标。这个目标绝对不是读本溪高中、考好大学，而是要成为一个热爱平凡生活，珍爱宝贵生命，心底带着善意，做出自己独特贡献的人。有了这样目标的孩子，只要有资质、有环境，考上本溪高中、考上好大学一定是水到渠成的事情。

从上一届2016—2019年记录彩虹故事，到这一个三年开启“相约2049”的故事，我看见了自己的成长。教育是慢的事业，是生长的功夫。我想，我如此热爱校园里的绿意萌发的理由也终于找到啦！**这每一次过目，都是一份提醒。每朵花、每片叶子都有自己独特的模样，“在园丁看来，一年都是春天，生命永远年轻，万物都在绽放”，要“以虔诚之心，给予这个大地温暖与爱”！祝福，期待，感恩！**

和孩子们开启“相约2049”的故事。

玉萍心语

- 不期而遇，如约而至，水到渠成。
- 教育是慢的事业，是生长的功夫。

给天中老师的第 13 封信：看见亲朋眼中我的成长与变化，坚定了我成为爱的志愿者和践行者的信念

亲爱的天中老师：

今天是 2020 级高一新生入校的日子，短暂的假期结束啦！

这个暑假虽短暂但丰富，我去了一趟上海，和女儿男朋友的家人见了一面，深刻体会到缘分的可贵，也希望女儿在未来可以通过自己的努力，让生活越来越美好。

厦门的闺蜜之前去美国访学，如今时隔两年再次回到家乡。细算起来，我们已经彼此陪伴了 39 年的时光。此次聚首，我们还一起看望了 30 多年未见的小学老师，共同回忆了美好的少年时代。在送别闺蜜的聚会上，我的爱人，还有大学同学、初中同学、发小闺蜜在一个饭桌上谈起彼此。在他们的交流中，我看见了他们眼里我的成长与变化。我的努力，无论是对工作的坚守与热爱，还是对亲人朋友的贴心与付出，亲爱的人们都看见了。这也更加坚定了我的信念——成为爱的志愿者和践行者。和您一样，我要以园丁之心、之爱守护树苗，回馈大地。

2020 年 8 月 18 日至 19 日，我们开启了新一届学生的生涯教育课程培训，我再一次和班主任老师们开启和您相遇的精神之旅。**人世间有各种相遇，有的在路上，有的在心上。这一生会遇见无数的人，遇见还能留下，甚至在每一天的工作和生活中指导你、鼓舞你，这得多大的缘分啊。**

假期生涯培训前，我看了李萍老师的新书——《唤醒生涯——生命成长

视阈下的生涯教育》，也再次感受到人与人之间奇妙的因缘聚合，原来吸引你最终遇上并产生心的链接的，都是因为共同的思想和信念。我第一次到您那里做生涯教育分享时，题目就是《遇见自己，预见未来》，我想表达的核心理念就是：遇见自己是觉察和唤醒的开始，也是成为自己的开端，更是关注于当下的行动，只有遇见了自己，开始思考和觉察当下的人生，才能更好地预见未来。而预见未来的结果呈现，会给当下的自己以行动目标和动力，这样才能以终为始，以果寻因。

这和李萍老师的真我模型——“找自己，做自己”其实是一样的想法，都是在您的核心理念指引下的一种创造和提炼。

我还和您说了10年后对自己的期待，您鼓励我：“你写给我的‘家信’，里面汇集了许多真实的故事，这样的书写，才有灵魂，才有灵性。”您还承诺，如果有一天我写了书，您给我写序，而且是第一序，我真的好开心、好幸福啊。不知道自己为什么如此幸运，茫茫人海中让您看见我、记住我，不断地鼓励我、引导我，尤其是在老父亲离开我的第一个父亲节，我有幸在厦门和您一起度过，多感谢命运赐予我这样宝贵的礼物啊。**我对您的每一次汇报、每一次倾诉，对我来说都是反思、觉察和成长，更是不断践行爱的旅途中的加油站。**

今年暑假，本溪高中推出暑期公益课程，完全免费地提供给家庭贫困学生、偏远地区学生，希望真正“做有故事的教育，办有温度的学校”，为普惠教育贡献力量。本溪电视台《记录本溪》栏目专门报道了这件事情。虽然这两个月以来工作上的变化给我带来了很多辛苦与压力，但我如今可以更好地引领团队，更好地将心中美好的想法落实到教育教学的行动中去。每每看见爱的落地，我的内心都有小骄傲、小欢喜，还有小兴奋，我会忍不住地想要向您炫耀一番。

亲爱的老师，非常感恩，在这喧闹的世界上还有这样一种非常纯粹温暖

的交往，非常美好单纯的倾诉。跨越时空，跨越山海，为爱加油！

祝福，期待，感恩！

玉萍敬上

2020 年 8 月 23 日

天中老师给我的回复

谢谢玉萍，不知不觉已经收到 13 封家信，我倍感幸福。

字里行间都是大爱情怀，这是学生之幸，学生家长之幸，我之幸！谢谢，谢谢！

下周三（8 月 26 日），我就回厦门了。我们多多联络。

工作之余，也多保重身体啊！

2020 年 8 月 23 日

玉萍书记：

您好！

在 9 月 16 日，我就可以出关了（完成 14 天酒店隔离 +7 天居家隔离），开始恢复快乐生涯人的自由了，忍不住与你分享啊。

另一件事是，我要向您推荐来自湖南省的周老师，她所服务的学校刚刚开始进行生涯教育，请您和这位周老师联络，并给予“授人以筌”的工具、资源、平台和机会。

……

谢谢快乐生涯人好友们！

天中敬上

2020 年 9 月 12 日

玉萍心语

- 人世间有各种相遇，有的在路上，有的在心上。
- 遇见自己是觉察和唤醒的开始，也是成为自己的开端，更是关注于当下的行动。
- 做有故事的教育，办有温度的学校。

给天中老师的第 14 封信：感恩引领，努力追随，一直生长，一直探索

亲爱的天中老师：

忽然觉得，这每一个月的倾诉，就仿佛是一种仪式，也是一个美好的提醒——又一个月过去了，又有什么好玩的故事可以讲给您听呢。我就听从我内心的指引，想起什么就说什么吧。

我的向日葵收获了，从废弃的体育馆荒芜的空地上的一颗种子，到几个月后的万千星辉，这一路从无到有，从播种到收获，给了我特别多的欣喜和感动。我在高二年级组建了一个向日葵种子团队，从每个班级选两名心里有爱、眼里有光、脸上有笑的男生女生，传递爱和温暖，做自己和伙伴身边的“小太阳”。开学的第一次考试后，我就带着他们在向日葵花海中拍照，我们一起做游戏，分享彩虹卡，我还将生涯缘日记本作为礼物送给积极发言的同学。在以节约粮食为主题的班会上，每个班级都收到了丰收的礼物，那一天我也托着圆圆的笑脸拍了相片，像东北扭秧歌（东北的民俗舞蹈）里的小媳妇一样欢快愉悦，情不自禁。

在枯燥单调而又繁忙的工作之中，这样的喜悦欢愉弥足珍贵，我倍感珍惜，我也再一次感受到用心创造给工作和生活带来的意义。

还有一个印象深刻的事情是，9 月 13 日我在开学典礼上的发言稿《山河无恙，吾辈自强》得到了您的肯定和表扬，里面介绍的两部电影《无问西东》和《八佰》也成为您生涯电影资源库的内容，您还说“以你为荣，以你为傲”，这些话语都让我非常快乐，也让我在复盘的时候心里跳跃着欢快的脚步。

这个月我经历了身体上的又一次小疼痛，湿疹和荨麻疹困扰了我。在七月半（中元节）那天，我和在家乡大地里的老父亲做了深情的倾诉。随着年龄的增长，我愈发感受到世界上最宝贵的东西在不断地变化，对现在的我来说，生命力和健康已经变化太多，但依然不变的就是爱与关系。假如生命中没有了爱的联系，健康和生命我都不会再留恋。在无限的虚空里，爱依然是我的信仰。当偶尔的心力交瘁，让我由一个发光发热的小太阳般“有劲儿”的姑娘，变成灰暗无力的“没有劲儿”的女孩，我终于也开始学习接纳，看见并与她和解，不再强求自己始终元气满满，活力无限。

我在那样的时刻会再次想起当年的老父亲，以及现在的您，虽然看起来云淡风轻，激情满怀，但在面对年老、面对疾病、面对疼痛的暗夜里，是不是也曾一样感到无助和伤感。也许这才是每一个真实活着的生命，最真实的状态。也唯其如此，才更加需要信念和目标的引领，才需要更大的胸怀和视野。

对了，老师，我还有一个特别开心的事情要和您分享，那就是我的女儿她长大了。今年9月在上海，她独自完成了一次拔牙，这对别人也许是一件小事，对于从小胆小，对身体万分敏感与担心的她来说，却是一次难得的挑战和经历。另外，她还参加了上海喜剧节的一次海选活动。过去的时光里，在类似的活动中经历过太多失败的她，终于通过自己的努力敲开了一次门，看见了外面的光，还写了一篇《失败就像盒子里的巧克力糖》的文章发布在自己的公众号上。那一天，我看见了她的成长，由衷地感到喜悦和满足。**她是我一生中最重要的学生，如今终于走上了一条通往自知、自爱、自信、自在的人生道路，并不断地向前，这对我来说就是我努力付出爱与善意最美的回应，最好的礼物。**

因此，更加深深地感恩您的引领，也感谢始终努力追随您的自己。**我一直在生长中，一直在探索中，虽然看见了人生的苦，但依然抱有深深的眷恋，**

无限的热爱！

祝福，期待，感恩！！！

玉萍敬上

2020 年 9 月 23 日

天中老师给我的回复

今天中午来了几位辽宁的朋友，我在家里办了家宴，大家都夸赞本溪高中，当时我很想和你通个电话的。

2020 年 10 月 2 日

生涯缘故事十一：山河无恙，吾辈自强——2020年本溪市高级中学北校区秋季开学典礼致辞

亲爱的2019级高二同学和2020级高一新生：

今天是个好日子，一切美好的开始都是过去无数次努力和奋斗的结晶与礼物。祝贺高一新生，祝贺高二新生，祝贺我们拥有可以创造无限可能的青春，祝贺每一个愿意用心创造新生活的奋斗者！

今天，我想和大家分享的主要有三部分内容：我是谁、我的本高、我的祖国。

一、我是谁

亲爱的孩子们，虽然无数次被人喊着你的名字，可你是否真正能回答这样一个简单而复杂的问题——“我是谁”。你喜欢什么？你擅长什么？你的天赋和优势在哪里？你的理想是什么？你想成为一个什么样的人？从小到大你和无数人相遇，可是你遇见过你生命中最重要的那个人吗？只有从遇见了自己的那一天开始，你才开始真正长大，开始真正成为一个负责的人，才算真正开启你的人生：因为遇见自己是觉察和唤醒的开始，也是成为自己的开端。只有遇见了自己，了解了自己，开始思考和觉察当下的人生，才能更好地预见未来；而预见未来的结果呈现，就会给当下的自己以行动目标和动力，这样才能以终为始，以果寻因。

亲爱的同学，也许你还从未思考过这样的问题，也许你只是按照父母的期待和师长的嘱托来到了这里，那么我真心希望从今天开始，在这个你梦想

开始的地方，认真地思考一下这个问题，并用三年甚至更长的时间，用你的行动践行你的思考，用你的奋斗促成你的思考。这正如四楼阶梯教室后面的八个大字所说的——发现自己，赢得未来。你努力成为期待中的自己的样子就是青春最美好的模样。正是一个个最美的身影组成了滚滚铁流，捍卫了最美的本高。

二、我的本高

我们的本高到底有多美多牛，请让我骄傲地与你们分享我们共同的母校2020年的高考成绩：2020届学生是辽宁省取消跨市招生后的首批毕业生。面对新冠疫情等各种不利因素，我们创新线上教学的方式、方法，精准分析学情，有针对性地培优补弱，最大限度地实现了线上教学与课堂教学的有效过渡和衔接，取得了优异的高考成绩，完美收官“老高考”！

亲爱的同学们，不知你们是否知道这些让人骄傲的成绩背后是多少青春学子奋斗拼搏的汗水和泪水，是多少本高人同心聚力的智慧和辛勤付出。因为这些成绩的取得，将搭建起更加广阔的人生舞台，将为你成为自己提供坚实的支撑和助力。只有你飞翔到山海之外的那一天，你才会更加深刻地懂得助飞的平台有多重要。

用努力和拼搏铸就的本高铁流代表的是学生卓越的品行、良好的习惯，是学校精细的管理，是老师敬业的付出。我们的本溪高中并不完美，就如同世界上没有完美的人一样，完美承载教育全部功能和意义的学校也只在理论里存在。我想和大家说的是：你是否知道你所在的本溪高中的精神到底是什么？是什么让本高铁流永向前？是什么让一届届毕业学生念念不忘，对母校充满留恋和感激？本高的基因融入你的血液里后，给你的一生带来的到底是什么？我想今天作为你们的学长、师长，作为从十五岁和她相遇，大学毕业后回来，至今一直坚守在这方净土的本高人，说说我的感受和体会。

为了托举更多的山城学子走出本溪，走上更广阔的人生舞台，为党育人，为国育才，为了这样的初心使命，一代代本高人对教育教学管理中的每一件小事都精益求精。大家知道“惟精惟一”是中华典籍中记载的最早的心法，也是儒门十六字心法的重要部分。其中，“精”字的字面意思是纯白的米，如何才能得到纯白的米，那就需要不断地打磨，专一地用功。只有“惟一”，才能“惟精”。你是否具备“追求卓越，精益求精”的风范和品质呢？这不是口号而是行动。每一节课上你是否心无旁骛，专心致志？每一份作业你是否用心对待，保质保量？虽然不能保证每一分钟都用功，但用功的每一分钟是不是做到了高效而专注？亲爱的同学们，一个懂得为了梦想而追求卓越、精益求精的人，是没有心思注意门外经过的是校长还是值班老师，专注于课堂的心思会让你的眼神始终聚焦于书本或者上课的老师。你专注求知的样子，真的特别美！

同学们，只有严谨规范、精益求精，才会有更大的舞台、更好的成长，才能成为对这个社会、对自己的祖国和人民有价值、有意义的人。2020年的新冠疫情之所以是一本最生动的教科书，就是因为这本书让我们更清晰地看到了这样的一些人，他们救百姓于水火，扶大厦于将倾！钟南山院士、李兰娟院士、张伯礼校长、陈薇少将等众多科研工作者和医护人员奋战在一线的身影，令人热泪盈眶。他们为这片遭受苦难的土地殚精竭虑，他们让我们知道还有人这样勇敢高贵，这样有价值、有意义地活着。我们在心底要悄悄埋下一颗种子，一定也要成为这样的人，因为我和我的祖国，一刻也不能分割！

三、我的祖国

2020年8月15日，是日本宣布无条件投降七十五周年的纪念日。那一天，读到中国第一代战斗机飞行员的故事，我热泪盈眶。他们是真正的天之骄子，本拥有无数人艳羡的一切，却为了抗击日本侵略者自愿成了人肉炮弹。一直到抗战结束，一共有1700人冲上天空！谁能想到，这些鲜活的生命在抗战中一个一个变成墓碑上冰冷的名字，而他们殉国时的平均年龄才只有23

岁……1932年，“九·一八”事变仅4个月后，相当于日本国土面积3.5倍的东三省全部沦陷，中日全面战争随时可能爆发。这一年，国民政府在杭州笕桥成立了培育中国第一代飞行军官的中央航空学校。

沈崇诲，就是电影《无问西东》中沈光耀的原型，他的父亲是当时的大法官、法学家沈家彝。只有25岁啊，这个刚刚从清华大学毕业的高才生，为了改变国家和民族的命运，把自己当作最后一颗炮弹，在爆炸声中跟敌人同归于尽。

为了国家和民族的利益，不惜牺牲自己的生命、爱情，这就是信仰的力量，理想的回声。2020年，我们经历了许许多多，从新冠疫情到洪水再到外界嘈杂而疯狂的声音，很多人都说中国真的太难了。人们不禁要问：艰难的日子什么时候才是个头呀？但是回望1937年，通过近期热映的电影《八佰》回望那一年的四行仓库，其实我们已经有了答案。没有什么可以摧毁一个不服输的民族。一寸山河一寸血，一抔热土一抔魂。在中华民族最危险的时候，这些抗战英雄挺身而出，抛头颅、洒热血，为中华民族筑起了牢不可破的血肉长城。

敬爱的周恩来总理年少时的铮铮誓言——“为中华之崛起而读书”，在这个时代再次给每一个热血青年以激励和引领。学生为什么要读书？为什么要学习？为了要成为有知识、有担当，为祖国和人民奉献的人！个人命运与国家紧密相连，无论是抗击新冠疫情中，还是国家建设中，每一个人都必须是坚强勇敢的战士！2000届本高的毕业生，我第一次做班主任带的老学生在2003年“非典”的时候还是北京大学校园里被隔离的学生，2020年已经作为顶尖的医生到了战“疫”的最前线。知识化为力量，格局激励成长。

同学们，“纵有千难与万险，本高铁流永向前”的本高精神，需要你的坚守和践行，祖国的未来和民族的挺立需要你的付出和行动。如果有一天我们的国家和民族需要你冲锋陷阵，你的武器就是如今你手头的书本，本高的课堂就是你的训练场，铃声就是你的冲锋号！

山河虽已无恙，吾辈更当自强。祝福亲爱的你们，成长顺利，未来可期！

2020 年 9 月 9 日

玉萍心语

- 爱依然是我的信仰。虽然看见了人生的苦，但依然抱有深深的眷恋，无限的热爱。

给天中老师的第 15 封信：看见自己的成长——对爱的人的理解和爱，对死亡的积极思考，对情绪的管理

亲爱的天中老师：

2020 年 10 月 25 日是重阳节，中断了接近两年的节日祝福又延续了，我安排办公室给每个离退休的老教师写了一封热情温暖，充满感恩与想念的信，并做成了小贺卡，收到礼物的离退休老教师都感受到了温暖和被记得的快乐。

10 月 24 日，您在以“健康中国”为主题的云端分享课堂中提到了临终关怀和向死而生，我在为您 80 岁依然蓬勃的生命力而惊叹、敬佩的同时，也做了很多思考。现在，我想把近日发生在我的家庭中，关于预备年老的故事和您分享一下。

起因是闺蜜的父亲突发心衰，住进了 ICU，这触动她马上为自己购买了保险，也让我思考未来保障的相关问题。这时，厦门的女性朋友为爱人买的寿险吸引了我的注意。这份保险需要现在每年花近 5000 元，交费 20 年，如果 70 周岁之前发生各种意外，会给予 100 万元的经济补偿。当时我并未想太多，只是想万一有意外发生的话，我们可以给女儿留一份经济保障。于是，我就在网上以投保人的身份给爱人买了一份，没想到最后需要他认证的时候，他表达了自己不一样的想法：

第一，20 年后的 100 万元，不会对生活有太大的作用；

第二，如果是因为父母的离开而得到的物质保障，会加剧孩子的痛苦。

我其实不认同他的观点，但是后来我站在他的角度就理解了，他自己最

近也身体不舒服，探讨这样的一个话题本身对他可能带来不良的心理暗示。最后的结论是 100 万元和自己爱的人当下的快乐无法相比，更何况这只是小概率事件。所以，给爱人买保险这件事不了了之，但是我后来给自己买了一份，保到 66 周岁，理由是那个时候女儿都 42 岁了，已经不需要我在生活上的护佑了。

整个故事和您大致分享如上，我的感悟是：

第一，绝大多数家庭对年老和死亡还不能进行通达乐观的探讨、准备和面对；

第二，向死而生是多么积极乐观的生活态度啊，可惜太多的人因为没有勇气面对死亡，所以对生也缺失活力和珍惜；

第三，对爱人、对女儿，对妈妈和姐姐，我有多牵挂，就有多爱恋，往后余生还要更好地用心去珍惜。

我通过这件事情再次**看见自己的成长——对爱的人的理解和爱，对死亡的积极思考，对情绪的管理**。

这个月以来，我因为工作依然劳累，也遇见了让自己感到焦虑和失控的事情，但还好因为接纳了自己的不完美，每每感到焦虑无力时都能很快地恢复和缓解。学校的心理工作在进一步完善中，新入职的两位专业的心理老师也开始进入工作状态，都以家长为调查对象对学生心理进行了普查了解。我带领心灵陪伴小组的伙伴们参加了清华大学积极心理学研究中心组织的幸福园丁公益课，学习如何让一个生命更好地蓬勃向上，积极乐观。我希望**成为一个快乐的生涯人，寻找同行者，逐渐扩大爱的涟漪，帮助别人、快乐自己**。

这几年，无论是对叙事心理学的学习，还是对积极心理学的探讨，我发觉很多理念和在您的生涯工作室里感受到的都惊人地相似。**那就是慈悲、爱、感恩和希望，我也把这些融入到六个字“祝福、期待、感恩”中，每天对世界、对生活充满祝福、期待和感恩。**

再次感恩老师对我的激励和看见，昨天在云端看见您激情满满、活力四射的状态，真的是好羡慕您，好敬佩您呀。

玉萍敬上

2020 年 10 月 27 日

天中老师给我的回复

玉萍，我看了你的长信非常高兴，后来，又看了一遍，倍感亲切、温馨！

和深圳高级中学的腾讯视频会议好像是 10 月 29 日（周三）上午 9：30—11：30，若是你刚好有空就参加，不要影响你的工作。

2020 年 10 月 27 日

玉萍心语

- 成为一个快乐的生涯人，寻找同行者，逐渐扩大爱的涟漪，帮助别人、快乐自己。
- 幸福是一种主观的体验，幸福也是一种习惯，幸福更是一种能力。
- 每天对世界、对生活充满祝福、期待和感恩。

给天中老师的第 16 封信：明确自己 80 岁依然要做幸福园丁的人生使命

亲爱的天中老师：

今天早晨忽然间情绪低落，不愿起床，结果迷迷糊糊地再次入睡，醒来依然感到疲倦。来到办公室，沐浴着暖暖的阳光，翻开从前的文字，回忆疫情期间自己对“祝福，期待，感恩”的解读，心情也慢慢地好起来。

这个月完成的最重要的工作是期中考试及考试后的班级调整。我们学校按照因材施教的原则实行分层次教育，将班级分为奥赛班和普通班。我们会在一学年结束的时候，根据成绩进行动态调整。因为疫情影响，这个工作一拖再拖，而且疫情带给我们的一个教育难题是孩子们的心理非常脆弱。为了做好相关引导工作，我前几天在期中表彰会上发言，题目是《奋斗是本高的常态，也是人生的常态》，借此为那些暂时有困扰、有孤单感的孩子们送出祝福和嘱托。

我的用心被老师们和孩子们看见，好几个老师都跟我表达了内心的感动。我想我之所以这么多年一直辛苦地旋转，却依然能够充满活力与激情地投入到工作中，就是因为自己的付出总是会被看见和被回应吧。

期中考试后，我们在班主任会议上对班主任老师进行培训，同时就“激活生涯潜能、实现生涯使命”和“五育五素质十五能力测评”，专门开了一个小型班会。我认为，测评本身就是一次重要的生涯思考。对您的作业，我之所以如此用心，如此希望做好，原因确实就像是 10 月 29 日和深圳中学副校长一行交流时我说的那样，遇见您之后，我的生活发生了很多美好的改变。

从2016年立刻行动完成生涯角色的转换，告别了思想政治课舞台，进入生涯和心理领域，到2019年4月的不期而遇和2019年6月的如约而至，再到2020年开始每月的相约，**我已经在这个过程中明确了自己到80岁依然要做幸福园丁的人生使命，做快乐生涯人，胜任愉快的爱的终身志工。**

同时，我们学校这方面的工作也因此有了很多的变化，学校德育活动的视野和格局被打开，如举办了成人仪式暨毕业典礼、在劳动课程中融入家国情怀、设置了生涯课程，这些都特别受学生们的欢迎。心灵陪伴工作室和心理教研组的建设也在不断完善，而且我们还进行了教师培训会和分享会。从一千人思政课上同频共振合唱《我和我的祖国》，到每天上下课的铃声——《我和我的祖国》的优美旋律的萦绕，在很多德育的细节里，都有家国情怀的沁润。

2020年11月17日，在高一教师生涯培训总结课上，我对老师们说：**“黄天中老师是老园丁，我是小园丁，不断地成长，将温暖与爱经由班主任又传递给1000多个孩子和家庭。每每想到爱的波纹的不断扩散，自己就倍感工作的意义和价值。”**

最近我的生活如何呢？这一个月以来，女儿面临着人生两件大事的选择，工作和婚姻。**我说服自己不要给予更多的建议，而是无条件地支持她出于本心做出的任何选择，并相信她做的都是世界上最好的选择。**

我总是会因为牵挂女儿的事以至睡不安稳，也真切体验到什么是母女连心。因此，更加提醒自己，把自己活好就是对女儿最深沉的爱，也相信女儿会理解这份心意，明白把自己活好就是给予妈妈最好的爱。

此刻岁月静好，阳光明媚，在笔尖流淌的过往慢慢变成滋养我的礼物，再次深深感恩生活，感恩亲爱的您。

玉萍敬上

2020年11月22日

天中老师给我的回复

玉萍，我刚刚由厦门飞抵济南，明天下午、晚上有课。盼着盼着，盼到了这个月的来信，如同盼望着家信。就像以前那样，信中字字句句都是肺腑之言。只有这样的真心实话，才会有共鸣！今天想和你一起分享的是“倾听陪伴就是关怀”的思维，也就是我们要立即行动的是学习倾听、学习陪伴，悟出“关怀”是要去做的！玉萍，你的想法如何？

天中敬上

2020 年 11 月 22 日

我的回复

亲爱的老师，辛苦啦！您天南地北地传播爱，而且最近疫情有反复。我最近工作有点忙碌，偶尔有焦虑不安。还好，我的内心有了坚定的信念。学校心理工作室的名字就叫心灵陪伴与倾听，为我和您的这份默契而感动感恩。

我会在生活中更好地践行这些理念。知道的人很多，做到的人不多。知行合一，生活才是最好的修行。祝福，期待，感恩！

玉萍敬上

2020 年 11 月 23 日

生涯缘故事十二：奋斗是本高的常态，也是人生的常态——2020级高一期中考试表奖会发言

亲爱的高一老师们、同学们：

秋季开学的相遇仿佛就在昨天，一转眼2020年仅仅剩下43天。在世界因为新冠疫情而发生巨大改变的动荡岁月里，我们在祖国的大地上、在本高的校园中潜心教书、安静读书，共同就成长的话题而研讨。此时此刻，我的内心有特别多的感恩和感动，不知道孩子们是否还能记得开学典礼上和大家共同探讨的话题——今天我们为什么而读书？“请党放心，强国有我”，是一代青年在祖国的心脏面对全世界发出的铿锵誓言。“纵有千难与万险，本高铁流永向前”的本高精神，更需要你的坚守和践行，祖国的未来和民族的挺立需要你的付出和行动。如果有一天我们的国家和民族需要你冲锋陷阵，你的武器就是如今你手头的书本，本高的课堂就是你的训练场，铃声就是你的冲锋号。

如果说上一次和大家探讨的都是人生的大问题，那么今天请允许我代表学校和在本高第一次经历考试历练的大家分享三个具象的小问题。

一、新时代的拼搏离不开科学方法

2016年里约奥运会上，中国女排奇迹般闯入半决赛，郎平接受媒体采访时说：“不要因为赢了一场球，就提女排精神，单靠精神是赢不了球的。”的确，我们不能用简单的胜负来衡量女排精神。女排传奇的背后，也远非一句拼搏的口号和死磕到底的精神。

新时代下的女排精神有着更丰富的内涵，包括不断总结和高效学习的意识、更科学的训练方式。

在微博上，郎平曾写下自己的《生存手册》，她说："设立目标、踏实努力、及时总结，这是当年我在中国女排学习到的关于时间管理的方法论。"

41 年前，18 岁的郎平被当时的教练袁伟民选进了女排国家队。入队第一天，就被袁伟民教练要求写训练日记，记录自己一天的训练中有哪些心得，有什么收获，解决了什么问题，发现了哪些不足，是否找到改进的办法，以及明天怎么训练。

"写训练日记"让她明白，想要取得好成绩，并不是苦练就完了，还要掌握学习方法，及时总结。通过持之以恒的总结和反思，郎平和其他女排队员将每一堂训练课的效率都提到最高。写日记的习惯被郎平数十年如一日地坚持了下来，并以此要求今天的女排队员们。一天的训练开始前，她要求队员们想明白，自己在这一天里要做什么，希望达到怎样的结果。**"想要达到远大目标，每一天都必须做好规划，及时总结。"**

作为主教练，郎平之所以能不断突破已有的思维，做出革新，就是因为她一直在进行自我学习和提升。很多人可能不知道，"铁榔头"不仅有着超凡的体育天赋，生活中的她，还是一位对学习如饥似渴的"学霸"。

30 多年前，郎平作为主力队员，创造了"五连冠"奇迹，一度成为国民偶像。然而，她却在负伤退役后，做出了一个令人震惊的决定：放弃仕途，自费出国深造。

在美国求学的日子很艰苦。学费很贵，她就一边在俱乐部打球，一边攻读体育管理专业。为了节省生活费，每天都吃自制的三明治。尽管如此，她对自己所做出的重大抉择并不感到后悔。因为她清楚地知道自己需要什么，"我希望能学点实在的、科学的、真正有用的东西"。正是这些实在、科学、有用的东西，让今天的郎平成为驰骋排坛的"世界最佳教练员"，也给中国女排带来了脱胎换骨的变革。

亲爱的同学们，下次月考后希望我们年级一起看一下电影《夺冠》，希望你们感受和体验中国女排的拼搏奋斗精神，更希望你们看见成功者背后付出的汗水、泪水以及智慧。

学校领导和老师们要求你们**做好计划，学习时间管理，注意平时的规范书写、规范表达**等，这些都不是凭空想象的方法，都是历届学哥学姐通过学习探索得出的宝贵经验，你真的相信并用心践行了吗？奋斗不仅是本高的常态，也是人生的常态。你见过没有春天的播种就有金秋丰收的田园吗？你见过没有经过一点一点的成长一下子就枝繁叶茂的参天大树吗？你见过不用踏实付出、不掌握科学方法就取得好成绩的同学吗？亲爱的孩子们，对考试的总结甚至比考试本身还重要，希望你们在认真总结这次考试得失的时候，在下一阶段调整自己的学习状态的时候，记得运用科学的方法，学会管理时间、管理自己。

二、优秀的团队、温暖的关系离不开包容和尊重

电影《夺冠》中有一句话很让我感动——“中国女排没有你、没有我，只有我们”。何止是中国女排，任何一个优秀的团队都需要互相包容和理解，需要对他人的尊重，对不同声音的悦纳，还有彼此的合作和成全。

在同学们进入高中所面临的各种不适应里，学习压力带来的不适只是其中一个方面，心灵深处的困惑还有很多来自和小伙伴们的交往，以及对班集体文化和学校管理文化的不认同。我们需要“接受自己不能改变的，改变自己可以改变的，并且有足够的智慧区分二者的不同”。如果我们期待在一个新的团队里感受到愉快和温暖，记得首先自己要做一个走出舒适区，主动创造温暖的人。班级就像一个家一样，只有每个人都为这个家付出更多的善意和温暖，这个家才会给你更美好的回馈。

即使是生活在集体中的最孤僻的人，他的内心深处也渴望与人交往，渴望来自同伴的友谊。不能主动交往，一是在交往过程中缺乏自信，二是不知道你的伙伴们很多也和你一样承受着孤独的烦恼。那么，如何尽快融入一个团队，走进和你不一样的心灵呢？老师能够给你的建议是，我们要带着善意去欣赏别人，善于发现别人的优点并接纳别人的不完美。对于他人的想法或者行为，只要不违反规则和纪律，不违背道德准则，那么更多时候我们要学习尊重和理解。这对于独生子女来说，尤其需要学习，但这确实是我们解决人际困惑，找到温暖友谊，尽快融入集体的好方法。与其改变他人，不如改变自己。

同学们，青春期的成长蜕变本身就带有疼痛，每个人都需要面对。学校为了你们更好地成长，用心地做了各种努力。对于这一点，辛辛苦苦每天陪伴你们的班主任和任课老师已经做了最好的诠释。同时，学校在一楼的走廊出口设置了心灵陪伴信箱，若你有困惑，心理教研组的老师们会给你温暖的回应。在此，老师也把我的QQ号码向全体高一学生公布——1205048527，如果你们有任何困惑或者对学校对老师的期待，都可以给我留言。这是我2007年开始做年部主任时申请的小企鹅号码，如今已经陪伴好几届学生走过最美好也最艰难的高中时光。

还有你们考试后，只要我们没有特殊的事情，一定会在走廊里对你微笑祝福，也希望能有更多的同学接收到这份祝福，而不是还沉浸在没有答好试卷的沮丧里，对这份祝福视若无睹。考试是为了更好地进步，是最友善的提醒，不是目的，更不是打击你的武器，除非你首先缴械投降。

亲爱的孩子们，没有完美的个人，也没有完美的学校，但是总有一天你走向远方，回望过往时，你会发现再也没有人像本高的老师一样，无论多么深的夜晚，只要你问我就在。

学习本身就是一个需要坚强的意志力去挑战自己的艰苦跋涉的旅途。但是，没关系，当你每一次陷入情绪的低谷时，都可以寻求小伙伴的帮助，也可以和心理老师或者你的父母沟通交流，还有，一定要记得我在小企鹅号码里的祝福：无论天寒地冻，都以舞蹈的姿态面对风雪。愿每一个用心的你再出发的时候都充满力量。

三、本高的优秀离不开最有潜力的你

还记得很多年前，我当班主任的时候，有一天两个小女生偷偷地没上课间操，以为我不会发现。当我把她们喊到办公室的时候，我的第一句话不是为什么你们逃操了。我看着她们问："你俩觉得自己重要吗？"两个女孩子没有回答出重要还是不重要，但瞬间大颗的眼泪涌出来。"对老师来说你是几十分之一，对父母来说你是百分百，对你自己来说你是全部，要是你不看重自己，还有谁能比你自己更看重你呢？"

今天，老师将当年对学生说的话，再次送给台下觉得自己在本高像小草一样寂寞孤独的孩子们。老师想说的是，本高的优秀离不开最有潜力的每一个你。为党育人、为国育才是本高所有老师们的初心使命，每一个踏踏实实为梦想付出的人都是老师们心目中的英雄。也许我们底子薄一点，步子慢一点，但是只要我们不放弃对自己的要求，只要我们跟得上本高奔涌向前的大队伍，最后我们在毕业典礼上就都是母校最骄傲的荣光。

今天我代表学校正式对所有的老师和孩子们说，在本高的词典里，从此以后没有学困生，只有最有潜力的你。暂时的落后只是为我们提供了更多的成长空间。**人生从来不是百米冲刺，而是一场马拉松。人生也从来不只是一条路，而是充满分叉小径的花园。高考的答案是唯一的，人生的答卷上却充满无限的可能，你绝对有可能是那匹闪着光的黑马。**本高的现在我们一起在，本高的未来有你更精彩！

亲爱的老师们、同学们，言有尽而爱无限。每次发言我都是用心做很多天的准备，因为我知道00后是最不喜欢听道理的一代人。因此，我努力用孩子们喜欢的方式说出自己的心里话，传递自己的祝福和期待，希望和更多的孩子们有所感应和同频。

我在花季年华留下美好回忆的母校，因为有你的存在而变得如此美好，未来还会越来越好。愿每一天辛苦努力的你，累了的时候可以看看飞驰而过的高铁，相信你的远方和未来有无限的可能，无限的希望！再一次深深地祝福大家！

天中老师给我的回复

太棒啦！句句都是你内心深处的真话。之所以动人，是因为你说的都是自己相信的话。玉萍，以你为荣！

玉萍心语

- 说自己相信的话。
- 每每想到爱的波纹的不断扩散，自己就倍感工作的意义和价值。
- 所有的日子里不管发生什么事，都不应该得到自己的差评。

给天中老师的第 17 封信：特别的 2020 年，忙碌的工作之中总有温暖的回应

亲爱的天中老师：

好像都还没有明确今年年终总结的思路呢，眼看着日历一页页地翻飞，我有点像大风大雪中迎风追赶丢失礼物的小女孩，有些许的惶恐。我也翻看了去年冬天的文字，字里行间透着从容，好像 2020 年的自己也随着时代的波涛起起伏伏，有一点点的不从容。

唯一感到欣喜的是，在您的鼓舞之下，在新的岗位上，我将爱以更大的涟漪扩散出去。2020 年 12 月 14 日下午，我给高一高二全体学生上了一节关于党的十九届五中全会的政治课，主题是“**中国的未来，我们一起来**”。我从“一五”时期的艰难讲到对“十四五”时期的憧憬，介绍了国家对科技和创新的需求以及强基计划下高考政策的调整，让孩子们思考 2035 年自己会遇见什么样的世界、会遇见什么样的自己。我特别发自内心地想和孩子们说，个人的命运永远与时代和祖国紧密相连，中国的未来，我们一起来。

我们最后的环节是 2000 多人合唱《我和我的祖国》，每一次到这个环节，我自己都非常激动，都会想起在您的课堂上的那一幕：女高音带领着大家一起唱“百灵鸟从蓝天飞过，我爱你，中国”。每每念及天中老师对我的影响，我都特别期待今天的自己也可以出现在未来孩子们 2035 年、2049 年的人生记忆中。他们最美好的青春曾经有过我的影响，这是多么美好的一件事呀！

2020 年真的很特别，1 月份放假和您告别时大雪纷飞，再次和您笔端相逢竟已是初夏 5 月柳绿花红。由于工作岗位的变化，加之每天面临防疫等各

种烦琐事务，我再次开启蜜蜂模式，始终处在旋转飞舞状态下。还好，虽然每天都处在繁忙之中，但花朵始终都在给予我温暖的回应，所以虽然经常性地会被疲惫和焦虑击倒，却总是会很快在花香中苏醒并慢慢地恢复活力。

每当我想到**爱的传承**，我就特别想亲自到您的身边说声谢谢，尽管您一再说爱不需要感谢而需要传递。现在，我真的非常希望疫情早日散去，可以再次有机会参加您的现场会，在您激情澎湃的状态里汲取继续前行的能量。

爱是一个动词，爱本身就代表着奉献和付出。新的一年，在爱的旅途上，我要继续好好地创造更多的美好，继续每个月和您汇报我爱的生涯。

亲爱的老师，今天是冬至，北半球白昼最短的一天。自今日起，白昼一天比一天长，又一个新的循环开始了。此时太阳正暖洋洋地照着我的后背，就如同您微笑时孩子气的眼神，如同您对我的关注与嘱托。

新的一年，我相信一定会有机会去见您一面，这是祝福也是期待，更是我深深的感恩，也特别希望您爱护好自己的身体，健康平安。

爱您的玉萍

2020 年 12 月 21 日 冬至

天中老师给我的回复

玉萍，我非常非常感动。感谢！信中每一句话都能让人感受到你的真诚、你的努力，你用这样的一种爱心去带你的学生，是孩子们的幸福，是国家的幸福。面对你这样的一位教育工作者，我特别特别想打个电话，想跟你分享：我们都知道**教育是一个良心事业，而自己去做自己想做的事，而且做得那么踏实，那么开心，那就已经超出良心事业的范围了，那就达到了一个做人做事最幸福、最美的境界。**

如果把教育当作一种很真、很善、很美的事业，就不会觉得累，更没有什么所谓的抱怨。如果把教育当作一份职业，当作一份工作，就会去比较薪水、待遇、级别，那些所有教育以外的事情也都会被带到教育本身之中。

我通过过去的这17封信见证了你的成长过程，真的非常高兴，所以今天特意打一个电话，在冬至的这一天啊，祝福你跟你的家人，希望你把你的大爱继续传递下去，这是我们国家的大幸。真的非常感谢，加油加油！对了，疫情结束以后，咱们的生涯研讨会我得争取啊，争取2021年的时候我们来办啊，谢谢。

2020年12月21日

生涯缘故事十三：
2016年，在我的生命记录里第一次出现了天中老师的身影

最近这些年的冬天经常感觉自己是一只冬眠的小刺猬，最常见的状态是百无聊赖，且偶尔还要动用身上的盔甲。这个冬天难得自己始终处于春天般的情绪中，这与我参加了一个介绍萨提亚家庭治疗模式的工作坊应该有很大关系。

我参加了主题为“从亲密关系看亲子关系”的心理工作坊活动，这是我第一次参加类似的活动。在分享互动环节，我的伙伴们因为心里的痛而泪流满面，而我也觉察到自己与父母、爱人、孩子等的亲密关系中他们给予我的厚爱，为此我感到深深的知足，没有任何理由不快乐。

维琴尼亚·萨提亚是美国极具影响力的心理治疗大师，被誉为“每个人的家庭治疗大师”。对萨提亚模式的学习是一种心灵体验的过程，帮助我们认识到每一个生命都有着独特的成长脉络，无论旧有的成长模式带给我们什么样的经历与感受，都值得尊重和接纳，并且我们可以透过新的觉察而获得更多选择。

萨提亚对人的信念是我们所有人都是相同生命力量的展示，健康的人际关系建立在价值平等的基础之上。感受是属于我们自己的，我们每个人都拥有它们。无论在任何特定的时间，父母都要尽其所能地做到最好，我们所有人都拥有让自己成功和成长的内在资源。我们有许多选择，特别是在对压力，而不是对情境做出反应的时候。问题本身并不是问题，应对问题的方式才是问题。应对乃是自我价值层次的显现，自我价值越高者，应对的方式越统整。

欣赏并接受过去，可以增强我们管理现在的能力。萨提亚模式的主要目标是达到表里一致及高自我价值。自己是萨提亚治疗时最有力的治疗工具。

参加完这个学习后，学校派我去参加在北京师范大学附中举行的全国高中学生发展指导高峰论坛的年会。在这次年会上，我遇见了七十多岁的黄天中老师，会后参加了他的工作坊举办的“如何开展全程生涯规划体验式学习”活动。那天晚上的学习持续到九点半，黄天中老师一直站着讲课，最后还坚持给每个学员亲自下发证书，并合影留念。我深深地感受到他的行为完全抛开了任何世俗和功利的目的，就是纯粹地为了传递自我生命的光和热。这对于我来说是一次激励，也是一种唤醒，也加快了我实现转变，做更有意义的、自己喜欢的事情的脚步。

余生的每一天，最好的珍惜就是倾心在场和真心参与。我发现我爱女儿、爱家人、爱学生、爱朋友的过程里，其实我自己也是被爱暖暖地包围着，这更加坚定了我要做一个身后有光、心里有爱的人的信念。

难忘的2016年已静悄悄地成为回忆，年年此时手指在键盘上舞蹈的情景都如此相似又如此不同。年华老去，充满着爱的一颗心依然如年少时一样热情洋溢，我喜欢这样的自己，深深地爱着自己现在的生活！真心地祝福所有我爱的人们，新年快乐，顺利、平安、好运！尤其是新年过后，我亲爱的老父亲就九十岁啦，想想就特别开心和幸福。祝福我们都能像我的老爸老妈一样健康、长寿、幸福！

2016年12月31日

生涯缘故事十四：2020 年生命叙事：我的春夏秋冬

我们的生活就是由一个一个故事组成的。这些故事活在时间里，也活在我的叙述中。随着视角的改变，赋予的意义和阐述的方式的不同，故事越来越不一样，越来越丰厚。

又到了年终岁末，坐在回忆的马车上，在黄昏的落日里，我依然是那个面带微笑的幸福的人。为此，我深深地感恩。无论生活有多苦，此刻的甜蜜让我觉得每一个平淡的日子都特别值得用心去体会。

2020 年关键词：祝福、期待、感恩。

2020 年春

2020 年的春天真的很特别。对世界来说，新冠疫情波及全球。对我来说，人生中第一次感受到人与自然之间如此特别的链接。回想起这个春天，记忆里最深刻的还是因为工作和一千多个家庭、一千多个孩子每天的云端相约。

大年初一我接到校长的电话，大年初三和老师们建立了名为“今晚八点半”的沟通交流群。但没有想到的是，从那一天开始的每天云端相见、云上交流竟然长达 100 多天。从过年一直到 2020 年 5 月 18 日顺利开学，我度过了有生以来最长也最艰难的假期。当然，我也因此和亲爱的女儿拥有了一段难得的每天朝夕相伴的美好家居时光。

我在这一年春天，终于为女儿学会了发面蒸包子。在等待面醒发的过程中，在为一千多个孩子解决假期中面对的各种困惑的过程中，在一次次的思考和实践中，我再次感受到教育确实是一个慢的事业，在人的成长中，一定要学会等待和沉淀，要相信水到渠成的幸福！

2020 年夏

2020 年夏天，我们第一次给妈妈隆重地过了她自己专属的生日。过去“老龙王”爸爸在世的时候，因为妈妈的生日是随意记在户口本上的，所以一直就是随着老父亲的生日过。去年的时候，我们姊妹还有妈妈都还没有从和“老龙王”爸爸分别的悲伤情绪里完全走出来。后来，大姐说我们都要明白一个道理：好好照顾妈妈，就是对爸爸最好的爱。所以今年疫情缓和允许外出活动后，我们就在天气晴朗的周末带着妈妈一起游玩。

有一回在温泉沐浴的时候，我听见妈妈和我家二姑说：“以前呀，我总是想老头儿呀，怎么也忘不了他，心里难受。现在好了，现在有时候都要把他忘记啦。”虽然我知道对于深情的“老龙王”来说当然很不愿意他爱的人把他忘记，但是我想他更希望的还是她幸福快乐吧。

这个夏天，我再次到“魔都”上海给女儿庆祝她的生日。女儿的生日是在八月，我但凡有假期都要争取在这个日子去陪伴她。不过，每一次好像是给她过生日，最后都变成了我享受做母亲的纪念日，每一次都特别想发自内心地告诉她：“有个这么贴心的女儿，可真好！”女儿在这个暑假实现了 2019 年我在她生日那天的祝福——由合租的房子搬到了单独租的小房子。我特别喜欢这样一点一点实现梦想，不断地让日子越来越好的感觉。我相信 2021 年的夏天，新的心愿也一定会实现！也特别祝福疫情散去，到 2021 年她过生日时，我们还会一起在“魔都”相聚！

123更美好

可爱输出
123更美好

2020 年秋

这个秋天最深刻的记忆竟然还是身体的病痛，不过这一次变成了另外一种不适：痒。从某一刻肘弯长出小疙瘩开始，用了接近两个月的时间才痊愈。尽管我一直期待通过自己免疫力的提升实现自愈，但最后还是喝了两个月的中药来调理。

最严重的时候，会半夜因为痒而醒来。那样的醒来，那样的黑夜，如今想起来才是疾病带来的最大的困扰。因为人在夜晚的时候，会特别地容易胡思乱想，也会特别地敏感脆弱，更会特别地想要思考人生的大问题。我会一直想，为什么最近两年，在我最爱的秋天身体都要出现这样的病痛。如今走过那段难熬的时光，才发现也许这些煎熬都是为了让我更好地感恩健康的每一天。对于从小到大一路顺遂的我来说，这些病痛真的是恩赐，让我得以体会人间不同的滋味。当然，这都只是小小的插曲，毕竟健康是我生活的主旋律。不涉及生死的疼痛都应该算作小疼痛，提醒自己好好地感恩和珍惜。

2020 年冬

2020 年 12 月 14 日清晨，看见大学同学发的朋友圈——中国教育电视台采访曲建武老师的视频《我和我的祖国》。曲老师作为思政课老师，将全部身心投入教育事业，培养学生对伟大祖国的爱。曲老师是我在辽师读书时候的校领导，后来到辽宁省教育厅担任副厅长，再后来为了回到心爱的学生们的身边，辞职到大连海事大学担任辅导员，一直到今天还在追求教育理想的路上。

看完这个视频的当天下午，我和两千多名学生一起上了一堂思政课。我从“一五”时期的艰难讲到对“十四五”时期的憧憬，介绍了国家对科技和创新的需求以及强基计划下高考政策的调整，让孩子们思考 2035 年自己会遇见什么样的世界、会遇见什么样的自己。我特别发自内心地想和孩子们说，个人的命运永远与时代和祖国紧密相连，中国的未来，我们一起来。

最后，我们两千多人一起歌唱《我和我的祖国》。这是第三次用合唱这首歌的方式来结束一堂课，每一次到这个环节，我自己都非常激动，会情不自禁想起黄天中老师课堂上的那一幕：女高音带领大家唱“百灵鸟从蓝天飞过，我爱你，中国”。在我成长的路途上，难忘恩师的引领示范和培养，也特别期待今天的自己可以出现在2035年、2049年时孩子们对高中生活的美好回忆里。

连续好多年了，我都会在年终岁末盘点回放这一年的生活。2020年，每天的日子飞驰而过，真的像飞一样地流逝。静静回想，耳畔还是这六个字：祝福、期待、感恩。

祝福：**祝福是深深的爱，是行动和付出，是每一个人都在自己力所能及的范围内发出自己的光芒。祝福不是口号和形式，是用心地去创造美好的生活！**

期待：**期待是深情的信任，信任自己的国家、自己的团队、自己的家庭，还有自己，都可以变得更好。只要我们每一个人都付出努力，生活就永远充满希望！**

感恩：**感恩是用心的谦卑，看见世界和生活里每一个细微的美好都没有理所当然，都需要用心地珍惜和回应！**

高中时代的班主任张首珍老师，今年由于身体原因住进了养老院。我们欢乐无比地陪伴了老师短短的半小时。老师在视力模糊的情况下，依然给我发了几个长长的短信，殷殷指导我的工作和生活。世间所有师长父母之爱，都是如此，想想既伤感也欣慰。**在生命的轮回里，每一个人都是循环往复中的一环。爱，永不止息，永不消失。**

也借此机会向生命中所有没来得及感恩的师长，向所有关心爱护过我的人们，还有所有有缘通过文字相遇的人们，致以新年的问候和祝福。有幸同行这一段人生之旅，愿我们都能像小小的向日葵，小小的种子汇聚成大大的圆盘，小小的种子萌发成一片花的海洋，在向着太阳生长的每一天，都带着无限的美丽和光芒！祝福、期待、感恩！

2020 年 12 月 31 日

玉萍心语

- 中国的未来，我们一起来。
- 爱是一个动词，爱本身就代表着奉献和付出。
- 在生命的轮回里，每一个人都是循环往复中的一环。爱，永不止息，永不消失。

给天中老师的第 18 封信：播撒爱，相约 2049，用心陪伴的彩虹故事

亲爱的天中老师：

这是我写给您的第十八封信，也是 2021 年的第一封信，所以我想要写一点特别的故事和您分享。恰巧，昨天和孩子们进行了一场“相约 2049”约定会，让我非常开心。我决定记录下来，作为新年礼物送给您。因为这源于您的爱在祖国大地上的播撒，尤其是播撒到遥远的东北一个非常不知名的小城市里，仔细想想这是多么有意义的一件事呀！

今天相约的是 2022 届一个班级的八名小组长，我换了一种方式让他们做自我介绍：彼此赞美对方身上最让自己敬佩的优点。八个孩子在听到别人的赞美的时候，我发现他们的脸上开始有了不一样的光彩，带着羞涩，还有一点点的意犹未尽。

我在他们发言后分享了您的故事和 2019 年在厦门我和您“相约 2049”的约定，同时表达了对他们的期待——没有完美的个人，但是可以有完美的团队。每一个人努力活好自己，对周围的人来说就是资源和财富。每一个人都成为国家的栋梁，对祖国和民族来说就是希望。要**和时间做朋友，和自己赛跑**。我有信心 2049 年还在这个世界上等待着他们的电话，也希望他们都能实现今天写在日记本上的心愿。

我送给孩子们每个人一张彩虹卡，放在生涯缘日记本第一页，将其变成一份独特的爱传递下去。最后我们拍了合影，我想起了您说的话：“你看看玉萍老师和孩子们在一起的笑容，一举一动都是爱。”那一瞬间，仿佛工作的

压力和烦恼都消失了，我又变成了那个带着初心站在三尺讲台上的最美好的姑娘！

有一点点遗憾的是，下课的铃声响了，没来得及把每个孩子对 2049 年的期待都记录下来。2021 年我有个小心愿，要和 99 个宝贝儿有一个“相约 2049”的心灵约会，而且要争取每一次都留下合影和记录。期待着有一天疫情散去，春暖花开，可以亲自和您汇报一下用心陪伴的生涯缘故事！

2021 年 1 月 15 日我们就放假啦！一颗悬着的心终于可以放下来了。祝福亲爱的您在新的一年里健康平安地工作和生活！祝福美好的生涯缘可以开放更多更美的花朵，送给八十岁的幸福园丁！

玉萍敬上

2021 年 1 月 12 日

生涯缘故事十五：和孩子们“相约 2049”的约定会

和孩子们在一起的每个瞬间，都感觉特别开心！

今天和 2022 届 14 班八个小组长的交流非常愉快。在自我介绍环节，我让他们互相赞美，说出对方让自己印象最深刻的一件事情和对自己的影响。八个非常优秀的孩子都在互相的描述里看见从前自己没有看见的地方，也由此再一次引申到“时间的朋友效应”，让孩子们意识到没有完美的个人，但是可以有完美的团队。一个优秀的集体就是最宝贵的资源和财富。要做好自己，同时带给他人美好的影响。

最后送给孩子们每人一张彩虹卡，希望孩子们能够感受到我的祝福。

今天中午没有午睡，状态有些不好，可是和孩子们交流之后，我露出了灿烂的笑容。我觉察到和这些优秀的孩子们在一起的时候，就是我比较自在舒展的时刻，我又找到了一个能量补给来源。

后来又和文奥班的五个学生“相约 2049”，并送给他们每人一张彩虹卡。天上的彩虹启示孩子们的那一句话“没有什么事可担心”，加上我的解读，瞬间让小杜同学眼泪夺眶而出。那一瞬间心灵陪伴带来的力量，也给我很多感动。

独特的爱的传递：一张彩虹卡 + 生涯缘日记本。

2021 年 1 月 12 日

玉萍心语

- 没有完美的个人，但是可以有完美的团队。
- 和时间做朋友，和自己赛跑。

给天中老师的第 19 封信：记录工作生涯中值得庆贺和印象深刻的事情，是每次倦怠时对自己的鼓舞和激励

亲爱的天中老师：

春天来了，我也再次投入到石桥子北校区繁忙的工作中。

真的太喜欢春天的感觉啦，仿佛空气中都有了爱的味道，阳光下点点融化的积雪仿佛是山中的泉水一样。我知道很多感受都来自我的想象，但是心里面带着美好的希望和憧憬走在春天里，真的是太幸福了。

早晨看见稻盛和夫先生关于工作的几句话，觉得特别符合您的人生状态。

一、努力埋头工作对完善人格、拓展人生起着关键作用。正因为如此，我一直倡导大家在工作时要“认真努力，专心致志”。

二、要想拥有一个充实的人生，你只有两种选择：一种是“从事自己喜欢的工作”，另一种则是“让自己喜欢上工作”。

三、当人被逼入绝境时，只要抱着诚实的态度，正视现实，迎难而上，就能发挥出平时难以想象的力量，绝处逢生。

四、对未来抱有希望、乐观开朗、积极行动，乃是让工作和人生变得更好的首要条件。

稻盛和夫提到要让自己进入“安心立命”的清澈心境，这让我再次想起您充满激情的演讲，您工作时专注可爱的神态，您顾不上吃饭也要和老师们交流的情景。

今年夏天，2022 届学生就要回东明主校开启高三时光了，时间真的好快。

感恩有您，从 2019 年新生入学开始，通过每个月和您汇报工作，我记录下了工作生涯中值得庆贺和印象深刻的事情，每次倦怠时这些都给我带来了鼓舞和激励。下一阶段我们年级要着重在三个管理上努力：目标管理，规范管理，精气神管理。

我自己更要持续地对自己进行能量管理，让自己更好地保持能量，带动团队，带动家人，带动爱和美的创造、传递与分享。

每一天都走在热爱里。

春安。

爱您的玉萍

2021 年 2 月 21 日午后

天中老师给我的回复

玉萍，又是一场丰盛的精神盛宴。从你每次的来信中，我学习到很多很多，特别是你融入了很多很好的“孝道文化”“柔性管理”，充满美丽和善良。

玉萍，再向你敬礼！

玉萍心语

- 每一天都走在热爱里。

给天中老师的第 20 封信：在每一天的工作和生活中都进行更多的觉察和思考

亲爱的天中老师：

外面竟然飘雪了，而且是大朵大朵的雪花，这样的春雪对于生活在南国的您来说，也许是很少见的风景吧。对您来说，每个月收到中国北方一个如县城般的小城市里，一个坚守教育初心的生涯志愿者的来信，向您汇报一个月以来的工作和生活，也是对您持续慈悲地付出爱的一个小小回应吧，这样想来好像自己的书写也拥有了特别的意义。

2021 年 2 月 24 日，在北校区春季开学教师大会上，我的点评发言谈到了“**致敬奋斗、致敬奉献、致敬幸福**”。

一、奋斗是本高常态，更是人生常态。要想拥有充实幸福的人生，只有两种选择：一种是从事自己喜欢的工作，另一种是让自己喜欢上现在的工作。

二、有能力奉献与付出本身就是一种幸福，每个人都只能给出自己有的东西。你给别人很多爱的时候，背后一定是自己有足够的爱。

三、对未来抱有希望、乐观开朗、积极行动是让自己幸福的重要条件。要永远坚信美好的事情即将发生，美好的日子才刚刚开始。工作着是最美丽、最幸福的事，因为这里面包含着人生幸福的三个基本要素：健康、创造及被需要。因此，我要致敬幸福，并祝福幸福。

2021 年 3 月 6 日，在庆祝建党百年系列活动之优秀班主任经验交流会上，我进行了以“**创造你独特而幸福的教育生涯**”为主题的发言。我也通过自己的发言不断地确认自己最看重的核心价值，即**奋斗**、**创造**、**幸福**，在这样的确认中好像和老师的心贴得更近了——**您的体验式全程生涯体系一再倡导以积极乐观的心态投身于工作，在帮助他人、成就他人的过程中，快乐自己，实现自己**。虽然我并没有系统地阅读您的书，聆听您的教诲的次数也屈指可数，但是我在 2016 年能够和您相遇，也许就是因为信念的吸引和同频的共鸣吧。

这个月有一件让我感到悲伤和无力的事情，学校里一个年轻的老师因病告别人间。我在校车上听闻此消息，眼泪瞬间涌出，只好戴上口罩掩饰自己。当时恰巧在厦门的闺蜜发来微信，我也第一次和她表达了内心深切的珍惜之情：“若然，爱你。”当时的内心真的是特别难受，也深感生命的脆弱，意识到对生命应该更加地珍重。

这个月生活中感到快乐的事情就是上一个周末在家里看了一个电影——《婚姻故事》，周六又去了一次游泳馆，还请高中时代的英语老师一起吃了饭。我和爱人还就电影写了小小的影评，交流彼此的想法，这个周末也因此有了更多的温馨和不一样。其实我们的生活就是由一个又一个的故事组成的，随着时间的变化、视角的转变，故事会不断地演绎出不同的风景。

前天中午收到丽霞的微信，内心被感动和遗憾交织在一起的情绪包围。感动的是您总是记挂着我——红红的苹果、治疗颈椎的热疗仪、带着您的寄语的台历、每次的留言回复及各种锻炼和培养我的邀请。遗憾的是因为我个人的原因不得不错过和您面对面交流的机会。但是您的回复也再次让我动力满满，我一定要在每一天的工作和生活中都进行更多的觉察和思考，不然我有一天跑到您面前要说些什么呢？学生如果想得到老师的肯定和表扬，最好的办法就是做出老师期待的好答卷，我写给您的答案也是给我自己人生的答案。

此刻雪停了，天色也明亮起来。今天是周日，我的办公室能有些许安静，非常珍惜这安心安宁的倾诉时光，非常纯粹，非常温暖，和这个美好的春天融合在一起，就像我每次和您说再见时的无限祝福与珍惜。

春安！

爱您的玉萍

2021年3月21日

天中老师给我的回复

玉萍书记：

我非常非常开心，一个字一个字地读着你的信。这不仅是一封信，对我来说更是一种慰藉。最可贵的是，每一封信都是真、是善、是美。

教育本身就是一种良心事业，而你知行合一地把爱给了你的家人、你的学生！

这就是最可贵的，这就是为什么你的每一封家书都格外珍贵和温暖。

天中敬上

生涯缘故事十六：创造你独特而幸福的教育生涯——本溪高中庆祝建党一百周年系列活动之优秀班主任经验交流会上的发言

亲爱的老师们：

今天和大家一起聆听优秀班主任的工作故事，内心深深地为老师们爱岗敬业的奉献精神所感动。我在想，如果生命的本质意义就在于在有限的旅途中体会无限的美与爱的话，那么我们的职业给予了我们非常好的机会，我也特别希望老师们可以在看似单调乏味的重复里看见每天不一样的自己，创造属于自己的独一无二的幸福教育生涯。

向美而行

2020年，中共中央办公厅、国务院办公厅印发的《关于全面加强和改进新时代学校美育工作的意见》指出：**“美是纯洁道德、丰富精神的重要源泉。美育是审美教育、情操教育、心灵教育，也是丰富想象力和培养创新意识的教育，能提升审美素养、陶冶情操、温润心灵、激发创新创造活力。”**

美育的首要职责是让人懂得如何感受美、欣赏美。而懂得感受美、欣赏美的心灵的培养，实在是越早越好。高中阶段正是一个人由懵懂到成熟的过渡期，这个年龄段的孩子开始逐渐在各个方面将个人感觉升华为价值观念。北京大学钱理群教授在中学时的班主任陶强老师，对他一生追求美、追求诗意的生活产生过重大的影响，他在回忆录中这样写道：“几乎每一名同学在回忆陶强老师时，都谈到她的美丽，在学生的眼里、心中，她永远是美的化身……中学老师的第一职责，就是充当美的使者与播种者，向美而行。”

首先是仪表的美。在学生的印象里，陶强老师在任何时候都是整洁、端庄、得体的。这看似无意却是有意。一个真正懂得教育的老师，一定会时刻注意自己在学生心目中的形象，一定要把自己最亮丽的那一面呈现在学生面前，而绝不允许蓬头垢面、衣冠不整地出现在课堂上。任何丑的暴露，都是反教育的。美更是内在的气质之美与心灵之美。学生赞扬陶强老师是“集真、善、美于一身的完美女性”，这是对教师，特别是对女教师的最高赞誉，同时树立了一个“真正的教师”的标尺。

可以说，老师应该是校园里最靓丽的风景，这份美景时时刻刻都在对我们的孩子们进行着美的引导、美的教育。这份风景包括穿衣打扮，更包括礼仪修养，还有自然而然散发出的个人魅力，那是发自心灵深处的善良和爱。然而，是不是我们每一位都意识到这一点呢？每天清晨我们梳妆打扮的时候可否把自己当成一幅画来精心地设计？每天走入课堂的时候是否把自己的精神状态调整到最好？我们手中的每一天都是我们余生中最年轻的一天，这每一天我们是不是都美美哒，不辜负生命的赐予，也不辜负青春的心灵和眼睛对我们的期待呢？

尤其是年轻教师，一定要意识到进入校园，你就已经是众人瞩目的人，这就是老师工作的神圣性和特殊性。在你的个人生活领域，有些生活的细节、有些个性的打扮都无可厚非，但是在校园里，你是孩子们的榜样，是美好的化身。所以，我们的每一天都要尽可能地注意穿衣打扮和言谈举止。你是自己的形象代言人，美不仅愉悦了学生，更快乐了自己，也是对自己的隆重对待和珍惜爱护。

相由心生

全国著名班主任杨卫平老师在一篇文章中讲过这样的故事。某个放学后的傍晚，一名年轻的班主任找到她，说："杨老师，我每天到校早，回家晚，可我才当了一个星期的班主任，却好像已经当了一辈子，感到度日如年！每天早晨，我把背包和电脑往办公室一放，就赶紧从后门进到教室。唉，都说美好的一天从早晨开始，可是，每一个早晨我看到的都是一片混乱：不交作业的，不好好做值日的，坐到座位上却不知道读书的……一想到明天我就害怕，我可怎么办啊？"

说着说着，她泪流满面。待她擦干泪，杨老师说："姑娘，你一定能做好班主任，因为你首先不是靠嘴巴说教，也没有给学生提要求、下命令，而是很善于观察。不过，我建议你试着换个角度观察。

"首先，不要从后门进教室，因为从这个角度你看见的都是学生的后脑勺、脚后跟，却看不见孩子们鲜活的面孔、生动的表情——**孩子是这个世界上最漂亮、最富有生机的人，他们的脸庞不加人为修饰，没有岁月沧桑，却有一种原生态的美，这种美足够让我们这些在尘世里奔波劳碌的大人怦然心动**。

"其次，你不要把关注点聚焦到谁不交作业、谁不做值日、谁不读书上，而要看看谁交了作业、谁做好值日、谁认真读书，然后把这些孩子的名字写到黑板上。当你写下这些名字时，不要笼统地写表扬谁谁谁，而是要具体到哪些细节值得表扬。

"比如：主动交作业的有谁谁谁，认真做值日的有谁谁谁，专注读书的有谁谁谁——你写着写着，心情也就不那么烦了，学生也就开心了。因为此刻师生所感受到的都是正面的舆论导向，也都愿意成为更好的人。你无须多说，黑板和粉笔就已经为正能量代言了。

"负面的观察、关注、提示、批评，只会让我们看到学生的不足，看不到学生的成长。长此以往，不仅班主任自己不开心，还会影响学生的情绪。而坏情绪的人，只会拿更坏的情绪与人较劲、与自己较劲，这样就形成了恶性循环。反之，一个精神愉悦的人，身心轻松，学习、做事都充满兴趣、好奇心、探索欲。这样的快乐师生，让好情绪得以相互传染；这样的班级，自然一天比一天好！”

就这个故事，我想和大家分享的感悟是：面对同样的事情，采取不一样的态度，就会产生不一样的结果。心理学上有著名的合理情绪疗法，其基本理论是ABC理论。如果我们把A作为事件本身，那么B就是我们对待这个事件的态度，而C就是我们看见的呈现结果。**相由心生，这里的“相”不仅是指相貌，也指实相，就是自己看见的生活的实相。**这里的“心”不仅是指你的心态，还是指你的信念和你的自我价值判断。“心”和“相”之间的关系，就好比空调的“遥控器”和“温度”之间的关系。如果空调的遥控器设置到26摄氏度，当房间里的温度高于或者低于26摄氏度时，空调就会做出相应的调节，来保证温度维持在26摄氏度。

我们人也是这样，当我们的“心”就“我是什么样的人”做出了定义，生活的“相”就会配合着呈现。这就是为什么同一时间里，数十个节目在同时播出，但你永远只能看到你自己选定的节目。

给我深深影响的**黄天中老师曾说：“我心若静，风奈我何？”这个世界上我们最能够改变的就是我们自己，每一个人都是自己生命问题的专家，可以说是我们自己的选择决定了我们自己的生活！**

各种偶然成就了我们在石桥子文萃路二号、东明路九十一号和一群风华正茂的年轻人的相遇，和他们交汇的点点滴滴占据了我们一天中的大部分时光，如果没有这些每天处于变化中的少年们的陪伴，我们的生活该有多么枯燥和单调。因为有了他们，我们的课堂每天都可以不一样，我们用心的设计每一天都可能创造不一样的故事，打造不一样的精彩。**也许我们改变不了世界，但至少我们可以改变我们的教室；也许我们改变不了别人，但至少我们可以创造自己独一无二的日子。**这样宝贵的机会，我们是否珍惜？我们是否每一天都隆重地对待自己，热情洋溢地对待学生和对待自己的生活？我们是否可以做到每一天每一节课都以创作一份特别的作品的状态来要求自己？一次用心和学生的谈心交流带来的爱的流动故事可以让那些看似重复的日子变得不一样。如果我们想通过自己的努力改变重复和单调，希望我们的人生与众不同，那么还需要的是——永葆激情和好奇。

永葆激情

全美明星教师、创造了教育奇迹的罗恩·克拉克是一个曾在北卡罗来纳州的乡村、黑人住宅区以及纽约教贫困学生的老师。他帮助困难重重的学生树立了自信，提高了成绩。除了永远激情四射，在教学中不断创新且重视学生的实际生活经验外，克拉克把他自己的成功归功于他给学生定下的55条班规。

他将学生们需要了解的规则加以具体化、细致化，同时在每一件事情的落实过程中都饱含着激情。他坚信在孩子们身上蕴含着巨大的潜力，并对这个潜力到底有多么巨大始终充满着好奇，所以激发他以无限的动力和热忱去开发。

“在你的能力范围内做最好最好的人”，是他的最后一条班规。**遇见更好的自己，遇见完整的自己，更好地遇见自己，这件事情我们每个人都没有终点。**谁都不知道自己身体和心灵里沉睡着的力量有多大。当年我们多少老师节假日不休息，周六一天班主任们都是从清晨到夜晚在学校坚守陪伴。那样的日子在今天的年轻老师看来可能很艰辛，可是那么多年我们本高人都在持续坚守，这才有了今天本溪高中的辉煌。

回想起来，那时候支持我们的是什么呢？就是对这份工作的激情和热爱。一个人要在精神上永葆对这个世界的热爱，始终对自己的人生充满激情和好奇，这样看似重复单调的每一天就都因为有你的倾心参与、倾心付出而闪闪发光，这光芒就是属于你的独特幸福！

做好小事

年轻的时候有一次听魏书生老师的报告，我被他的热情感染，也曾激情满怀地设想要坚持做那些看似平凡的小事，结果后来发现那些小事看似容易做，但坚持下来其实很难。

1. 微笑回应学生的问候

勤奋与懒惰，优秀与平庸，都是日积月累养成的习惯。让优秀成为一种习惯，认真备课，认真读书，认真对待学生，认真对待家长，你就离成功不远了。我感觉有的老师没有做到，我经常看到学生对老师说“老师好”，但很多老师爱答不理，脸上没有笑容，只是若有若无地点点头。

我们想想，我们刚毕业进入中学校园的第一天，迎面而来的学生对我们喊“老师好”时，我们是怎样的激动，怎样的自豪？我是老师了！但这份纯真逐渐在消失。锻炼要坚持，工作也一样。**在我看来，持之以恒，几年、十几年乃至几十年如一日地保持第一次踏上讲台的那份纯真与初心，是任何优秀老师之所以“优秀”的第一个条件，也是我们获得职业幸福的重要因素之一。**

2. 珍惜每次交流的机会

在北校区，老师和学生一起交流的时间特别有限，所以每次课间陪伴的宝贵机会是否被我们用心地利用？是否有准备一个专门的记录本或者谈心交流的小表格？2019 年文奥的沈洋老师之所以取得了优异的成绩，当然离不开文奥团队的集体协作，但是沈老师坚持每次月考后都对每个孩子进行谈心鼓励一定是重要原因。每次月考后，所有的孩子们都会期待着和沈老师交流，渴望着沈老师的温暖和鼓励。今天，沈佩娴小朋友和爸爸妈妈一起参加了我们的班主任会议，全程三个小时认真聆听大家的发言，我提议我们把掌声送给她。本溪高中的老师们把学校当成自己的家，这种敬业、乐群、奋斗的精神基因一定也会传递给他们自己的孩子，我也借此机会祝福所有的宝贝们健康成长！

同时，批改作业也是一个特别好的沟通交流的机会，那些鼓励的话语带着你独特的温度，可以让孩子们在翻开作业本的瞬间惊喜，过后回味。我在2000年毕业学生周记本上的留言，如今依然被家长保留着并通过微信发给我看。那一刻，我感觉自己得到了岁月的馈赠，这种幸福与金钱和荣誉都无关，但是对我来说非常有意义。

3. 注意小细节潜移默化的影响

课堂时间神圣不可侵犯，这既是对学生的要求，也是对老师的要求。只要是站在讲台上，那种庄重和敬畏就应油然而生。一堂课只有四十分钟，除非有特殊事件，一般绝对不会错过人生重要信息，所以我们要求老师们不带手机进课堂。另外，从今年开始要求下午三点到四点半这一段时间班主任老师要陪伴孩子们上自习，而且我们不仅仅是身体坐在教室里，我们的心也要在孩子们那里安放。

教育无小事，事事皆用心。我们的一言一行都是教育、都是影响。很多小的细节透露着你的素养，如在校车里是否想着老教师和孕妇，是否先坐的时候靠里面，给后来的同事以方便。我们为人师表，虽然我们无法像孔子那样万世师表，福泽后世，但是我觉得我们应有高于普通人群的修养。只要我们自己愿意，我们完全可以是孩子们的榜样！

4. 虚心和老教师求教并懂得感恩

我们的团队里来了一批年轻人，不仅漂亮大方，还谦虚好学。每次我看见她们美丽的面容，每次看见她们上汇报课的样子，我都特别激动，会想起自己当年的模样。是的，我们都曾经年轻过，所以每一位老教师一定会充满热忱地帮助你成长，但是这并不意味着他们天然就具备这样的义务。所以年轻老师在虚心求教的同时，一定要记得表达感恩和关怀。老师们需要的不多，也许就是办公室里一次主动的清扫，一次主动的问候，一个随手的帮助，一个热情的提醒，等等。我欣喜地看到，我们去年新来的年轻老师们特别努力、特别上进，今天也都来到了会议现场，学习优秀班主任的管理经验。这里我也代表所有的老教师跟你们说，希望你们跟紧队伍，一同带高三当班主任，体验高处的风景和挑战！

亲爱的老师们，又一个春天来临，**让我们做一个纯粹的老师，上好每一堂课，善待每一个孩子**。孩子们曾送给我许多外号，我最喜欢的一个就是小蜜蜂老师，因为蜜蜂的事业和花朵紧密相连，当花朵美丽绽放的时候，蜜蜂就能收获成长的甜蜜。**真正照亮他人的人，从来都不会因此燃尽自己，而是彼此辉映，彼此点亮，共同成长！**真心祝愿我们的学生和我们一起成长、一起幸福！美好的生活需要我们用心去创造、去争取！让我们以饱满的热情、踏实的付出、优秀的成绩向建党一百周年庆典献上属于自己的独特礼物！

玉萍心语

- 奋斗是人生常态。
- 有能力奉献与付出本身就是一种幸福。
- 对未来抱有希望、乐观开朗、积极行动是让自己幸福的重要条件。
- 以积极乐观的心态投身于工作，在帮助他人、成就他人的过程中，快乐自己，实现自己。

给天中老师的第 21 封信：我和我的精神伙伴爱丽的故事

亲爱的天中老师：

三月份的汇报信都写完了，可是我今天非常想和您汇报一个故事。在您到辽阳开会传播大爱时，我和辽阳十四中的爱丽校长有缘共进晚餐，又彼此惺惺相惜，加了微信。在文字的交流中，我们因为共同的情怀而彼此鼓励。今天我们两个在微信上有一段交流，我自己特别感动，特别想和老师您分享。

爱的涟漪就是这样不断地扩散，而您就是那缘起的雨滴！

爱您的玉萍

2021 年 3 月 24 日

亲爱的爱丽校长：

今天早晨在朋友圈里发了德育早课的视频，你看到了吧？德育早课是我深受你的德育小课程的启发而开设的。我一直在思考如何能够把爱国主义教育融入日常活动中。这个学期为了庆祝建党一百周年，进一步推动德育工作的深入，我们正式启动周一德育早课。我想说的是，**我们怀着一颗对教育的初心持续地输出爱，会让更多的孩子受益，那么未来的世界就有可能因此而变得更加美好**。我相信时间的力量，相信爱的力量。与你共勉，并表达真挚的感谢！

你的精神伙伴：玉萍

亲爱的玉萍书记：

每天在朋友圈里读你的教育笔记，感受你对亲人、对事业的满腔爱意，你乐在其中的状态深深地感染了我。本高有你，何其幸运！学生有你，何其幸运！生在一个有微信的好时代，我们何其幸运！微信打破了各种壁垒，让频率相同的人随时同频共振、互相支撑，让我们知道这个世界上自己并不孤单，还有喜欢自己、祝福自己的人时刻关注着自己。

我一直关注本高公众号、关注你的每一个动态，从你那里得到了太多的精神力量。庆幸朋友圈里有你，得以一窥全国名校风范。铁流奔涌，激情四射，爱满钢都，感人至深。

每个人都是自己学校的形象大使，你让我对本高“巍峨高耸”的现状有了更多的理解。在三维世界，爱是最大的能量。感谢你对我们学校小课程的认可，这对于我是莫大的鼓励。因为两个热爱教育的女生共通的精神世界，辽阳薄弱学校14中学和全国名校本高产生了精神链接，这该是多大的缘分！喝着同样营养的精神之钙，愿我们的娃儿都长得健硕结实，成为国之栋梁。

有的老师问我：“校长，你总发朋友圈，让别的学校学会咋办？”我说：“让更多的孩子受益，就是我们的功德啊。”为善，如春园之草，不见其长，日有所增。老百姓讲的“积德”就是这个道理。还有，我和老师们说：“好的方法和好的武器一样，需有德有识之人掌握，否则，只能学皮毛而已。比如做美篇写周记，比如跑操，很多学校摆拍一下写进总结就没声音了，只有我们一直检查，做成文化、做成品牌，内化成素质、外化为行动。”

玉萍书记欣赏我们的小课程，这是对我们的肯定和激励，14中学何其荣幸！这也说明我们正走在正确的道路上。相信时间的力量，相信爱的力量。学以致用，一以贯之。互相支撑，为国育才！

你的精神伙伴：爱丽

天中老师给我的回复

又带来阵阵温馨的暖流！

2021年3月28日

玉萍心语

- 怀着一颗对教育的初心持续地输出爱。
- 相信时间的力量，相信爱的力量。

给天中老师的第 22 封信：教育是慢的事业，教育的本质应该是激励、唤醒和爱

亲爱的天中老师：

时间过得太快啦，又到了和您汇报的日子了。2021 年 3 月 23 日，在高二寒假验收测试的总结会议上，我对老师们提出了做幸福的给予者的倡议：

“我们都要做幸福的给予者。在医院里，患者身旁的照顾者是给予者，他们在给予病人体力和心力上的支持；在学校里，学生身边的老师是给予者，他们在给予知识、智慧和爱；在家庭里，年迈父母身边的子女是给予者，他们在给予关怀和照顾；我们作为同事是彼此的给予者，集体备课时有责任担当，做了高质量分享的你就是一个给予者。

高尔基在写给儿子的信中说（内容大意）：你走了，可是你种的花却留了下来。如果我们在世间，无论什么时候留给别人的总是鲜花、信念、关于你的美好回忆，你的生活将充满了愉快，并且易于和人相处。给永远比拿更让人快乐。

我也深以为然。请仔细想想我刚才设定的几种情况，到底谁是更幸福的人呢？虽然陪护患者的人付出了很多的体力和心力，可是他们是健康的；虽然老师付出了很多的心血和汗水，可是他们是有能力的；年迈父母身边的子女能作为给予者，是因为他们长大了，他们正充满活力。人都只能给出自己所拥有的东西，当我们作为一个给予者时，其实我们本身就是一个幸福者。

希望我们每个人在生活当中，在和家人、朋友、同事、学生以及这个世界相处的过程中，都能够成为一个幸福的给予者。

在此，特别感谢在团队需要的时候挺身而出，临时承担大量代课代班任务的

老师们，也特别希望大家在跑操时间多出去走走，沐浴春风，加强锻炼，最重要的是，保持愉悦的心情，因为自己有很多很多的幸福，才能成为幸福的给予者！

爱你们的玉萍”

但是，在接下来近两周的时间里，我亲身体验到了做一个幸福的给予者的辛苦和艰难。随着春天的来临，万物生长，年轻的心灵也开始出现情绪波动。有一天，中午我和一个心理脆弱的男孩子的家长谈心一个多小时，心平气和地送走家长，刚刚松了一口气，晚上还没来得及下班，就有另外一个班级的一个小女生在教辅室弄伤了自己。孩子是因为和家长的冲突，对生命感到绝望，做出了极端行为，而家长却把矛头指向我们的班主任老师，态度非常蛮横。第二天，我们约谈家长解决问题后，班主任老师身心俱疲，刚刚做完小手术的她，再次躺在了医院的病床上，而且是打 120 送到医院的。

也许您这么多年在大学里，很难了解到现在中学生的真实境况。很多有问题的孩子，背后都是有问题的家庭。我从 2016 年和您相遇后，开始陪伴家长们共同成长，并建立了“相约星期二，家校一家亲”微信平台，现在已经坚持五年之久。每个星期二，我都会去主题分享班级听课，把孩子们在学校的状态和家长分享，更重要的是，我希望传递爱的信念和我的教育理想——**教育是慢的事业，人生不是百米赛跑；教育的本质应该是激励、唤醒和爱**。相比较而言，对家长来说，最应该重视的是孩子德、体、美、劳的发展和习惯的养成，智的培养更多的是交给学校。但现实是，家长们从孩子小时候开始就关注学习成绩，忽视了其他成人的必备要素。这样，孩子后续的成长中就会出现非常多的问题，但是等到问题凸显的那一天，很多事情已经来不及了。

最近各种事情交织在一起，有一天我再次感觉心力交瘁。“所有人都应该感谢睡眠和长眠。无论多么艰难的一天或者艰难的一生，其实最后都有办法过去，这样，一天或者一生，就都可以安心、放心啦。”这是我最后安慰自己的话，我也在这样的文字里看见了自己的脆弱和无力。今天和您倾诉我的脆弱，也记录下这个春天学校里的日常境况。还好，这只是一小部分的风景。高铁飞驰而过的时候，操场上奔跑的青春身影依然可以给我勇气和力量，让我继续眼里有光，心里有爱，脸上带着灿烂的笑容。

这个月，我做得比较好的一件事是增加了对妈妈的陪伴。她强烈地表达了希望我们晚上也可以陪伴的心愿后，住在我隔壁的姐姐把妈妈接到了自己家，这样我每天晚饭后只要不是很晚回家，就会到妈妈身边待一会儿。妈妈说："只要有女儿陪伴，比吃肉还好！"她越发像一个孩子，我也越发从她的身上意识到，我需要让自己有一项事业，即使很老也不会为时光无法打发而担心和恐惧。我要像您一样，八十岁了，依然充满激情地忙碌和生活。

明天起，我要到市委党校学习一个月。希望我再回到校园时，可以有更多的觉察、更好的行动。

老师看我的文字时，眼睛会不会很辛苦，尤其是在手机上。如果您的眼睛很累的话，以后我可以把想说的话录音给您呢！这每个月的一次倾诉和书写，已经从2019年坚持到现在，我希望到2022年和您见面时，把这些信变成一个小册子，亲自送给您！也把生涯缘日记本留在您的工作室，和那些孩子们留下的放在一起，因为这是您播撒爱的种子的最好见证！

永远爱您的玉萍

2021年4月18日

天中老师给我的回复

祝你在市委党校学习顺利，而且也要多多保重身体！

2021年4月18日

生涯缘故事十七：相约星期二，家校一家亲——本溪市高级中学打造“家校合作共育”党建品牌

德国哲学家雅斯贝尔斯在《什么是教育》一书中揭示了教育的本质：教育是一棵树摇动另一棵树，一朵云推动另一朵云，一个灵魂唤醒另一个灵魂。

“家校合作共育”一直是本溪市高级中学关注和研究的课题。如何沟通，如何相互配合，如何实现合力育人，都是值得探讨的。本溪市高级中学党委通过“相约星期二，家校一家亲”系列活动，将“家校合作共育”的课题落实落细，打造“党建引领，家校共建”的特色品牌。

一、“相约星期二，家校一家亲”活动的倡导者

“相约星期二，家校一家亲”活动的倡导者是本溪市高级中学现任党委书记刘玉萍同志。

2016年9月，她参加了专业人员岗位能力提升培训项目——青少年成长指导师（高级）课程培训。同年，参加北京师范大学附属实验中学承办的全国高中学生发展指导联盟第二届年会，会后参加黄天中体验式全程生涯教育工作坊。

2018年3月，她在北京大学人格与社会心理学研究中心组织的学业生涯规划指导师高级研究班上学习，成绩合格，准予结业。在此期间，在最后一次国家统一组织的考试中，她获得了国家二级心理咨询师证。

二、“相约星期二，家校一家亲”活动的理念

《相约星期二》原本是美国作家米奇·阿尔博姆创作的自传式长篇纪实小

说。该书真实地讲述了作者的恩师莫里·施瓦茨教授在辞世前的14个星期，每个星期二给米奇讲授人生哲理课的故事。年逾七旬的社会心理学教授莫里在1994年罹患肌萎缩性侧索硬化（ALS），已时日无多。作为莫里早年的得意门生，米奇每周二都上门与教授相伴，聆听老人最后的教诲，并在他死后将他的醒世箴言缀珠成链，冠名《相约星期二》。死亡既是该小说的主题，又是该小说的线索，作者通过对死亡的描述传递了对于人生更深入、更透彻的思考，也使该作品本身散发出浓郁的哲学意味。

2016年9月，校党委书记刘玉萍成立了2019届本高家长委员会，并以“相约星期二，家校一家亲”为主题，建立了微信分享群，此后每周二定期进行“家校合作共育”主题分享活动。

第一轮分享主题是“班级文化展示——彰显班级特色，凝聚奋进力量”；第二轮分享主题是“好大学好专业——适合的教育才是最好的教育”；第三轮分享主题是“家庭教育分享——最闪亮的宝贝和最优秀的家长”；第四轮分享主题是“爱与幸福的分享——做有智慧和有爱的家长”。这些主题分享活动旨在弘扬学校“心新教育”的办学理念，传递“五育并举”的育人观念，引导家长和学生不焦虑、不过分关注成绩。

每逢星期二，刘玉萍书记都会坚持去主题分享班级听一节课，拍下孩子们上课和课间的场景与家长们分享，并坚持写一封信，与家长分享成长感悟。这种做法一直持续至今，风雨无阻。

三、“相约星期二，家校一家亲”活动的成效

目前已经持续五年多的“相约星期二，家校一家亲”活动在社会上产生了很好的反响。刘玉萍书记带领本高心灵陪伴小组对学生进行心灵疏导，送出彩虹卡，书写彩虹故事，并被《本溪日报》教育栏目转载。

同时，为完成市委市政府的“宣传家乡，热爱家乡”活动，她又面向2019届毕业生组建了“满天星”校友群，不定期和大家分享本溪故事，讲述本高故事，让他们记得回望东明路九十一号，记得本溪和他们的母校。2020年1月，组织了2019届学生“情系母校，热爱家乡”大型宣讲活动，取得了非常好的宣传效果。

“相约星期二，家校一家亲”活动作为本高和家长心连心的彩虹桥，有助于构建良好的家校合作关系。每个星期二，通过一次主题分享，一次课堂实录，一封真情书信，一篇好文共读，帮助家长提升智慧，对学生予以正确引导。此外，该活动在宣传本高正能量，引领本高师德师风建设方面也发挥了独特的作用。

新冠疫情期间，刘玉萍书记每周给家长们写一封信，介绍学校为复学所做的努力，分享自己的人生感悟，传递本高的育人理念，以本高的用心诚心让家长们安心放心。

从2020年开始，本高开展了“绿色校园”创建行动。校党委倡议进行的文明生态月活动——无论是收集废旧物品绿化美化教室，还是“好生态带来好心态”的大自然体验活动，都得到了家长们的热情回应。

苏联心理学家彼得洛夫说过：“教师如将教导活动局限于学校范围以内，不对学生家长进行工作，那就不会达到所希望的结果。”

教育，从来不是孩子的功课，而是学校的工作和父母的修行。在学生的成长道路上，需要每一位教师和家长的共情与尊重。本溪市高级中学党委确立了为群众服务的方向，打造了“家校合作共育”平台，相信随着更多党员教师对“家校合作共育”工作的推动，会有越来越多的家长参与到活动中来，“家校合作共育”这个党建品牌也将会更加熠熠生辉。

党委办公室李芳芳老师整理

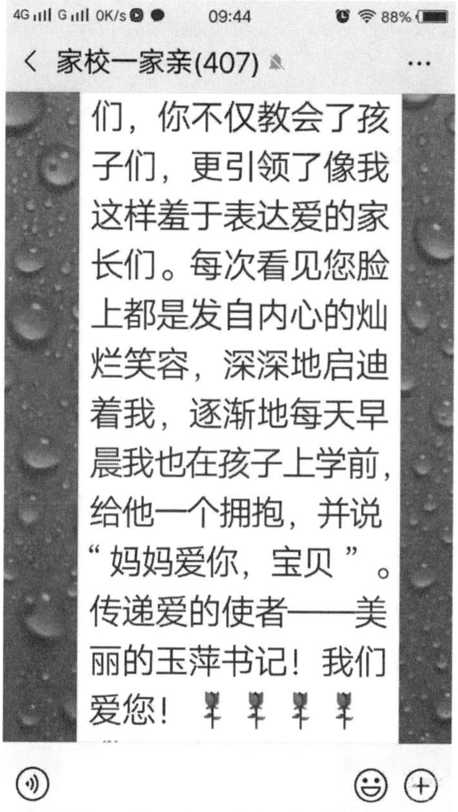
4G G 0K/s 09:44 88%
家校一家亲(407)
们，你不仅教会了孩子们，更引领了像我这样羞于表达爱的家长们。每次看见您脸上都是发自内心的灿烂笑容，深深地启迪着我，逐渐地每天早晨我也在孩子上学前，给他一个拥抱，并说“妈妈爱你，宝贝”。传递爱的使者——美丽的玉萍书记！我们爱您！

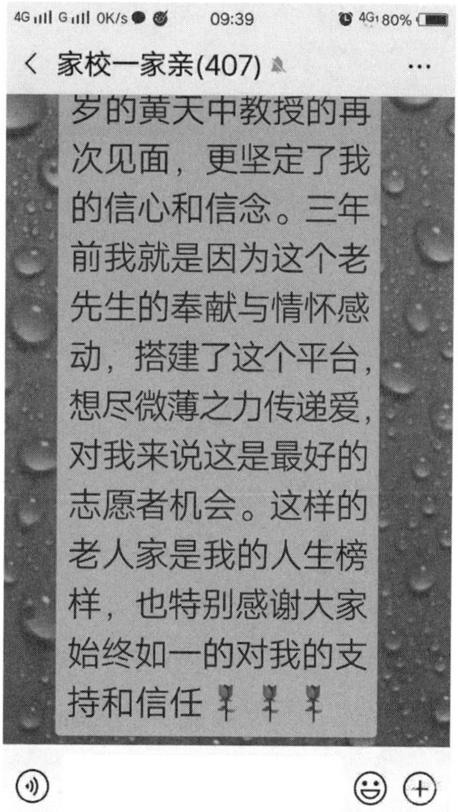
4G G 0K/s 09:39 4G 80%
家校一家亲(407)
岁的黄天中教授的再次见面，更坚定了我的信心和信念。三年前我就是因为这个老先生的奉献与情怀感动，搭建了这个平台，想尽微薄之力传递爱，对我来说这是最好的志愿者机会。这样的老人家是我的人生榜样，也特别感谢大家始终如一的对我的支持和信任

生涯缘故事十八：写给家长的信

还好，还有你，还有爱——相约星期二心交流

亲爱的家长朋友们：

开学日期确定的那一刻，您的心情是不是就像窗外的春天一样，天朗气清，惠风和畅？是不是像深深地呼吸大口的空气后那样舒畅和欢喜呢？现在，我们要像给我们的国家点赞那样，也真诚地给自己和自己家的宝贝点个赞。从2020年1月19日开始居家学习，彼此朝夕相伴竟然都快100天了。真心不容易呀！这独特的100天，对我们每个家庭来说都值得铭记。

我们鼓励孩子们在特殊时期进行各种活动，也是希望孩子们在这一段特殊的岁月里留下属于自己的印痕。之所以把我们的活动记录在本溪高中的网站上，是希望全世界看见我们共同的坚守，更是希望若干年后孩子们回望自己的青春年华，回望难忘的2020年寒假的时候，可以随时随地通过网络找寻到自己的身影。从感恩有你的“孝老爱亲陪伴活动”，到“疫”中送暖为武汉加油的捐款活动，从“班歌唱响”的班级文化建设主题班会，到培养家国情怀的清明“云祭念”活动，从“音”为有你的英语趣配音比赛，到即将进行的“慧眼观察”语文新闻评论大赛，相信您的孩子一定有一个闪亮的瞬间被看见！

我们用心设置这些活动，是为了让孩子们在居家学习的过程中，始终保持有张有弛的节奏，适当舒缓压力和焦虑，同时希望孩子们在疫情这本教科书里，获得比学科知识更重要的关于生命，关于祖国，关于责任、担当、勇气和爱的感悟和体验。我们也特别感谢家长朋友们这一段时间对学校工作的

理解、支持和配合。每天的防控打卡和作业提交，每天的饮食调理和心理疏导，以及自己的本职工作，本已经足够让家长们手忙脚乱，更考验家长的是，还要督促孩子学习，并且哪怕心急如焚，也要保持耐心温和。这中间的煎熬，每一个一起走过的家长一定都感同身受。

所幸的是，还好，春天如期而至，还好，我们都挺过了这个难熬的冬天。今天想给大家分享毕淑敏老师《提醒幸福》中的几段话："享受幸福是需要学习的，当幸福即将来临的时刻需要提醒。人可以自然而然地学会感官的享乐，人却无法天生地掌握幸福的韵律。灵魂的快意同器官的舒适像一对孪生兄弟，时而相傍相依，时而南辕北辙。幸福是一种心灵的震颤。它像会倾听音乐的耳朵一样，需要不断地训练。……它出现的频率并不像我们想象的那样少。人们常常只是在幸福的金马车已经驶过去很远，捡起地上的金鬃毛说，原来我见过它。""如果把人生的苦难和幸福分置天平两端，苦难体积庞大，幸福可能只是一块小小的矿石。但指针一定要向幸福这一侧倾斜，因为它有生命的黄金。幸福有梯形的切面，它可以扩大也可以缩小，就看你是否珍惜。"

借助她的提醒，我也要送给大家一句话，那就是简单的两个字——"还好"。虽然我的孩子目前成绩没有期待中那么优秀，但还好，他健康开朗，勤奋努力！虽然我的孩子目前有些好习惯没有养成，但还好，老师们都没放弃，我也一定要充满信心！是的，你要有一颗愿意看见的心，要有一种跨越时空的成长型思维，要经常对自己说："还好，我还有你，还有爱，还有健康，还有……"这样珍惜当下，看见拥有的感觉，真的很棒。希望大家都能**不断学习和练习幸福，也练习用正面语言和孩子对话**。我相信，即使是陪着蜗牛散步，如果你愿意静下心来，就可以听见小鸟的歌唱，闻到春风里的花草香。而且我们终有一天会发现，**不管是蜗牛还是苍鹰，只要处在适合自己的空间里，都可以找到属于自己的独特幸福！**

还好，还有你在，而且春天一定花会开！

祝福、期待、感恩！

你们的朋友：玉萍
2020 年春天

玉萍心语

- 教育是慢的事业，人生不是百米赛跑。
- 教育的本质应该是激励、唤醒和爱。

给天中老师的第23封信：
敬畏之心学党史，珍惜之情做教育——敬畏、珍惜、专注

亲爱的天中老师：

2021年4月19日至5月19日，我参加了2021年市委党校春季领导干部进修班，进行了为期一个月的学习。一个月后重回校园，我再次充满了奋斗的力量。

因为庆祝建党100周年，学校举办了一系列活动。我们的每一次活动都有不同的角度，也给我带来了新的启发。比如，前两天文奥班开了一个反思班会，孩子们敞开心扉剖析自我、剖析班级，进行批评和自我批评，我听得热泪盈眶，心潮澎湃，受到了深深的感动和激励。

2021年5月29日，学校举行了2021届毕业生“正青春，好年华”成人礼。当1000多名学生在《我和我的祖国》的美好旋律中从教室奔向签名墙、感恩墙时，我的脑海里浮现出您慈爱的面容。遇见您之后，我在开展德育工作时真的有了很多很多的不一样。

这一个月以来的成长都凝聚在前几天和您分享的期中考试教学质量分析会发言稿中，就算是5月份给您写的信吧。

天气炎热，您一定要注意身体呀。今天是六一儿童节，祝亲爱的老儿童节日快乐，永远幸福！

爱您的玉萍

2021年6月1日

天中老师给我的回复

玉萍，我觉得你真的是用大爱的情怀来开展教育，你把别人家的孩子当成自己家的孩子。在信中，你总是真诚地表达、深度地表达、充满情怀地表达，谢谢你呀，谢谢！

生涯缘故事十九：敬畏之心学党史，珍惜之情做教育——高二期中考试教学质量分析会的总结发言

亲爱的同志们、老师们：

一个月的党校培训后，回到大家身边的我，感觉到自己更加有力量。因为我的信念更加坚定——想想党的一百年光辉而艰难的斗争岁月，想想为今天的美好生活牺牲自己的英雄和烈士，我唯有感恩和珍惜，唯有奋斗和前行。今天和大家交流的重点是六个字——敬畏、珍惜、专注。

一、敬畏规则

我一再思考本高的铁流精神，其力量来源于哪里。一滴滴的汗水和泪水，本来是苦涩的颗粒，为什么汇聚在一起就可以攻坚克难，答案只有一个：凝聚在一起，团结一心地朝着同一个方向前进，才会有铁流的力量。无论是我们日常的工作纪律，如坚决不允许违反师德师风有偿办班补课，还是因新冠疫情防控封闭管理校园的纪律，以及我们今天的开会纪律——不带手机，不带试卷，只带着一颗谦恭的学习的心与记录本和笔来参会，我们都要严格遵守。我们要敬畏规则，明白规则对我们其实是一种保护，而不是约束。现实生活中有太多因违反规则而酿成悲剧的活生生的事例，我想不需要在此赘述。一时的侥幸和疏忽，往往会给他人的生命和自己的家庭带来巨大的伤害，这些都是生命难以承受之重。所以，尊重规则才会有真正的自由，无论是对于个体还是团队，甚至国家和社会。

二、珍惜学生

习近平总书记曾说："一个人遇到好老师是人生的幸运，一个学校拥有好老师是学校的光荣，一个民族源源不断涌现出一批又一批好老师则是民族的希望。"教育的本质是激励和唤醒，好老师对学生的影响是一辈子的。如果我们能在孩子们心中种下向上、向善、向学、向美、向好的种子，这样的种子终究有一天能发芽、开花、结果，长成大树。想到未来的中国，在更好的世界里有我们的真心付出，我们就能感觉到自己生命的意义和价值。

我做年部主任期间，曾经带过一个淘气顽皮的孩子，现在他已经是我们中医院的医生。在中医院体检的那天，我遇见了他，虽然我戴着口罩，但还是被问到是不是本溪高中的老师。那是修洪亮老师班级的学生，他不仅耐心细致地给我做检查和治疗，还在放假前发微信嘱咐我，教给我一套保护颈椎的操，并且不忘记告诉我带着学弟学妹们一起做。当他在医院的走廊里帮助我纠正走路姿态，还把我的鞋垫拿下来，示范垫上一些增厚度的面巾纸时，我看见了一个对患者充满耐心的好医生，也看见了我们培养的一个懂得感恩的好学生。我想他对母校的深情，都来源于当初班主任及科任教师每一个人对他的关心爱护，对我的表达其实更是对我身后的本溪高中所有老师的爱的回馈。

我们的学生无论是未来中国的栋梁，还是我们身边的普通劳动者，都是我们一生中难得的可以影响到的人，我们得珍惜，珍惜和他们在一起的每一节课，珍惜和他们的每一次交流，珍惜每一次擦肩而过的潜移默化。**青年好，这个国家才有希望和未来。这个国家富足祥和，才有我们每一个人的喜悦安宁。**

三、专注课堂

我们要让深度学习更多地发生。我们的课堂要真正实现"互动、共生、高效、优质"，就需要我们每一个老师更专注地备教材、备课标、备学生，更专注地做好以下几件事：**一是进行有深度的问题设计；二是进行有高度的点**

拨提示；三是进行有效度的板演测评；四是进行有温度的鼓励支持。

什么是好的问题？心理学意义上的好问题是开放式问题，是可以启发对方说出自己的故事，和你敞开心扉的问题。学科课堂上的好问题就是能够引发学生思考，能够培养学科素养，引领学生投入到所学内容的问题。新课改、新教材、新高考、新课程，要求我们必须思考自己的课堂设计，而且在设计时不能离开情境。现在高考命题时会设置很多情境类试题，就是希望引导老师在课堂设计时也创设真实的情境，设置出有深度的问题。我们在备课时必须精心设计好问题，而不是随意地问、简单地问，因为严格意义上这都不是真正的互动，无法产生思维的碰撞，无法实现新的生长，也就无法创建共生课堂。

老师在精讲中，要体现出比学生的认知更高的高度。老师们要加强集体备课、个人备课及对新课标的研读，在知识层面上一定要在关键重点处给予学生点拨提示，让学生感受到老师的高度。

在课堂训练和板演这一环节，希望大家一定精心选题。今天我参加了英语组集体备课，在选择一轮复习资料的时候，英语组一下子拿出了将近三十本课外练习教辅资料，大家一起进行了筛选。漫漫题海，回头也看不见岸，我们就是题海里引路的人。课堂时间神圣不可侵犯，课堂就是我们的人生舞台。自己的生命和孩子的生命一起交流碰撞的场域就是课堂，所以大家一定要精细且精心地选择给孩子们进行板演的问题、测试的内容，务必让板演测评效度因为我们的精心设置而提高。

有温度的鼓励支持在每一间教室里都在发生。温和而坚定的教育原则，我感觉在我们年级贯彻落实得非常有效，因为已经很少看到大家在课堂上、走廊里疾声厉色的样子。在课堂上，我们要更加积极地肯定和鼓励每一次精彩的发言，对学生回答的情况有所反馈。但是也想和大家说的是，互动共生是路径，高效优质是目标。有温度不等于放纵，互动更不是随意。从班主任到科任教师都要和孩子们说明课堂时间的神圣性，课堂是老师生命和学生生命共同交融的生长空间，任何人不能亵渎。一定要杜绝热闹、松散、低效的轻松课堂，尤其是文科课堂，更加要注意这一点。

亲爱的同志们、老师们：学党史、悟思想、办实事、开新局，对我们来说，最好的行动就是把全部的智慧和热情投入到教育教学中去，践行为党育人、为国育才的初心使命，按照立德树人的根本任务，着眼于孩子们一生的成长，做好自己的本职工作。期待着在我们共同的努力下，一切向好，未来可期！

2021 年 5 月 28 日

生涯缘故事二十：深潜万米，奋斗不息——写给中科院金属研究所雷家峰教授的致谢信

尊敬的雷家峰教授：

“美好的事情发生了，却是不期而遇的，这就是缘。”这句话是影响我至深的生涯导师——华侨大学生涯研究院院长黄天中教授2019年带到我生命里的。特别感恩的是，从那以后，我好像经常会被这样的不期而遇而感动，比如您即将来到本溪高中，为我们的孩子们做科普讲座，比如因为我不能亲自聆听您的讲座而以书信的方式表达对您的感谢。对我来说，这些都是发生在我的教育生涯中的特别美好的事情。

这份缘由本溪高中优秀的2012届毕业生——卢正冠同学开启。正冠从本溪高中毕业，考入清华大学，毕业后进入中国科学院金属研究所。2021年恰逢清华大学110周年校庆，正冠自己买了十本纪念笔记本，给我邮寄过来，送给学弟学妹们。我说：“你给我发一个自己的简介呗，我好让学弟学妹们更好地感受来自优秀的你的力量。”他回复我两个字：“低调”。后来我用百度搜索时，看见了他2019年作为中国科学院金属研究所优秀博士生代表在毕业典礼上的发言。一代代本高人，无论走到哪里，都念念不忘地传递善意和信念。特别感谢远方的蒲公英们，感谢他们对母校的思念和记挂，也感谢他们的勇于奋斗和勇于担当。

因此，当正冠带着为母校做点有意义的事情的心意请到您为本溪高中做讲座的时候，我是非常激动和兴奋的。当电视屏幕上的科学家走到孩子们身边，当为祖国的繁荣富强、科技的强大而坚守最前沿的学者走进本高的讲堂，

当“深潜万米，奋斗不息”的科学精神和本溪高中“纵有千难与万险，本高铁流永向前”的铁流精神相遇，当我因为这次活动而再次认真看了奋斗者号的相关报道，当我们共同的心意——“深潜万米，奋斗不息”科普讲座终于要在明天得以实现，我就难以抑制这份激动和兴奋的心情。

遗憾的是，明天下午我需要代表学校参加市委组织部给本溪高中党委颁奖的会议，不能亲自主持这次我心心念念几个月的活动。但是，也正因为如此，才有了今天的致谢信——感谢您培养了本溪高中的优秀毕业生卢正冠，并且还将在未来的日子里继续培养他成为更加优秀的科技工作者，感谢您作为科学家在百忙之中接受我们的邀约。

我希望以后的日子里，还会有更多的科技工作者来到我们的校园，有更多的本高毕业生与母校重逢。你们每一位都是孩子们梦想的点燃者，每一位都是孩子们的生涯导师。在我的内心，教育的本质始终是点燃、激励和唤醒。而你们所做的一切，就是唤醒心灵的最宝贵的那一颗种子。

再次代表学校党委深深感谢雷书记，后会有期，欢迎再来！也把那首我最近非常喜欢的歌曲《祖国不会忘记》送给您以及您的团队，相信我们在各自岗位上的默默付出祖国和山河都记得，而我们也在这样美好的意义里生活幸福，健康平安！

本溪市高级中学　刘玉萍

雷家峰老师给我的回复

本高成绩斐然，本高学子出类拔萃。有机会去本高非常荣幸，只是从高中时代走出了太久，正冠转达邀约，虽心向往之，但又怕因太久而陌生，不知该讲些什么。读了刘书记的信，倍感受宠若惊。同时，也照亮了我的方向，我们在不同的领域为祖国工作，为祖国培养人才。适逢建党百年，我想给同学们说说我和团队做的事，说说我国的科技进步，如果能对同学们树立科技报国的理想起点作用，我就十分欣慰了。

再次谢谢刘书记的邀请。老师永远是值得我们感谢的人，更是国家兴盛不可或缺的人，谢谢刘老师。今天下午的活动已经结束了，我们已返回沈阳。

再次感谢刘书记的安排，特别感谢刘书记安排老师在下午的交流时读了你写的信。整个活动中我们感受到了本高的专业、执着、热情、友善，感受到了本高学子的高素质、高追求、宽广的视野、敏捷的思维。我们几个同事毫无异议地认为：有这么优秀的本高学子，学校想不优秀都难；本高有这么多优秀老师，本高学子的优秀一定是必然。

黄天中老师看过这封信后给我的回复

谢谢玉萍，你最大的特质就是你写的、说的都是你真实的感受，这点特别令人感动。谢谢玉萍的引述～～生涯缘。

2021 年 6 月 29 日

玉萍心语

- 尊重规则才会有真正的自由，无论是对于个体还是团队，甚至国家和社会。
- 学生是我们一生中难得的可以影响到的人，我们得珍惜。
- 我们的课堂要真正实现“互动、共生、高效、优质”，就需要我们每一个老师更专注地备教材、备课标、备学生，更专注地做事。

给天中老师的第 24 封信：以安心喜悦的状态迎接新的工作和挑战

亲爱的天中老师：

昨天是 2021 届学生高考出分的日子，刚刚上完一堂党课“理想照耀本高，平凡铸就伟大”，还沉浸在激动和兴奋里，马上就接到了我的小朋友小昊的好消息——他高考考了 702 分。小昊是我爱人高中同学的儿子，小昊的父亲七年前去世了，我们内心深处一直感觉是彼此的亲人。从孩子三岁开始我就一直关注，高中毕业典礼上，他代表班级领取毕业证，我代表学校颁发毕业证，那一瞬间想起了您说的那句话——“美好的事情发生了，却是不期而遇的，这就是缘”。真的感觉特别幸福！

今年我们学校的高考成绩也一如既往地好，尤其是大家关注的重要成绩点，我们都是辽宁省最优秀的。在这第一届新高考中，本溪高中再次交上了让山城人民满意的答卷。作为本高铁流中的一朵浪花、一滴水滴，作为默默奉献和付出的教师群体中的一员，我深感骄傲和自豪，也想起了那句话——“成功不必在我，而功力必不唐捐”。昨天晚上出去喝了一点啤酒庆贺，今天也依然沉浸在喜悦之中，所以一定要和您分享我的喜悦。

本来我是预计带 2022 届孩子们上高三的，也和您说过，这一届送走就不再带新的年级，安心地学习并做一些生涯教育和心理工作，然后可以有时间跟您修心学习和分享。可是后来因为工作的需要，我还是选择留在北校区，继续带一个新的年级。对我来说，如果真的做到心中有大爱和大我的话，就会安心喜悦地接受任何工作安排。经过短暂的心理调整后，我也确实是以这样的状态迎接新的工作和挑战的。

今年是建党一百周年，我在党校学习的一个月里参观了抗美援朝纪念馆、辽沈战役纪念馆等红色教育基地。对我来说，通过这样的学习更加让自己心怀感恩：感恩自己生长在最好的时代、最好的祖国，也感恩自己选择了梦想中的工作。

电视剧《悬崖》中的主人公周乙说过一句深深打动我的话："为了信仰我可以选择牺牲一切。当我只是我自己的时候，当我不再承担着组织的重任，我愿意为我爱的人牺牲我自己。"在那样的时代里，有多少人面临着那样艰难的选择。革命者同样有着炙热的真情，但在那样的时代里却只能选择割舍。

当你真诚地感恩这个时代，感恩先辈们的付出，你就会更少地抱怨生活中一切小的不如意，你在工作中的辛苦和疲惫就会很快化解；当你真心地感恩自己的工作给你带来的稳定和价值感，你就会自然地珍惜和每一个学生交流的瞬间、每一堂课和每一次批改；当你真正地感恩生活，感恩自己的伴侣和孩子，你就会慢慢学会带着积极的眼光去发现对方的优点，你们的亲密关系也会逐渐进入积极温暖的循环中。

感恩是用心的谦卑，看见世界和生活里每一个细微的美好都没有理所当然，都需要用心地珍惜和回应！

带着感恩而谦卑的心，带着对忠和恕的追求和向往，带着您对我"没有抱怨，只有面对"的嘱托，还有"玉萍，你是最棒的！"的深情鼓励，一切都不是问题！

夏天来了，天气炎热，希望老师注意身体。期待疫情早日结束，期待向您当面汇报工作的美好时刻快快到来！

玉萍敬上

2021年6月24日

天中老师给我的回复

哇哦，玉萍你实在是太给力了，我已经看到了一个很好的开始。欢迎海南的学生来，但是我还是希望咱们的学生一定要走出去，因为这是一种很重要的学习。学生们还是要体验各种不同的文化，甚至于应该去探讨人类学和社会学，其实人类学和社会学与生涯这门课程是分不开的。

不管怎么样，今天看到这些视频，还听到了这些，真的很高兴。把你请出来，利用放假休息时间来承担这一门课程的部分录制，真是非常感谢你，真的是感谢、感动还有感恩。为了这个生涯教育，你付出了很多，真的你是最棒的，谢谢，谢谢。

2021 年 7 月 17 日

玉萍心语

- 感恩是用心的谦卑，看见世界和生活里每一个细微的美好都没有理所当然，都需要用心地珍惜和回应！
- 带着感恩的心，一切都不是问题。

给天中老师的第 25 封信：“授人以筌”的理念在生活中的运用，快快乐乐地学习、生活和工作

亲爱的天中老师：

今天是这个学期的最后一天，明天开始就进入短暂的休假时光。昨天收到了海南的两个宝贝的书信，很感动。我和他们在短暂的相处中用心交流，并送出老师的生涯缘日记本，这在他们心中种下了一颗美好的种子。重要的是，孩子们说感谢我们提供的平台，让他们有了宝贵的人生体验。瞬间，我再次感觉到这就是您“授人以筌”的理念在生活中的运用。

在 7 月 17 日的那一天，我带着从海南来本高研修学习的两个宝贝去游览了本溪水洞，然后邀请已经考上清华大学的小昊和我的家人一起吃了午饭。那天，我在朋友圈里这样记录：

“20210717：“美好的事情发生了，却是不期而遇的，这就是缘。”（黄天中）在日复一日、年复一年的平凡生活里，我始终保持发自心底的笑容，也许这许许多多的不期而遇的美好缘分就是我的能量补给来源。

今天趴在饭桌上午睡了一小会儿，就是忽然之间困意袭来，无法阻挡。迷迷糊糊中，听见孩子们的欢笑，自己好像在梦境里行走。我记得这样的情形经常发生在旅途中，在返程的路上，经常会陷入那种近乎眩晕般的困倦，然后在这样的困倦中半梦半醒半醉。其实，一日也仿佛一生。

二十年前的老学生晓芳的两个宝贝每年暑假和我的约会，竟然就这样成了习惯。每年到了暑假，我就会盼望见到这两个喊我刘姥姥的宝贝。今年因

为时间匆忙，没来得及一起吃饭，在家里小坐一会儿就说了再见。年年暑假和老学生的桃李之约，是我特别愿意晒的幸福，也是我如今源源不断的动力补给。要真心地感谢这些走了很久、走了很远，还记得家乡、记得来我的小岛上坐一会儿的孩子们。这让我始终不忘要努力成长，做他们永远的幸福榜样。也鼓励自己要更加珍惜迎面走来的每一个孩子，珍惜每一次交流和爱护的机会。

地雷花儿开放的时候，每一次经过，都会想起女儿小时候戴着花朵耳环的模样。**时光催人老，每一秒都好。**”

因为参与录制您的中学版本生涯老师培训视频，一直压力很大。心中不愿意辜负您的信任和期待，又总是觉得自己做的还远远达不到传播和输出的程度。但是，后来我发现正是因为这件事情的推动，让我做了下面几件小事。

一是进行了以您的理念为蓝本的生涯课程的第一讲：从心启程，全新绽放——本溪高中践行黄天中教授体验式全程生涯理念的校本化实践分享。

二是在新教师培训中引领老师们关注学习“生涯之路”公众号的内容，并举行一次演讲会。

三是在2021级新生入学生涯教育第一课安排了走访校友的体验式活动。

由此，我也再次特别感谢老师，是您始终在后面推动着我前行。有很多时候，我感觉自己只要把眼前的事情做好，只要把手边的工作做好就已经足够，但其实人的潜能真的需要不断地激发。每一次您对我说“玉萍你是最棒的，你是一个有大爱的人”，我都会受到莫大的鼓励。此刻我也想起了我大学的实习老师彭殿松先生对我的鼓励，也再次意识到生命中遇见好的老师是一个人一生的幸运，我希望我也能是带给孩子们幸运的那个人。

最近天气炎热，我觉得自己不那么生机勃勃了。希望通过短暂的调整我能获得力量，从而能够顺利完成您的作业，不期待得高分，但是一定要及格！

夏安！

爱您的玉萍

2021 年 7 月 23 日

天中老师给我的回复

玉萍：

读完 7 月 23 日的第 25 封信，我是非常震撼的，主要是你已跨出了“体验式学习”的第一步，以后就是全体老师和学生一起去“经验”过程中的每一个“常识”和“知识”，这个过程就是成长。我非常非常开心。

你说“不期待得高分，但是一定要及格”，我想说的是，玉萍，在生涯教育的大世界里，只要快快乐乐地学习、快快乐乐地生活，只要这样开始了就及格了，没有分数的高低，只有快乐的多少。所以，有几句天中小语和你分享：

1. 不问成功，只问成长。

2. 不问巅峰，只问攀登。

3. 完美固可喜，缺陷也是美。

与玉萍共勉（你的每一封来信，我都至少看 2~3 遍，而且还时时回头看。你的来信有如家书，真诚而有生命力）。

天中敬上

2021 年 7 月 23 日

玉萍心语

- 在日复一日、年复一年的平凡生活里，我始终保持发自心底的笑容，那些不期而遇的美好缘分就是我的能量补给来源。
- 恋一座城，爱一个家，只有发自心底的热爱，才能让老师们以校为家，爱校爱家。

给天中老师的第 26 封信：人生越来越清晰地呈现出自己喜欢的模样

亲爱的天中老师：

明天我就正式回北校区上班啦！刚刚重温了 7 月 23 日给您的信，那是放假的前一天写的。整整一个月的时间过去了，因为德尔塔病毒的影响，这个假期我很少外出，也得以安静休养。

厦门的闺蜜回到这个城市里的日子，对我来说都仿佛是节日——关于青春和梦想的节日。她陪伴了我从高中时代开始的整个青春时光，同时她也是激励我努力奋斗的人生榜样。每次她回到家乡都是暑假，我们七个从小学四年级就在一起学习玩耍的伙伴，会因为她的归来而再次欢聚。我们还一起实现了三十年后重游千山的小心愿。在成长的过程中，我也不断地思考，发现其实**人生就是自己一次次选择的结果**。我们从小到大的太多经验和事件影响和塑造了我们的个性，这种个性使我们面对生活的答卷的时候，每一个人都会给出属于自己的独特的答案。我们就带着每一个阶段的答卷开启新的旅程。

这个假期里，我的另外一个收获就是再次聆听了您的演讲，那一晚您从六点半到十点半，一直神采奕奕地沉浸在宣讲之中。我后来收到了您邮寄的五本书，在那本集合了您的思想和智慧的《生涯体验》中，我再次获得力量和勇气，也更加感激您给中国教育，给我带来的美好影响。尤其是您经过不断的实践和思考提出的**“自力生涯、以荃生涯、共生生涯”理念**，让我再次领悟到体验式全程生涯规划，其实就是每一所学校都应该为孩子们提供的激发唤醒的鼓舞、成人成才的成全、共生共长的舞台。体验式全程生涯不仅仅是学生的成长指南和成长方式，更应该是教师的成长方向和成长目标，因为生涯是从生到死、从始到终，向死而生、以终为始的课程，也是生命的流程。

所以，这也再次激发我，要**从我开始，从我影响老师们开始，全情投入到生涯志业之中**。在新一届学生来到本溪高中参加的每一次活动里，在和孩子们每一次的沟通交流里，在创建共生课堂的过程里，我希望遇见生机勃勃、充满活力的孩子们，遇见充满热情和理想的老师们，遇见一所充满温度和美好的绿色校园。

昨天是七月半，是中国传统的祭祀祖先的节日。七月半是庄稼丰收的时节，也是荒草长满墓园的时节。在葱葱的绿意里，看见生命最终的结局，内心不由得产生了对分离的恐慌和焦虑。我常常为很小的事情所触动，流很多很多的眼泪。我知道马上就要五十周岁的自己这样有些可笑，但还是无法控制好自己的情绪。

这一生要想快快乐乐地生活，快快乐乐地工作，做一个快乐的生涯人，其实很不容易，需要不断地体悟，不断地实践，不断地思考，不断地循环再体验，就像您的体验式学习 5 流程方法一样，即一次次的前期准备、初期体验、观察反思、总结评估、持续应用。经过这样的循环，人生越来越清晰地呈现出自己喜欢的模样。

带着这样的信念，我要开始新的工作，又一次出发啦！有亲爱的您在身后微笑着鼓舞和祝福，相信我会越来越接近心目中那个温润如玉、坚强柔韧、快乐又勇敢的玉萍！

期待着疫情早日结束，期待着有一天再次到您身边聆听教诲！

爱您的玉萍

2021 年 8 月 23 日

天中老师给我的回复

呵呵，你的这封信以及留言，的确会加快我康复的速度，谢谢你。体验式学习会把每一个老师都变成学生的朋友，因为体验式学习最重要的是双主体。数字化时代下，孩子们喜欢被尊重，喜欢跟你分享，喜欢跟你讨论，而体验式学习正好使老师成为一个好的聆听者，成为一个很好的陪伴者。我很高兴的是，你把这个重点抓住了。

当前学校的教育主要是国家规定的学科教育，但是仅有这些还不够，因为时代在变迁，整个中国发生了翻天覆地的变化。所以，我们的教育方法也要改变。如果老师的态度不变，孩子们怎么去接受你呢？如果父母的态度不变，孩子们又怎么会相信你呢？体验式全程生涯教育可以完成这一部分，所以感谢啊，谢谢玉萍。

2021年8月28日

玉萍心语

- 人生就是自己一次次选择的结果。
- 相信付出的爱一定会变成种子，一旦土壤、温度和水分适宜，一定会开始生长。

给天中老师的第27封信：好的教育就是激励、唤醒、鼓舞，是心灵的互相影响，是行动的互相感染

生也有涯细规划，知也无涯勤追寻
——生涯规划课有感

赵雪飞

人生是一段漫长的旅程，一眼望去茫无边际。我们也不知道明天和意外到底哪一个先来。幸运的是我们身处文化包容的昌明盛世，有前人的足迹可供追寻，有专家学者潜心钻研的成果给我们提供指导。如今，生涯规划已成为一门科学，经过100多年的发展，拥有了成熟的理论和工具，并被广泛应用。这不禁让我们感叹，世间一切难题，原来早有答案。有幸遇见刘书记，她热心生涯教育，给我们班主任上了一堂精彩的“生涯规划课”，我们班主任也给学生上了一堂“生涯规划课”，个人的角色在学生和老师之间转换，从台下到台上，从理论到实践，从收获到反思……

一、有规划的人生更精彩

没有规划的人生的拼图一碰就碎。其实何止是一生，一天亦是如此。为什么学校的教育效率更高，重要的原因之一就是把一天的时间分成若干时间段，各学科科学排表，计划详细，目标清晰，然后按照计划完成一个一个的“时间方格”。最近比较火的关于时间管理的书是弗朗西斯科的《番茄工作

法》，其理念就是通过科学规划时间，从而驾驭时间，改进工作学习流程，提高完成效率。一日之计在于晨，一年之计在于春，一生之计在于勤，效率在于勤规划、勤作为。

二、规划课程催思考、促行动

未经反省的人生，是不值得过的一生。而不经规划的人生，必定是浑浑噩噩的一生。只有当我们对过去、现在和未来有一番深入的思考，才能洞悉人生的真谛。过往的经验可鉴，曾经的教训可戒，现在的自我可以评估，未来的目标可以规划。当我们把这些问题抛出的时候，即如何认识自我、认识世界、认识关系，大脑就开始运转了，我们开始想从未想过的问题，也就是开始挖掘自己的潜力。在与学生进行课堂互动，让学生选择适合自己的一组关键词的时候，教室一下子静了下来，我听到的是思考的声音。学生们可能以前没想过，现在开始逐词比对，逐组对号。然后小组讨论想要从事的职业、所需的专业、必备的能力、是否适合、需要哪些条件等。此刻听到的是思考后心灵重组与合成的声音！这声音经过思考而激发，通过我们提供的平台而展示。看着学生们静心地思考，尽情地发挥，我不禁想到，这不也是我们本高的领导和老师提前规划的成果吗？**我们要授人以筌，唤醒学生内在的生涯意识，给予学生成长的平台。当学生在讲台上感情充沛地“指点江山，激扬文字”的时候，他们找到了自己，虽然他们的表现并不完美，但行动会带来自信，助力成长成熟。**

三、意外收获与遗憾

在阅览学生本次活动的感悟的时候，发现同学们印象最深刻的是学姐王帆的事例，大家感慨于她不惧挑战的勇气和不在乎他人眼光的坚持，感动于《我是演说家》的演讲《你陪我长大，我陪你变老》里对亲情的表述。看来榜样的力量是无穷的，尤其是离我们最近的榜样，更能感召人心。

本次课还有一些遗憾，就是大部分学生对根据关键词分组非常纠结，可能是所给关键词太多导致选择性障碍，也可能是平时没有对自身反思而措手不及。有的学生觉得哪一组都有符合自己的词，最后实在不行就凑合一个，导致的直接后果就是同一小组选定职业的时候各不相同，难以统一。这也是我们今后在设计的时候需要改进的地方吧。

我们确实不知道明天和意外哪个先来，但其实这个问题并不重要，重要的是我们要先从心态上调整，学会拥抱未来，然后脚踏实地，认识自己和环境，最后树立目标，为自己“北斗导航”，给未来规划路线，在心中呈现立体的全息全景地图。我相信，有了清晰的目标和人生地图，在茫茫大海上也不会迷茫。吾生也有涯，而知也无涯，以有涯规划无涯，无往不胜矣！

2021 年 9 月 15 日

雪飞老师：

你的用心令我非常感动，这是你对自己的劳动的尊重，也是对我的用心的真诚回应，所以发自内心地感谢你。**在我的理解里，好的教育就是激励、唤醒、鼓舞，是心灵的互相影响，是行动的互相感染。**一旦我们确定了这样的理念，**一旦我们用“自力生涯”去唤醒，用“以筌生涯”去创造，用“共生生涯”去影响，我们的每一个念头，每一个行动，都会更加充满力量。**你会感觉到自己的每一天每一件事情都是有意义、有价值的。这是辛苦工作中支持我始终积极乐观，依然保持教育初心的力量源泉。也诚挚地希望把这份美好的意义带给大家。一群人为了共同的梦想而在一起工作，这件事本身就是令人喜悦的。所以我祝大家胜任工作，快乐工作，像黄天中老师祝福我的那样。再次感谢雪飞带给我的感动！

天中老师给我的回复

玉萍：

基于这次同学们的讨论反应，我产生了一个想法，供你参考，那就是加强“孝亲”和“感恩”的经验分享。

事实上，当时我把“体验式学习”带到中国大陆时，也纠结了很久是不是用“经验式学习”（在英文原文上是一样的）。

现在更多地感觉学生们的成长可能还是要从自己的经验和习惯的养成开始。

接着就是“信仰”，要明确宗教信仰和自由的心灵所形成的信仰是完全不一样的。

这就是我提出的身体自由、财富（物）自由和心灵自由。

康复方面比较慢，脚肿还是没有完全消退，不过医生说过，蜂窝性组织炎的康复是需要时间的，我相信自己一定会恢复活力和健康。

谢谢玉萍！

2021 年 9 月 23 日

生涯缘故事二十一：今天，我们如何做一个好老师？——在本溪高中师德师风培训会上的发言

2014年，习近平总书记在与北京师范大学师生代表座谈时这样说：“一个人遇到好老师是人生的幸运，一个学校拥有好老师是学校的光荣，一个民族源源不断涌现出一批又一批好老师则是民族的希望。”如何做一个好老师？这是我们从师范学校毕业的那天就应该知道的答案——德高为师，身正为范。但是我的题目里有个设定词——“今天”。在社会主义新时代背景下，在全媒体时代背景下，我们需要思考教育现代化对老师提出的新要求。

一、为什么是她？为什么是他？

在教育界众多的优秀典型中，我选择了两位老师，推荐给大家，希望大家向他们学习。我想首先介绍一下推荐的理由。

于漪老师在2019年被授予“人民教育家”国家荣誉称号，是基础教育领域唯一的获奖者，那一年于老师90岁高龄。她胸中有书，目中有人，在67年的从教时间里，用“站上讲台，就是生命在歌唱”的精神走出了属于自己的语文教学之路，她的语文教育思想在全国产生了重大影响，她被誉为“育人是一代师表，教改是一面旗帜”。最可贵的是，她坚持一辈子做老师，一辈子学做老师。

李希贵校长最初是高密四中一个普通的老师，从1980年到1995年，他用了十五年的时间，走上了高密四中校长的岗位。后来，他又由一个到北京学习先进经验的学习者，成为北京教育改革的先锋者，成为理念先进并勇于

探索实践的教育专家。

这两位当代优秀的老师，虽然成长的路径有所不同，但是他们身上共同的品质就是，紧跟时代步伐，不断学习成长。他们一辈子都在反思，都在探索，都在成长。

二、今天和昨天有什么不一样？

今天是社会主义新时代，新时代我国社会的主要矛盾是人民日益增长的美好生活需要和不平衡不充分的发展之间的矛盾，必须坚持以人民为中心的发展思想，不断促进人的全面发展、全体人民共同富裕。因此，人民对教育的期待就是我们努力的方向，人民呼唤优质的教育，因为这直接关系到每个家庭的幸福。“双减”指减轻义务教育阶段学生过重作业负担和校外培训负担。减负不减质，那么“双减”的基石就必须是学校的课堂教学。

正是在今天这个背景之下，李希贵校长提出今天教师的劳动更多的是一种情绪劳动。“对教师这个行业而言，相对其他行业而言，在当下可能需要教师更多地管理好自己的情感。教师要管理好自己的情感，让这种情感适时地、恰当地发生在正确的对象身上，以影响对方的成长。”教师要做一个情绪管理者，同时新时代的教师需要具备成长型思维：经验 + 反思 = 成长。

在充满不确定性的时代下，要建立自己确定的理念——不断成长，不断学习，一辈子学做一个好老师。于漪老师就是一辈子不断成长、不断学习的最好榜样，不愧是“人民教育家”。无论是将教师看作情绪劳动者，还是强调教师本身的育人价值，他们都提出作为老师要善于发现人身上闪亮的地方，善于看见光与善、美与好。

三、本溪高中的好老师有什么不一样？

“纵有千难与万险，本高铁流永向前”的铁流精神，是几代本高人用汗水和泪水铸就的铁流文化。

很多人关注到了我们细致入微的规范管理和精益求精的教学管理，却很少关注到我们对德育的高度重视。从老校长庞鸣嵘校长开始，多年来，我们一直重视爱国主义教育、感恩教育和理想信念教育，近些年来更是坚持将德育课程化、系列化。我们贯彻新时代党的教育方针，将“努力培养担当民族复兴大任的时代新人，培养德智体美劳全面发展的社会主义建设者和接班人”作为根本目标，培养了一代又一代拥护中国共产党领导和社会主义制度、立志为中国特色社会主义事业奋斗终身的有用人才。2018 年 5 月，习近平总书记在北京大学与师生座谈时强调：“培养社会主义建设者和接班人，是我们党的教育方针，是我国各级各类学校的共同使命。”

同时我在最近几年学习心理学和陪伴孩子们的过程中发现，如果一个人心中有理想、有他人、有家国、有情怀、有大我，那么他在遇见生活中的困难和挫折的时候，更容易用积极乐观的态度去面对，也更容易进行自我调整和自我教育。他会更少地纠结于个人的得失和暂时的失意，更容易成为一个幸福的人，一个持续发展的人。一个带着向上、向善、向学、向美、向好的种子的人，向阳生长就是自然而然、水到渠成的事情。

因此，我们每一个老师在育人的同时首先要这样培育自己。我们要热爱本溪高中、热爱家乡本溪、热爱伟大祖国，感恩时代、感恩生命、感恩他人的付出，坚定地把育人事业做到精益求精。每一堂课，每一次批改，每一次交流，我们都是在履行教书育人的神圣使命。我们要真正意识到，我们每天的日常工作都关乎国家和民族的未来。尽管我们很平凡，但是踏踏实实地把每一件小事做好，我们就是真正的英雄。

最后，我想说的是，我们的工作是平凡的，但我们是幸运的，因为我们的生命和青春的记忆紧密相连。我的高中班主任老师如今住在养老院里，每次和老学生相聚，她讲的都是从前那些花儿的故事，那故事里有她的骄傲，也有她的遗憾。我在想，有一天当我们老了，是不是还有学生会记得我们说过的话？无论怎样，除了谋生，我们还可以谋爱，除了职业，还是事业和志业。有一天，你会发现这份工作慢慢地变成了你的爱好。这是教师这份工作带给我们的独特幸运，希望每一位老师意识到这份宝贵并真正地珍惜和敬畏。

你的一言一行、一举一动，都不仅仅属于你自己，还属于教师这个光荣群体，并且关系着“本高人”这一凝聚了太多人汗水和泪水的骄傲称谓。

真诚地希望大家用自己的努力创建互动、共生、高效、优质课堂，提升自己的专业素养和育人能力，胜任并愉快地工作，自在并幸福地生活。在教书育人的三尺讲堂上，唱好属于自己的生命乐章！

天中老师给我的回复

特别喜欢你的《今天，我们如何做一个好老师？》，有内涵，有新的视角，我非常欣慰、高兴。

2021 年 10 月 12 日

玉萍心语

- 生也有涯细规划，知也无涯勤追寻。
- 授人以筌，唤醒学生内在的生涯意识，给予学生成长的平台。
- 好的教育就是激励、唤醒、鼓舞，是心灵的互相影响，是行动的互相感染。
- 用“自力生涯”去唤醒，用“以筌生涯”去创造，用“共生生涯”去影响。

给天中老师的第28封信：在每天的教育教学实践中应用体验式全程生涯教育的理念

亲爱的天中老师：

今天阳光明媚，我的身体和心情经过调整，仿佛又回到了正常的轨道上。清晨推门走进办公室，就看到周五劳动课上和同伴有小冲突的男生在等候。那天，他情绪非常激动，我温和地安抚劝慰他，让他周日把内心的真话和我分享。当时我就想，一个认真负责听老师话的学生产生如此激烈的情绪，背后一定是有着需要化解的心理压力。

今天在他写的故事里，我找到了答案。这个男孩当初报考我们学校的时候，成绩刚达临界分数线。这中间的等待和煎熬，本就让他的心灵备受折磨，他还要承受来自小伙伴的嘲笑。所以，他带着要用贡献换回尊重的想法，努力为班级做事儿。开学两个月以来，他用心付出和努力做事，赢得了同学们的尊重，但也累积了太多的情绪，所以当同学脱口而出一句说惯了的口头语“你有病啊”，他的心被深深刺痛，而且觉得这是对他从事医疗工作的父母的诋毁，于是大声地吼了出来。最后，他谈到劳动课对他最大的影响不是对劳动本身的学习，而是学习情绪的控制、压力的排解、处事的方法以及培养自己宽广的胸怀。

亲爱的老师，在每天的教育教学实践中，我其实都在应用体验式全程生涯教育的理念，同时自己也在其指导下不断成长。我们辽宁省教育厅已经开始全面推动劳动教育的落实，在无教材、无专职老师的情况下，我能快速推动劳动课迅速落实，都是得益于您的指导和体验式全程生涯教育理念的支持。

这是在劳动课上发生的小故事，也引发我与学生和班主任老师的交流，以及对特困家庭子女的进一步关注，因为冲突的另一方家庭极其贫困，是学校特殊关爱的学生。我认为，这是**“做中学、错中学”**的很好案例。只有事上磨炼，才能更好地心上用功；心上的用功，更需要在事上去检验。**知行合一是每个人的必修课，更应是成长中的青少年的必修课。**

今年 10 月，我就整整 50 岁了，很感谢和珍惜这一路走来岁月的馈赠，也对未来充满了期待和祝福。自从 2019 年您让那句话——**“美好的事情发生了，却是不期而遇的，这就是缘”**走进我的生命中，我总是感觉有很多美好正在走向我的旅途中，在某一天会与我不期而遇。

这种感觉会让我相信，所有的艰辛、疲惫、不适都是暂时的，小情绪都会很快过去，都是为即将到来的美好所做的铺垫，我对未来的担忧和恐惧也会因此减轻许多。我想说的是，**在我心里，体验式全程生涯规划教育就是如何让这宝贵的一生更有价值、更有意义、更幸福的一门课程，也是一种理念和信仰**。很多很多年前，我曾经思索过教育的终极目标到底是什么，我记得自己当时就想，既然全人类追求的终极目标是幸福，那么教育就应该培养人获得幸福的素养和能力。如今走过半生，又回到思索的原点，但因为遇见您，我对大爱、大我、大幸福有了更深的感悟，您说我是不是一个特别幸运的人呢？引领幸福的人，自己在这个过程中也变得更加快乐和幸福，我想这就是爱的志愿者收到的最宝贵的生命礼物吧！

您的身体是否痊愈，我在遥远的东北小城祝福您身体健康，每天都精力充沛。

爱您的玉萍

2021 年 10 月 24 日

天中老师给我的回复

玉萍：

谢谢你的第 28 封信。

看到你把“体验式全程生涯规划体系”落实到你的学习、生活和工作当中，我特别高兴！

祝你 50 岁生日快乐，从此你将进入人一生中最最黄金的岁月。

我的身体也在日渐康复，期待着早日重回讲台，那是我一生的舞台。

生日快乐，天天快乐！

天中敬上

生涯缘故事二十二：写给小朋友的信

亲爱的ZL小朋友：

虽然你其实已经长大了，但是在我这个年长你们三十多岁的老校友看来，你真的可以算是我的小朋友、小伙伴。

不论是上周五和你的短暂交流，还是今天早晨你早早就在我办公室里等候的样子，以及你认真书写的劳动感悟，都让我看见了你身上的优秀品质——认真做事、勤奋努力、敏感懂事，也因此触动我，一定要认真地回复你的感悟。

我尤其感动的是你最后写的那句话："劳动课对我最大的影响不是对劳动本身的学习，我从小学开始就承担了大部分的家务活；对我来说，最大的影响是学习情绪的控制、压力的排解、处事的方法以及培养自己宽广的胸怀。"

通过这短短的一句话，我看见了你的父母培养你的良苦用心，也看见了你在这次劳动课中的收获和成长。

老师特别欣喜的是，你通过周五那件看似带来困扰的小事故，发现了成长中特别需要完成的大故事——在成长的过程中，我们固然需要不断地努力证明自己，但是如何与周围的人积极友好地交流沟通，如何让压力变成动力而不是阻力，如何在成为自己的同时也理解他人的不同，这些也是我们需要学习和面对的课程。当有一天你离开本溪高中的时候，老师希望你带着本高育人课程传递给你的价值观，带着积极乐观的精神，带着向上、向善、向学、向美、向好的种子，开启美好幸福的人生旅途。

老师非常高兴你能打开心扉，与老师进行真诚的交流和互动。我因为理解你的内心，所以更加理解你的行为；你因为理解学校的用心，所以更加愿意调整自己，更好地融入班级和学校。这就是交流带来的影响和力量，希望在以后的日子里，你也能经常和父母、和老师、和伙伴们进行这样的交流。另外，在课堂上积极回答老师的问题也是一种非常好的交流，是发现自己的不足和优势，更好地培养自己的好方法。

真心地祝你成长快乐，学习进步。以后有任何困惑或者喜悦，欢迎你随时与我分享和交流。作为本高毕业生，我每天和这么多小朋友彼此陪伴，这是我的幸运，能给予你们微小的关爱和帮助也是工作给予我的幸福。再次谢谢你真诚的回应！

你们的大朋友老师：刘玉萍

2021 年 10 月 24 日星期日

生涯缘故事二十三：五十岁写给自己的情书——美好的生活，才刚刚开始

今天是2021年10月31日星期日，一想到美好的十月就要过去，心中便充满了不舍。我知道对于时光，不论我如何留恋，她永远不舍昼夜，川流不息。而我这么多年，所能想到和做到的就是用我爱的文字给现在的自己、未来的自己留下点回忆、念想和路标。

昨天，我在周六的清晨依然匆忙地打车奔赴东明路九十一号。当时开出租车的大姐不知为何突发感慨："如果人生还有一次机会，我一定不会像现在这样活着。"因为只有短短的几分钟，我来不及和大姐进行更多的交流。可是，那一瞬间我也问了自己，如果让我重新选择只有一次的人生，我是否愿意成为现在的自己，是否愿意走上现在的旅途。站在人生的道路上，我听见了自己的答案——我愿意。

是的，我愿意生在"老龙王"爸爸和"王母娘娘"的家，向善和向上是"老龙王"爸爸带给我们的基因和爱，姊妹六个和"王母娘娘"一起组成的七仙女，永远是我幸福的缘起和努力的动力。

我愿意长大后寻找到自己现在的家——"三只小猪"相亲相爱的家。我爱这么多年来像兄长一样呵护，像朋友一样懂得，始终鼓励和支持我的爱人，我爱贴心省心的小棉袄女儿，我爱关心爱护我的老爹和二姑。

我愿意一生只做一件事：从1986年遇见本高，我这一生最好的年华都与东明路九十一号息息相关。时光的叠加、岁月的回声还有恋旧的思维习惯，让我对这个校园里的一切的爱，一日比一日更多。

还有，这一路走来，曾经偶尔停留或者始终陪伴的人和风景，这一切都让我深深地感恩、惜福、知足。

这个十月，阴历生日的那一天，我因为出差恰好住在大海的边上。清晨，我一个人在海边散步，突发奇想给妈妈录制了一个小视频，那一刻波光粼粼，风和日丽。我忽然想起大学的时候，二十岁的自己一个人孤单地在海边逛荡的模样，深深地感恩三十年后的自己竟然可以如此从容地再次和大海不期而遇。对我来说，这就是上天送给努力工作的自己最美好的奖励。那一天，在海边，我对妈妈，对亲爱的人，对黄天中老师，还有从小一起长大的闺蜜，都表达了发自内心的感激和爱，我想大海温柔的波涛会把我的幸福和感激也表达给生养我的土地和这个世界。

阳历生日的那一天，我迎接辽宁省基础教育教研中心校长培训班的百名校长来学校参观，在听到专家的点评后，我被深深地感动——原来我们用心的付出，有心的人都懂得。特别开心的是，在短暂的交流中，韩老师谈到了一本书，模糊记得自己曾经见过，之后回到办公室去书柜里寻找，竟然一下子就找到啦！生命中所有不期而遇的美好，都是对热爱生活并持续地期待美好的那颗心的馈赠。

这个十月，收到了很多珍贵的礼物，比如印章，比如画像，比如懂得……因为收到印章，所以需要印泥；因为买印泥，所以遇见了彩色的手指画。因此，哪天有空要邀请梧桐宝贝儿来家里一起玩一玩。也许一切美好都是这样环环相扣，就像爱和善意的涟漪。

是的，我特别愿意过这样的一生。往后余生，我希望每一天，自己对身边的人和事，还有大地和树木，以及天上的云朵，都心怀善意和美好的念头，并付出爱的行动，以此护佑我爱的人们和我爱的生活一切都好。

我也特别希望亲爱的自己，好好关爱自己的身体，一定记得每天喝奶、多吃水果和蔬菜、好好睡觉。要始终记得喜欢的诗人纪伯伦先生说的那句话：

“如果有一天，你不再寻找爱情，只是去爱；你不再渴望成功，只是去做；你不再追求空泛的成长，只是开始修养自己的性情；你的人生一切，才真正开始。”美好的生活，才刚刚开始。继续加油呀，亲爱的自己！

生涯缘故事二十四：工作着是最美丽的

今天陪伴英语组集体备课，整整三节课。年轻老师以说课的形式，和其他老师交流研讨，这对年轻老师是很好的锻炼。精益求精，永无止境。每一次教研创新，都是更加精细的开始，更是对精益求精理念的践行。

黄天中老师的“体验式学习”的特点之一就是合作学习。“我们当中没有人有我们全体那样优秀”，集合大家的智慧，形成合力，给我们有幸遇到的孩子们提供最优质、最高效的课堂，这是我们给孩子最好的爱护。

我也再一次感受到工作给我带来的喜悦：**一群人为了共同的愿景认真用心做一件事，那就是人生的“兑”，是喜悦、是幸运、是美好。**

我希望老师们都能意识到自己每天兢兢业业地备课，精选每一道习题，是在为孩子们节省时间，减轻孩子们的负担，提升学习效率，同时也是在亲自践行终身学习的理念。**学习是旅途而不是目的，不断成长是永葆年轻的秘诀。**如果在这个过程中你找到了乐趣，你的生活就将不仅有意思，还有意义。

年轻真好，看着年轻老师们逐渐融入本高铁流，用心专注地做好每一件小事，我特别开心，也充满期待。

对于我的分享，黄天中老师是这么回复的：

玉萍：

每次看到你的分享，我都感到非常欣慰！现在已经感受到“青出于蓝而胜于蓝”的喜悦。特别是你今天提到的“合作学习”，更是一种升华。

谢谢你每个月给我的信，你写的50岁生日感言，我将珍藏，这是一份财富！谢谢玉萍！

2021年11月4日

玉萍心语

- 只有事上磨炼，才能更好地心上用功；心上的用功，更需要在事上去检验。
- 知行合一是每个人的必修课，更应是成长中的青少年的必修课。

给天中老师的第 29 封信：有能力承担和给予的人，就是最幸福的人

亲爱的天中老师：

这个和您倾诉的午后，虽然阳光和煦温暖，但是我还是忍不住掉了眼泪。最近一段时间，夜晚总是醒来，睡眠很不好，但第二天依然要处理那么多的工作，依然要微笑地面对身边的每一个人。

今天到了学校，先是和老师们谈心谈话，之后抽空参加了一次集体备课并给予指导。学校荒芜了十多年的篮球馆，终于可以重新启用，为此又举行了一个小仪式。吃完午饭就已经一点多了。然后，我看到了年部给我的反馈信息。我希望针对每一个班级里心灵脆弱的孩子，在考试后由班主任老师或者任课老师一对一地开展关爱谈话，这个信息我要了三次，但给我的依然只是部分班级。

这就是导致我情绪低落的直接原因，但是我知道这仅仅是冰山的一角而已。

最近，我忽然发现很多人都需要我的关怀和温暖，可是我在身体和情绪状态都不佳的时候，也渴望和人倾诉一番。现在，除了每个月和您倾诉，再也找不到另外的人让我愿意说、可以说。

其实我已经非常幸运，有一个很知心的爱人和贴心的女儿，还有好几个非常爱护我、关心我的姐姐。但是，我忽然发现，爱人由于年龄的增加、身体的不适以及工作的压力，他也非常需要我的支持和鼓励；女儿还面临人生的很多选择，更需要我的力量和影响；姐姐们所能做的就是在生活上帮助我，她们对老母亲的照顾就是对我最大的关爱。

人生中的某些路，真的只能自己一个人去走，就是这些感悟忽然让我倍感孤独。真心地感恩亲爱的您，一想到八十岁的您，还要鼓舞、支持、惦记着比您年轻三十岁的我，真的不知道说什么才好。

此刻，我在和您的倾诉里尽情地流泪，这就是最好的释放，老师不用牵挂。女性这个时期就是身体各方面都调整改变的时期，我开通公众号“123 更美好”，就是希望自己可以通过书写疗愈自己，希望这个改变的时期自己可以非常平稳地度过。我也知道像此刻这样的情绪失控，也是一种正常的表现，一切都会好起来的。

十一月，我这里下了一场十几年不遇的大暴雪。

在北校区坚守陪伴的第三天晚上，我是带着小小的兴奋好不容易才睡着的。一想到第二天喧闹的操场和坐得满满的教室，以及载着老师们的三个“大黄”（我们学校的校车是三辆黄色的大巴车，我给的昵称是“大黄”），我就非常开心，像期盼一场久别重逢。

然后，我梦见了大海——清澈的、泛着微微的绿和淡淡的蓝的大海。海面上结着微微的冰，但是依然在温柔地荡漾着波涛。我还梦见亲爱的人和我一起去电子城下载《秋天的童话》，好回家一起看。

之后，我从美梦中醒来，窗外正飘舞着洁白的雪花。

长我几岁的同事姐姐到办公室和我商量点事情，临走的时候说：“玉萍，我看见你在大雪里那么笑着，真觉得你好厉害！”然后，她红了眼眶。中午吃饭的时候，又有几位老教师分别跟我表示自己为我们坚守学校的行为所感动。我知道了，为什么我的梦中会出现那么美丽的大海，还有那个我喜欢的电影。

我所在的地方，人与人之间就像兄弟姐妹，就像父母和孩子，这样的纯粹和温暖让人想到美好的童话故事。

通车后，我们考虑班主任老师太辛苦，安排了大客车送大家回家。每个人都跟我说："还是你回去吧，我没事！"我的镜头里记录下来的只是其中非常微小的一部分，还有很多很多的美好，我已经将它们深深地刻在了心上。

这几天，因为这场人雪和再次突发的疫情，每个人都会产生很多感受。对我来说，一是感到自己在逐渐变成曾经老师期待的样子——更加勇敢；二是感觉自己特别幸运，作为铁流中的一分子，每天都感受到其他分子给予的力量和温暖；三是更加珍惜现在的每一天，每一个当下。**有能力承担和给予的人，就是最幸福的人。**我希望自己很老很老的时候，也依然可以给予这个世界爱以及力所能及的光和暖。

再次对世间的美好以及可爱的本高人表达深深的感恩和敬意，发自内心地说一句："有你们可真好！"也感恩老天赠予的礼物——那样美妙的梦境，我真的好久好久都没有遇到啦！

亲爱的老师，此刻我痛快地、肆意地流泪后，再次回忆起大风大雪中勇敢微笑的自己，心情已经慢慢地恢复了平静。

多么希望八十岁的时候，我也能和您一样，跨越山海去传递爱与温暖。

爱您的玉萍

2021 年 11 月 19 日

二十年前的老学生晓飞（中间戴围巾者）如今已经成为我们的班主任老师——长大后她就成了我。

天中老师给我的回复

玉萍，抱歉，我刚刚才看到你的来信，心中有很多的话，明天慢慢地和你用语音聊（因为眼睛做了个小手术，影响视力）。今晚先给你一句话：人生的无常就是正常。

2019 年 11 月 19 日

玉萍：

你好！我又仔细地看了一下你的来信，对于你最近工作、家庭各方面的经历，我的第一个感觉就是蛮普通的、蛮自然的，这些事情可能会发生在每一个人的身上。所以，不要认为那是你的问题，这根本就应该是一个大自然的问题啊。当外界环境或身体内部出现一些变化，多多少少都会影响到我们当时的心态和情绪，但这些都不是问题啊。

……

看了你的这封信，知道你现在在工作中其实有很多可以把握的机遇。我举一个例子，你说学校的篮球场重新启用，还举行了一个小小的庆祝仪式，我觉得这个篮球场除了打篮球，还有很大的用途。以前我在台湾一所大学当校长的时候，每个月在运动场上举办舞会，规定学生一定要穿正式的服装参加，这也是一种礼节。

当然我现在只是举这个例子，并不是说你那个地方要做这个，不是这个意思。我认为你那里可以办很多很多其他有意义的活动。譬如在校园开放的时间，如周末，可以邀请家长到那边来运动运动。在关心学生的同时也要关心学生的家长啊，那个篮球场就可以成为他们的一个活动空间。但我讲得也许不太对，因为我并不知道学校的规矩。总而言之，与一些学生的家长联络感情，让他们愿意跟学校交流，那么他们的问题就会越来越有机会被看见。让我们去聆听，让我们去陪伴。这是我看完你的信提的一个小小的建议。

2021 年 11 月 20 日

玉萍心语

- 教育是一个灵魂对另外一个灵魂的启迪和唤醒，所以教育需要爱，有爱才有心心相印的教育。然而，仅有爱是不够的，一定要有足够的智慧，在智慧支撑下的爱才是有意义的。
- 有能力承担和给予的人，就是最幸福的人。

给天中老师的第 30 封信：我也开启了“相约 2049”的生涯访谈！

亲爱的天中老师：

我也开启了“相约 2049”的生涯访谈啦！特别是在看了您的视频访谈后，更让我坚定了像您一样去做教育的信念。我有多幸运，遇见了您，总是在您的鼓舞和激发下产生美好的创意并付诸有意义的行动！下面和您分享的是其中一次的访谈记录。

生涯访谈：陪伴与倾听

<table>
<tr><td>时间</td><td>2021 年 12 月 7 日</td><td>人物</td><td>玉萍与睿涵</td></tr>
<tr><td colspan="4">问题 1：为什么选择文科？对文科未来发展的了解有多少？将来想从事什么职业，成为什么样的人？未来期待自己在哪一领域做出自己独特的贡献？
（1）因为热爱，所以选择。首先是兴趣爱好，从小父母就培养我的阅读习惯，家里不安宽带，也没有数字电视，每天放学后，学习以外的时间，都是书籍陪伴着我，阅读习惯慢慢养成。其次是家庭教育方面，爸爸特别喜欢历史、地理，日常生活中也经常和我进行这方面的交流与互动，潜移默化地影响到了我。最后是学校开设了生涯规划课程，给予我们很多专业方面的理论指导，使我有了奋斗的目标。
（2）自从有了选择文科为学习方向的想法以后，在网上收集了一些相关的信息，感受最深的是，今天的世界正处于百年未有之大变局，未来的中国在促进人类社会发展中将起到举足轻重的作用，而在促进我国同世界</td></tr>
</table>

各国人民开展文化交流，和世界人民一道构建人类命运共同体的过程中，人文科学的作用将日渐凸显。

（3）结合自身的一些性格特点和父母的建议，我未来想成为法学方面的人才。关于成为什么样的人，每一天我们都会有更深的理解。爸爸经常说，“德才兼备”，“德”之所以排在“才”的前面，是因为如果一个人品德不高尚，不懂得珍惜和感恩，那么他再有本事、再有学识也将一事无成。今年开学，妈妈送我住校前一直叮嘱我：“这里有这么好的学习环境，这么优秀的教师团队，妈妈希望你在这里汲取养分，做一个有文化的人。”她始终强调做一个有文化的人，只有文化自信了，个人也好，国家也好，才有可能立于不败之地。

（4）未来的期待：希望自己未来在国际法领域成为一名专业、权威、对国家有贡献的人才。世界格局风云变幻，对生活在这个时代的我们来说，只有把握住历史的机遇，勇于承担国家和民族赋予的使命，才是实现自我价值的最好选择。

问题 2：往后的两年半打算做哪些准备和努力，以达成自己的期待？

（1）思想准备：坚定了理想目标，就要下决心朝着这个方向努力。这个过程中要排除一切干扰，不能有任何杂念，更不能遇到困难和挫折就自我怀疑。只要坚定地心怀梦想，脚下就会有方向。

（2）总结方法：开学之初通过两次考试总结了一些学习方法，也收到了明显的效果。但是知识的构架和分布发生了变化，学习方法需要得到进一步的调整、完善。通过接下来的期末考试，我要继续发现不足，调整学习方法，及时弥补缺陷。

（3）具体方法：一定要利用好碎片化的时间，如课间、三餐、熄灯前，使每天多学 3~4 小时。课后多向老师请教问题，如果时间紧张，可以把问题记在一张纸上，送到老师办公室，等待解答。

<table>
<tr><td colspan="2">问题 3：如果在未来的学习中面临没有预料到的挑战和困难，你希望自己如何面对？想对 2049 年的自己说一句什么话？
我是这样看待挑战和困难的，我们每个人想要实现的理想也好，或是想要得到的东西也好，如果是简单的、易得的，那么它的价值也是普通的，而不会是珍贵的。正所谓：“志不求易者成，事不避难者进。”
我想对 2049 年的自己说：“成熟、睿智、有魅力的你，因为始终有母校永恒的铁流精神陪伴，才会更加熠熠生辉！”</td></tr>
<tr><td>彩虹心语</td><td>我放下所有的期待，敞开心胸去体验差异带给我的丰盈。</td></tr>
<tr><td>共生故事</td><td>和睿涵同学的访谈进行得非常顺畅，交流后我和她都非常愉悦。很多时候，我们作为父母或者老师，陪伴孩子的过程也是更好地照见自己的过程，彼此疗愈，共同成长！感谢睿涵，祝福睿涵！</td></tr>
</table>

爱您的玉萍

2021 年 12 月 7 日

天中老师给我的回复

玉萍，让我怎么说你呢，我好感动，真的为你的努力而感动。你总说是我给了你很大的帮助，其实不然，是你的内在驱动力告诉了你该如何选择，刚好我在旁边，提起跟你一样的想法的时候，你的内心就会产生一种共鸣。所以，请你千万不要客气地说这些感激的话。我现在想说的是，你应该继续沿着这条路走，因为你的家人，还有你的学生，都会因此而很幸福。

我想鼓励我们的老师，要讲自己相信的话，做自己真正想做的事，那样效果会非常好。

看了我的视频访谈，你会发觉没有两个学生是一样的。我已经做了21年访谈了，没有两个学生是真正完全一样的，即使看起来有相同点，但是发展上还是不同的。所以，我时时提醒大家要尊重个体差异。今年因为疫情，第一次采用线上访谈这样的形式，非常高兴你来见证这个创新的方式。

今天你送给我的小视频太棒了，我心中很激动、很感动，谢谢你啊，谢谢玉萍。如果你要说谢谢我的话，那我要反过来说，其实我从你那儿得到的鼓励更多更多，真的谢谢你。

2021年12月7日

生涯缘故事二十五：黄天中老师对学校传统德育活动的指导

2021年12月6日，高一、高二进行了“12·9”长跑活动，当天我就和黄老师分享了我的活动记录：

“我们用不断创新的形式减少竞技的激烈程度，增强全员的参与感。……

“各班级还制作了一个传承‘12·9’运动精神的风采展示小视频，让孩子们在模拟的情境中体验今天德育早课的内容，理解‘12·9’运动的精神内涵。

“我们之所以多年来一直开展这一项经典德育活动，是因为我们一直把爱国主义教育作为德育工作的核心内容。‘12·9’运动所体现出来的一代青年“天下兴亡，匹夫有责”的爱国热忱，传承到今天就是“请党放心，强国有我”的使命与担当。山河虽无恙，吾辈当自强。希望每一次这样既包括思想引导也包括活动体验的德育课程，会更好地激发本高青年为中华民族伟大复兴的中国梦奋斗的热情和行动。

“也希望很久很久以后的未来，他们还能回忆起高中时代这样一个温暖如春的冬日以及自己奔跑的样子，希望这份回忆能够给予他们继续奔跑的勇气和力量。”

天中老师给我的回复

我听了你的留言，前前后后我一共听了三遍那个“12·9”活动小视频的歌，学生们在运动场上的那种激情，真的好棒！这是一个震撼的时刻，再一次向你说，真的很棒，并且道贺，因为你通过活动激发了学生们的家国情怀，让学生们感受到一种很强烈的成就感和参与感，非常好！

看着你的小视频，尤其是听着那首歌《祖国不会忘记》，我真的觉得自己就在现场，感觉到内心沸腾。

我有一个小小的建议，就是建议你要求每一个学生都讲下面这句话，“**只要有我在，中国一定强**”。假如由你来带头，那我觉得只要是连续的两声三声，每个人都会牢牢地记住这个时刻。今天是六号，对不对？现在离九号还有几天。当然，我这只是随便想想，你别在意。我真的很喜欢听你的留言，你的声音特别特别好；喜欢看你写的文字，虽然眼睛看着比较吃力一点；我也很喜欢那个运动会的视频，很棒。谢谢玉萍！

2021年12月6日

在黄天中老师的指导下，在东明主校区举办的“12·9”长跑活动中，2022届高三宝贝们大声喊出了激励吾辈自信自强的口号——“只要有我在，中国一定强”，学校当天的电子屏幕上也打出了这几个大字。我想远方的黄老师看见这样的画面一定会非常高兴，他将美好的信念传播到祖国大地，在孩子们心目中种下了一颗热爱国家、坚定自信的种子。

希望未来的中国，因为有你更加强大、更加美好，这样的信念如果深植内心，带来的力量是无穷无尽的。

当一个人的视野和胸怀超越了小我的局限，世界和生活一定会呈现更宽阔的视域。这样的视域下的自我，虽然更显微小，却更加坚定而有力量。**一个心中有他人、有集体、有家国的人，未来获得人生幸福的概率会很高，这样的人更容易建立和谐愉悦的人际关系，也更容易感恩知礼，不易心理脆弱。**

祝福本高铁流中的每一分子都拥有这样的信念。总有一天，你会感受到这其实是母校给予的一份祝福和礼物。

天中老师给我的回复

玉萍，写得太好了。将一颗小小的种子种下去，5 年、10 年、20 年之后，不管结果会不会和我们期待的一样，但我们今天播种了，我们就很开心了。谢谢你又给我一次播撒种子的喜悦。

2021 年 12 月 11 日

给大中老师的第 31 封信：2021 年的复盘，带着体验的心境去回顾和反思

亲爱的天中老师：

2021 年的复盘用了您告诉我的“观”，**带着体验的心境去回顾和反思**，这也让我对工作和生活又生发了新的期待和热忱。正是在这一次次的书写和又见中，我心中的愿景更加明晰：**活出生命的潜能，发挥自己的优势，以终为始，每一天都带着爱和暖勇敢坚定地出发。**特别感恩生命中有您，这一年来，在心情失落的时候，没有力气的时候，是您一次次告诉我——“玉萍，你是最棒的”“玉萍，你的真就是你最大的优势”。在身边好多人都等待着我给予力量的时候，您就是我坚强的后盾，是我的督导师。

此刻我想起了年轻时候读过的一句诗：“让我怎样感谢你，当我走向你的时候，我原想收获一缕春风，你却给了我整个春天。”从 2016 年至今，短短的五年时间，跟随您做爱的志工，我在心态上、状态上都发生了特别大的变化。尤其是这种始终向上生长的生命状态，是我非常喜欢也非常珍惜的。

每当我看见讲台上神采奕奕的您，我都仿佛清楚地看见自己的未来。原来八十岁不仅不可怕，还依然充满希望和憧憬。

真心祝福亲爱的老师新的一年身体健康，快乐平安！期待疫情早日结束，希望 2022 年我有机会亲自去老师身边聆听教诲！

爱您的玉萍

2021 年 12 月 16 日

天中老师给我的回复

谢谢玉萍，非常感谢你的鼓励。每一次你的鼓励和安慰，都是支撑我的很大的力量。你将来不但能够像我，还会超越我，因为你起步得比较早。

今天的感悟也特别深，加油，玉萍！

我真的以你为荣，也以你为傲。想到将来这门课会慢慢有人传下去，我就感到莫大的安慰。

思政教育、道德教育、心理健康教育等在学校里都分得很开，但是生涯教育是一个综合性的交叉课程，希望你将来从事生涯教育工作时，不要忘记把学生引导成为一个爱自己、爱父母、爱学校、爱社会、爱国家的好学生，谢谢玉萍。

2022 年 1 月 28 日

生涯缘故事二十六：又见2021年

2021年的生命叙事，之所以用了“又见”二字，是因为黄天中老师说**观就是体验，就是生活**。每一次对生活的观想，都是重新梳理、整合链接、重新看见的过程。更重要的是，看见自己愿意留下来的日子的模样，让往后余生更多地以那样的姿态生长。

2021年春，重回校园的美好时光

2021年春天，在市委党校学习的一个月，是我很久没有过的美好时光。尤其是那些个悠闲而自在的清晨，在鸟语花香的小径上散步后，再慢悠悠地吃早饭。我知道这对我来说有多么奢侈——有好多好多年，都是早晨七点前就开始了一天的工作，都是一路小跑着奔向学校。所以，有机会在最美的四月里来到党校学习，是我这个春天收到的礼物，也是工作赠予我的礼物，我倍感珍惜。

记得因为一次迷路，我和伙伴们建立了麋鹿美拍组合。后来的日子里，我们一起在浑江河畔留下了好多美好的记忆以及欢乐的笑声。现在回想起我的2021年，第一幕跳入脑海的就是那条小路、党校的后山以及开满了梨花的那棵树，还有一大清早特意绕过一段路来接我上学的爱华和我们在梨花树下合影的模样！

2021年夏，三十年后的千山，还有一如当年的大雨

二十岁那一年，在辽师大读书时，我唯一一次逃课，去鞍山看望在那里

读书的好朋友彩霞。黄昏时分抵达鞍山，却不小心迷了路。在陌生的城市里，我十分恐慌，后来和闺蜜汇合的时候，又万分惊喜。我们一起登千山的时候，和瓢泼大雨偶遇。那响亮欢快的笑声，大大的雨滴，这么多年一直留在记忆中。

后来的后来，我们毕业结婚，在各自的世界里奔忙，只能在每年的夏天，珠珠回到这个城市的时候，才有机会聚一聚。本来计划去年实现重登千山的心愿，但因为疫情不得已延后。终于，今年克服重重叠叠的困难，心愿得以实现。

我们十一岁的时候相识，记忆中收藏了太多彼此成长的故事。每年这短暂的相聚时光，对我们来说都是对青春和过往的一次纪念和重温。这次克服困难冒雨登山，使我忽然意识到每次相会都特别不易，都特别值得珍惜。过去读林清玄的《一生一会》时我没有很深的体验，这几年通过很多事情，我已经能够感同身受。

而我对时光唯一的挽留就是珍惜当下，珍惜每一个小小的心愿。我愿意对有生之年的每一个心愿都尽最大诚意去完成、去实现。

我想，这样的话，当我老了，头发花白，再也走不动万水千山，心里面也会因为这些美好回忆而宁静、温暖和快乐。

特别感恩这一趟小小的旅行，因为小小的特殊事件的发生链接了我小学四年级相识的闺蜜和高中同学、大学同学。我也再次深信不疑：一切都是最好的安排，都是上天赐予我的宝贵礼物。

和闺蜜们约定，十年后再来千山。那时候我要选择一个秋高气爽的日子，不慌不忙地慢慢登山，慢慢行走。那时候我希望还是要有响亮的笑声和满满的欢喜，还要对未来充满期待。**美好的生活永远才刚刚开始！**

2021年秋，海边的生日及不期而遇的温暖

这个十月，阴历生日的那一天，我因为出差恰好住在大海的边上。清晨，我一个人在海边散步，突发奇想给妈妈录制了一个小视频，那一刻波光粼粼，风和日丽。我忽然想起大学的时候，二十岁的自己一个人孤单地在海边逛荡

的模样，深深地感恩三十年后的自己竟然可以如此从容地再次和大海不期而遇。对我来说，这就是上天送给努力工作的自己最美好的奖励。那一天，在海边，我对妈妈，对亲爱的人，对黄天中老师，还有从小一起长大的闺蜜，都表达了发自内心的感激和爱，我想大海温柔的波涛会把我的幸福和感激也表达给生养我的土地和这个世界。

这个十月，收到了很多珍贵的礼物，比如印章，比如画像，比如懂得……因为收到印章，所以需要印泥；因为买印泥，所以遇见了彩色的手指画。因此，哪天有空要邀请梧桐宝贝儿来家里一起玩一玩。也许一切美好都是这样环环相扣，就像爱和善意的涟漪。生命中所有不期而遇的美好，都是对热爱生活并持续地期待美好的那颗心的馈赠。

是的，我特别愿意过这样的一生。往后余生，我希望每一天，自己对身边的人和事，还有大地和树木，以及天上的云朵，都心怀善意和美好的念头，并付出爱的行动，以此护佑我爱的人们和我爱的生活一切都好。

2021年冬，多年不遇的大雪，还有冬天里的童话

这年冬天，这里下了一场十几年不遇的大暴雪。

在北校区坚守陪伴的第三天晚上，我是带着小小的兴奋好不容易才睡着的。一想到第二天喧闹的操场和坐得满满的教室，以及载着老师们的三个“大黄”校车，我就非常开心，像期盼一场久别重逢。

然后，我梦见了大海——清澈的、泛着微微的绿和淡淡的蓝的大海。海面上结着微微的冰，但是依然在温柔地荡漾着波涛。我还梦见亲爱的人和我一起去电子城下载《秋天的童话》，好回家一起看。

之后，我从美梦中醒来，窗外正飘舞着洁白的雪花。

长我几岁的同事姐姐对我说：“玉萍，我看见你在大雪里那么笑着，真觉得你好厉害！”然后，她红了眼眶。我知道了，为什么我的梦中会出现那么

美丽的大海，还有那个我喜欢的电影。我所在的地方，人与人之间就像兄弟姐妹，就像父母和孩子，这样的纯粹和温暖让人想到美好的童话故事。

因为这场大雪和再次突发的疫情，每个人都会产生很多感受。对我来说，一是感到自己在逐渐变成曾经老师期待的样子——更加勇敢；二是感觉自己特别幸运，作为铁流中的一分子，每天都感受到其他分子给予的力量和温暖；三是更加珍惜现在的每一天，每一个当下。**有能力承担和给予的人，就是最幸福的人。我希望自己很老很老的时候，也依然可以给予这个世界爱以及力所能及的光和暖。**

再次对世间的美好以及可爱的本高人表达深深的感恩和敬意，发自内心地说一句："有你们可真好！"也感恩老天赠予的礼物——那样美妙的梦境，我真的好久好久都没有遇到啦！

后记：2021 年最后一个月的某一天晚上，在云端和阔别二十年的 2001 届老学生重逢，竟然因此激动兴奋得没有睡好觉。这些年来，他们一直都没有和我联系，我在心生牵挂的同时，也总是自责是不是自己做得不够好。那一晚的回馈解答了我的困惑，赠予了我特别多的温暖。

其实并不是我做得有多好，而是时光神奇地装扮了青春，往事在时光的打磨下越发光彩夺目。这也让我对多年后的桃李之约再次充满了期待，等我六十岁，一定要开启那样一场美好的旅行——让我心爱的学生们带着我，到他们的城市走一走、逛一逛，在告别工作的时候，享受工作赠予我的高光时刻、至高荣誉！

带着这样美好的期待，开启我的 2022 年。也借此复盘的美好时刻，深深地感恩亲爱的生活，亲爱的你。祝福生活越来越美好，祝福读到小文的每一个你在新的一年健康快乐、平安自在！

2021 年 12 月 16 日

生涯缘故事二十七：
爱的叙事——与我的2001届毕业生重逢

依然是繁忙的午后，依然是小跑着奔向“大黄”。在校车上，我看见晓勇的微信——“现在记忆里高三都是开心的事，其实那恰恰是我们最辛苦最努力的时候。一个好的班主任，一个好的领路人，对人的一生真的很重要。”“一晃二十年整了，回顾过去满眼都是阳光。”那一瞬间，再次被温暖的回应所感动。和他们在一起的短短十个月的时光里，发生了很多很多故事，如今像电影画面般一帧帧闪过脑海。此刻我特别特别想写字，纪念一下今天和孩子们的重逢。

2000年是我第一次带高三，当时本来满心期待着休整，却被学校通知继续留在高三。虽然这对年轻的我来说是一种荣誉和认可，但是其实更多的是压力和负担。我能明显地感觉到自己内心有小小的焦虑，因为高三短短的一年除去假期其实只有十个月，我的要强上进和把事情做到最好的执念，和高三孩子们巨大的学习压力相遇，再加上我们彼此陌生，总感觉与带第一届学生时相比有太多的艰难。

尤其是班级里有几个淘气的男孩子，总是出其不意地惹怒我，然而我又总是会没有原则地原谅和忘记。印象特别深的是，毕业典礼那天，记不得是什么原因，他们再次违反纪律。当时也不知道是出于高三工作的压力还是对他们不解我心意的伤心与失望，我竟然当着孩子们的面大哭起来。

那一年的时光过得很快，要分别的时候，我感觉每一个孩子都那么可爱，也越发感觉自己做得还远远不够。我舍不得和他们分开，可他们已经毕业了。

也许正是这样的缘由触动我在孩子们面前痛哭的吧。也因此，后来我一直很惦记孩子们。

长大后的他们虽然和我联系得非常少，但是带给我的感动让我非常珍惜。有一年除夕，海峰突然出现在家门口，送给我几个苹果。我怔怔地想起在黄昏的走廊里，为了让他感受到老师对他的关怀和在意，我给他整理了一下不齐整的衣领。原来我们温柔对待每一个孩子后，都会把温暖留在他的心里。还有一年，在千金沟的路边偶遇了小丽，当时我都忘记了她的名字。可是她在我去苏州旅行的时候，带着爱人和孩子从昆山来看我。又有一年我去昆山玩的时候，还特意邀请我去她的家住了一个晚上。长大后她已经成为一个非常优秀的老师和班主任，还经常念念不忘地说起我曾经给予她的鼓励和支持。

还有今天，当我为完成校庆的校友信息登记工作，托小丽建群——“刘老师喊你写作业啦”，瞬间就喊来了三十多个名字熟悉的人。往事历历在目，时光却悄悄地过去了二十年。孩子们长大了，在他们发来的相片上，重重叠叠的都是年少时他们的模样。多么幸运，他们青春的记忆里还有一个我！

特别感慨的是，我们所有曾经付出的爱，一直都还在。**对孩子们来说，来自师长和自己喜欢的大人的信任和鼓励真的非常有意义。**经过了时间的洗礼，这纯净的爱有了温度，更加美好纯粹。今天当我听见晓冰和从前一样温柔的声音以及她的故事，看见雨哲的三个女儿，看见志博小时候和他女儿小时候一起的生命时光相片，看见一直牵挂着的晓勇给我的回应，又联系到许久不见的海峰……我再一次发自内心地深深感恩亲爱的生活，感恩生活给予我机会参与孩子们的青春和成长，给予我机会成为世界上最幸运的人。**当谋生的工作成为谋爱的事业，甚至是一份心爱的志业，我的每一天每一刻都如此快乐和有意义。快乐又有意义，就是最美的幸福！**

亲爱的孩子们，在理想和现实之间奔跑的旅途上，你们也许会遇到很多困难和挫折，但它们都是经过包装的礼物。你们只要一直带着年少时对未来充满期待和憧憬的心，生活就永远可以更美。

2023 年是母校七十周年校庆，我在东明路九十一号等你回家！永远在老地方祝福你们，希望你们快乐幸福、健康平安！

玉萍心语

➢ 活出生命的潜能，发挥自己的优势，以终为始，每一天都带着爱和暖勇敢坚定地出发。

给天中老师的第32封信：做更加勇敢、自信、有力量的小老虎！

亲爱的天中老师：

您身患带状疱疹，在剧烈的疼痛中，还在坚持参加视频会议，这对大家来说真是莫大的鼓舞。放假前，因为看见您一对一访谈那么多临近毕业的大学生，深受启发，所以我对我们的学生也进行了陪伴聆听与生涯谈话。后来因为我感冒了，加上期末工作繁忙，推进速度变得很慢。但是，还好，我已经慢慢开始了行动。

在我的人生中，老父亲、您还有庞鸣嵘校长都是我的生涯榜样，榜样的力量是无穷无尽的。在小老虎的年份里，我要更加勇敢，更加有力量，更好地成为自己，成为更好的自己。只有我真的有力量，才能传递给世界更多的温暖和爱，才能不辜负那些曾经给予我力量和支持的人。

今天是除夕，是中国人阖家团圆的美好日子，也是为家人祈福的日子，我在遥远的东北惦记着台北的老师，希望您早日康复！希望疼痛早日远离您，希望早日看见您活力满满的样子，希望隔着屏幕都能感受到来自您的力量和光芒！

爱您的玉萍

2022年1月31日

天中老师给我的回复

玉萍，谢谢你啊，也向你们全家拜年，祝新年快乐，健健康康，平平安安，喜喜悦悦。那个带状疱疹确实很痛，但是我会坚持的，因为还有很多的任务和使命尚未完成。感谢你一如既往的关心和问候。

你写得太客气了，我真的受不起，也不敢当。不过我之所以这样地工作，是因为这是我的信仰。如果一个人有了信仰，他有的时候就会忘记周围发生的事情，包括疼痛。

我会把你每次的话、每封信都当作对我的一个鞭策、一个鼓励。谢谢你一直以来的信任、鼓励和支持，祝你们全家春节快乐。

2022 年 1 月 31 日

给天中老师的第33封信：完成生涯金课录制，开启锻炼身体、珍惜生命模式

亲爱的天中老师：

时间好快呀！一转眼就到了2022年。还记得我在2019年6月和您见面，分别的三天后我就开启了每个月和您汇报一次的生涯缘。当初非常期待着2022年6月，亲自把这个一千零一夜的故事再次呈送给您。

从和您见面至今，我在对您的倾诉中不断成长。尤其是2月16日，我终于完成了做您的志愿者的心愿——顺利完成了生涯金课的录制工作，特别开心。

今天触动我一定要给您写信的原因是这几天我一直在面对着老师们的生命困扰：年近六十的老教师自己身体不适，但还要照顾两位年近九十的老人；一位班主任老师突发急性心梗，被急救车拉走；一位中年女老师免疫系统出现问题，在求医过程中经历很多艰难。当他们走到我的身边，我耐心地倾听和陪伴的时候，我感受到了责任，也感受到了信任，同时也感受到了压力。**生命不易，真的需要好好珍惜呀！**

这个春节期间，每天和您有个小互动，就是因为我心里总是记挂着您的疼痛。因为对女儿的爱，我再次开启锻炼身体的模式。如今已经准备好每周去游泳，天天有个小运动，经常出去晒太阳。我感受到了您所说的被需要的感觉，也明白自己**想要担当，首先就是要善待自己，只有自己有足够的力量，才有承担的可能。**

我还想给您推荐电视剧《人世间》，这部电视剧是了解东北和了解中国非常好的素材和资源。该剧通过一个家庭反映整个中国社会和时代的变迁，并

且有很多价值观和老师您的很相通，即相信爱和善良，相信人与人之间的真心交付。

亲爱的老师，今天的信写得非常匆忙。马上就要坐校车了，但是我就是特别希望在二月的最后一天，和您汇报我的生活。

春天来啦，希望老师的一切都还像春天一样，欣欣向荣，向阳而生！

爱您的玉萍

2022 年 2 月 28 日

天中老师给我的回复

玉萍：

这么久了，已经习惯了等你的一些分享。假如有空的话，你愿意的话，就请随时写信给我。不愉快的情绪以及生活中的各种压力都是很正常的，你可以慢慢地问自己，是生活还是工作的哪一方面让自己心神不宁。

我现在还是在带状疱疹的治疗过程当中，已经三个多月了，好痛，是神经痛。但是我还是告诉自己——“没有抱怨，只有面对”。我现在就是在与这个疼痛共存。

有什么事情说出来，跟你相信的人聊一聊，可能会开心一点。我就是你所有最值得信任的好朋友里面的一位，所以也请你放松，在愿意的时候再慢慢聊啊。

2022 年 3 月 22 日

玉萍心语

- 生命不易，真的需要好好珍惜。
- 想要担当，首先就是要善待自己，只有自己有足够的力量，才有承担的可能。
- 相信爱和善良，相信人与人之间的真心交付。

给天中老师的第 34 封信：珍惜已拥有的幸福，人世间值得

亲爱的天中老师：

当我听见您的声音，两天以来的焦虑忽然间变成了委屈，要爱护那么多的人，真的太累了。然后，我就再次想起您的疼痛。这一生，无论是心灵上的还是身体上的，苦和难其实才是常态。但是也唯其如此，我们才如此珍惜这人世间宝贵的甜蜜。比如我和您，仅仅见过三面，却如同父女般彼此牵挂。

2022 年 3 月开学典礼的祝辞刚刚写好，以锻炼身体为目的的游泳刚刚进行了第七次，突如其来的疫情再次让我们开启了云上的日子，尤其是 3 月 15 日、16 日稍微严重，但是我们依然在学校坚守了两天。我开始焦虑，担心学校几千个学生和家长的行程，这不是我能把控的。我发现当人们不能胜任某件事的时候，就会焦虑和不安。还好 3 月 18 日，我们按照文件规定都居家了。我虽然每天在屏幕间穿梭，非常辛苦，但毕竟孩子们的安全有了保障，心总算安稳下来，也有心情和我大学要好的朋友们分享点儿歌曲和年轻时候的回忆。

但是，这样的日子仅仅停留了一周。有些事情无法和您说明白，其实我自己也有点儿模糊，到底什么才是最正确的选择。还好，老师放心，和过去经历的困难相比，这件事情其实还在我可以承受的范围之内。我的委屈也许就在于：我这么用心地工作和生活，还是会有很多无能为力的事情；即使自己付出了这么多的爱，也还不能最终很好地解决问题。

我所能做的，就是全心全意地为生活、为工作付出自己承受范围之内的

努力，这样我就问心无愧了，结果如何也就不那么重要了。请您千万不要因此牵挂我，相信我带着您给予的力量和勇气，一定会“没有抱怨，只有面对”，好好地面对每一次的艰难，也好好地享受每一次的幸福。我准备给您在微信上读一下我的这封信，您听见我的声音就放心啦。

这段时间我女儿在上海，因为疫情居家生活已经有一小段日子。她和爱人经过了几年的磨合，已经基本上成为感情稳定的小夫妻，每天给我分享他们居家的日常。86 岁的老母亲和 80 岁的婆婆也都健康平安。我的五个姐姐都在这个城市里，有四个住在和我距离很近的地方，还有一个姐姐和我住在一个小区，就在隔壁的单元。想到自己拥有的一切，想到那么遥远的台湾还有您在牵挂着我，就忍不住感叹这是多么难得的幸运和幸福呀，真的感觉“人世间值得”。

我给您读完这封信后，就给您发我喜欢的电视剧《人世间》的同名主题曲，歌词您也会喜欢的。电视剧原著小说的作者是和《平凡的世界》的作者路遥齐名的茅盾文学奖获得者梁晓声。这部电视剧之所以感人，就是因为融入了作者自己非常真实的生活感受、人生体验，也展现了人世间那种对美好和善良的永恒追求。

给您念一小段这首歌的歌词：“祝你不忘少年样，也无惧那白发苍苍。若年华终将被遗忘，记得你我，火一样爱着，人世间值得……我们啊，像种子一样，一生向阳，在这片土壤，随万物生长。”

亲爱的老师，春安！

爱您的玉萍

2022 年 3 月 23 日

天中老师给我的回复

玉萍：

你好！听了你的语音以后，我感觉到人生的一种力量，充满了朝气。你持续不断地给我来信，我真的很受感动，也很感谢。在这个世界上，像你这样拥有如此心态、如此价值观的人，的确不是很多的。

关于我这边的情况，目前还是那样，我想疼痛慢慢会缓解吧。收到你的信，感受到你的关心，我真的很受鼓舞。

现在疱疹虽然消散了，但是神经疼痛已经四个月了。上个礼拜，我去看了中医，吃了中药，还打了火针，昨天又去打了扁针，都好痛啊。但是医生讲得对，这样治疗慢慢就会好。这次的经验是我一生中从来没有过的。通过中西医合并治疗，希望会有效果。

2022 年 4 月 30 日

生涯缘故事二十八：一生向阳——2022年春季复学典礼上的祝福

亲爱的老师们、同学们：

今天的相见有多难，这个春天有多特别，其实每一个热爱学校的你都能够体会到。我之前的开学典礼致辞的开篇是这样说的："可爱的冰墩墩、雪容融给我们带来的冰雪奇缘还在回味里，央视开年大剧《人世间》描述的中国五十年的变迁史以及个体艰难生活中关于爱和善良的坚守带来的感动也还没有消散，一场突如其来的战火就燃烧起来。这个世界里有太多的不确定，但是我想说的是，只要我们把握规律，掌握方法，就一定会寻求到不确定中的确定，就像歌曲中唱的那样——'草木会发芽，孩子会长大，岁月的列车不为谁停下'。我们要像种子一样，一生向阳，随万物生长。"

这是第三次在北校区做欢迎大家的致辞，心里的嘱托每一次都有很多，特别希望能给大家带来一点点的启发。在我们同在的时空里，彼此交付的时间就是彼此的生命，我非常珍惜。这也是我今天特别想表达的祝福。

一、珍惜

今年开学的第一课，我们全体师生一起观看了反映西南联大的纪录片《九零后》。所谓"九零后"，是一群如今平均年龄已经超过九十岁的人。当时，故土在战争中沦陷，大学被炸毁，家园被占领。一群十八九岁的青年学生，匆匆出发，徒步南迁，横穿湘黔滇，最终在昆明高原组建临时大学——由清华、北大、南开联合成立的西南联大。他们横跨半个中国，他们穿过一座城市去听"史上最好的国文课"，也和先生们一起抱着书跑警报、加入飞虎队……对这些今已年过九旬的“九零后”老人而言，西南联大不是一段尘封的历史，而是依然鲜活如初的青春记忆。他们当年身处战乱，却仍能保持那颗求知之心，虽各怀其志但都一心报国，虽缺衣少食但仍苦中作乐。所谓“西南联大”，正是一个在战乱与贫穷中仍然充溢着独立之精神、自由之思想的学术殿堂，她培养了近现代中国各行各业的中流砥柱。

亲爱的老师们、同学们，如今看起来堪称传奇的故事，其实距离我们静好安稳的当下并不遥远，现在这个世界也没有我们表面感受到的那么安宁。在实现中华民族伟大复兴的道路上，我们所面临的艰难险阻并不比从前的时代少呀！稍微关注一下时事就会懂得，这是一个多么需要国家强大的时代，个体的命运永远与生自己、养自己的祖国息息相关。你去看看因为战争而不得不面对分离的人，看看坐上祖国的飞机撤离的留学生……这个安宁的校园，这些为你的成长殚精竭虑，像亲人般爱护你的老师，还有彼此陪伴的同学们，你的书桌和笔，你的教材和笔记本，一切的一切都那么值得珍惜和感恩。不管你觉得自己有多苦，今天坐在台下听讲的每一个你，都是世界上最幸运的人。同学们，有幸生活在中国，有幸就读山城百姓心目中最好的高中，遇见最敬业负责的老师，遇见最上进勤奋的同学，你真的用心珍惜了吗？高二的同学们，秋季开学典礼上你们将在东明路九十一号聆听校长的嘱托，明年春天你们将要准备对祖国、对学校，更是对父母和自己的献礼。特别希望你们好好珍惜在北校区最后几个月的求学时光，今天每一点每一滴的付出，都会凝结在你未来的人生果实里。你在三、四月做的事，在七、八月或者九、十月一定会有结果。

二、行动

你知道了再多道理，也不一定过好自己的一生。这些年我一直在思考，在一个人成长的过程中，最重要的品质或者习惯是什么？目前我得出的结论是——知行合一。我也想借这个难得的机会和大家分享值得你们践行的好习惯。

第一，惜时如金，合理计划。

每天对自己掌控范围内的时间要做好计划，并认真执行。制订计划时，要坚持简单易行、有针对性的原则。做计划主要是为了对自己可以安排的时间做到心中有数，从而对每一天都清晰规划，对每一刻都精细管理。周末要对计划的完成情况进行盘点，这样就可以让计划完成带来的信心始终激励着你。我们可以将没有记住的零散知识，比如英语单词、语文诗词、理科的定理和公式写在专属的小卡片上，或者随身带着口袋书，一有时间就拿出来看看。我们要做时间的朋友，相信坚持的力量——日积月累，水滴石穿。在春天的操场，在等校车的空隙，你们随手拿出口袋书背单词的模样真美好！每一次看见这样的你们，我都有要拥抱你们的小冲动，因为那就是我心目中本高青春的特别标识，体现了我们本高人的精神特质——专注于梦想，心无旁骛，惜时如金。

当然，大家要明白我们这样倡议的背后还有一个理由——尊重规律和常识，把白天的每一分钟都利用好，不要靠熬夜和牺牲自己的健康来维持表面的勤奋。有的同学回家先睡一觉然后凌晨起床，还有的同学夜夜凌晨后才入睡。同学们，拥有好的身心状态永远是第一位。高一、高二的走读生，在家也要准时作息，中午还要保证午睡。建立在尊重规律基础上的勤奋才是科学而有意义的勤奋，保证课堂和自习的高效专注、按照计划利用好白天每一段可支配的时间才是最值得推崇的学习习惯和方式。

第二，自主学习，高效专注。

有位毕业生家长在聊天时骄傲地说，孩子高分考上了研究生，而且没有报考研辅导班，都是依靠自主学习，这得益于高中时代养成的好习惯。

我现在特别不理解一件事，就是很多家长热衷于给孩子补课，也更不理解还有学习成绩优秀的学生也会参与补课。这种耗费时间、精力、金钱，却对长远的发展没有益处的事情，为什么有人非要做？我认为，补课就是我多次提及的虚假勤奋的一种表现形式，也是急功近利地解决问题的方式之一。

所以，我今天要对孩子们提出倡议——培养自主学习的能力、终身学习的能力，对学习葆有热情和好奇，这是你们一辈子都特别需要的。你们务必对自己的人生负责，你的未来都是今天的你一点点铺就的，甚至一定意义上都是今天的你选择的。

只要你保证每一堂课都是高效专注的，每一段宝贵的时间都有效利用，不会的知识自己通过看书做题一点点梳理、领悟，在本高温暖有力的滚滚铁流中不掉队，你就是胜利者。

总结一下我的核心想法，那就是：忌虚假勤奋，要诚意奋斗，并享受奋斗。没有诚意的勤奋无法创造卓越。正心发现自我，奋斗赢得未来。

亲爱的老师们、同学们：2022 年是虎年，在中国传统文化里，老虎是勇敢、无畏、力量的象征。我也把我喜欢的一句和虎有关的诗句送给大家："心有猛虎，细嗅蔷薇。"这句诗为我们呈现了一个更加立体的王者图腾：力量与柔软的和谐共存。我想作为教育工作者，我们既要有猛虎的干劲，也要有"细嗅蔷薇"的柔情；你们作为青春少年，既要有初生牛犊不怕虎的勇敢和自信，又要有对世界和他人的柔软和共情。当教育有了"温度"，才会有持久的"力度"。"疫"后余生，愿我们永葆初心，温暖相伴，在向上、向善、向学、向美、向好的旅途上，一起向阳而生！

玉萍心语

- 只要全心全意地为生活、为工作付出自己承受范围之内的努力，就可以问心无愧了，结果如何也就不那么重要了。
- 好好地面对每一次的艰难，也好好地享受每一次的幸福。

给天中老师的第35封信：进行爱的传递，践行体验式全程生涯教育的理念

亲爱的天中老师：

经历了从2022年3月18日开始近一个月的居家办公，我们今天复课啦！离开校园的时候还是春寒料峭，如今已经是繁花似锦，绿柳青青。今天中午和大学同学（现在是我的同事）一起散步，得知还是她的生日，就一起拍了相片，发到了我们大学同学的微信群里。多么幸运，青春时代的同窗如今又成为同事，每天朝夕相伴，一起坐校车、一起吃午饭。她说，我是除了她的爱人之外对她的性格影响最大的人。我的积极乐观影响到了她，比如很少拍照的她，今天在我的带动下拍了相片，心情也很美。我想像您一样，成为带着光芒的人，尤其是在当前的情况下。

昨天，我的二十年前毕业的老学生确诊新冠住院治疗，但是他非常积极乐观，还在群里劝慰那些焦虑的同学。我非常牵挂他，晚上给他写了一封信。在信中，我表扬了他的积极乐观。他读后告诉我，是我在他高中时代压力最大的时期给予他积极的影响和温暖的陪伴，所以他希望也以这样的姿态行走在人世间。

亲爱的老师，我觉得生活中很多平凡的人都在这样进行着爱的传递，都在践行着体验式全程生涯教育的理念和理想。我在经过了偶尔的焦虑之后，就像您期待的那样已经活力满满地回到了工作状态中。**看见喧闹的操场、孩子们的笑脸，就如同看见春天的蓓蕾一样开心和感动，这就是我喜欢的人、喜欢的事、喜欢的地方、喜欢的姿态。**这样行走在天地间的我，是我年少时候喜欢的样子，我也想起那句话——“**幸福是善的尘世报答**”。

每当我行走在春意盎然的校园里，看着青青杨柳，听着小喜鹊的欢声笑语，我都由衷地感恩生活的奖赏，也会不禁产生对您健康的担心和牵挂。我知道其实自己能做的非常有限，除了祝福就是把自己手边的每一件小事都做好。对于每一个个体来说，确定的事情也许就是做好自己当下所能做的事情。**随遇而安，做好自己，也尽最大可能帮助他人。**

一个人的心态，一个人的价值选择，一个人是否发自内心地热爱生活，一定程度上决定着这个人在人间行走的姿态。

我想说的是，带着您传递给我的信念——“**没有抱怨，只有面对**”“**教育是良心的事业，要帮助每一个值得帮助的人成为自己**”，我每一天都过得充实愉快，并努力以蓬勃旺盛的生命姿态快乐地生活、幸福地工作。

亲爱的老师，我把祝福和牵挂说给天上的云儿，柳条上舞动的风儿，她们自由自在地行走，一定有一天会出现在台北的天空和花园。您在散步的时候，在推开窗的时候，就会收到我的问候。

爱您的玉萍

2022 年 4 月 15 日

天中老师给我的回复

玉萍：

没有比看到这封信，听到你说话，更能够缓解现在的神经刺痛，因为我非常专心地在听、在看，真的一下子变成另外一种心态。你说得非常好，而且你把人和教育已经变成了一体，学校开心了，你也开心，你开心了，学校也开心。能实现这样的互为一体，我很为你高兴啊！

自从 2016 年在北京师范大学附属实验中学认识之后，一直到现在 2022 年，你一直在践行体验式全程生涯教育的理念。我也非常高兴你答应参加中学教师生涯金课的录制。现在好像只剩下齐齐哈尔团队，因为疫情的关系，大概要延后一点点。海南中学也是最近这几天就要去录，所以整个加起来好像有七个学校来做这个课程。我很希望整个完成这门课的时候，能够看到你的那个部分。

你大概也听说过一点带状疱疹后遗症——神经痛，现在皮肤部分已经慢慢结痂了，但是神经痛需要时间来慢慢治愈，有的时候痛得都会掉眼泪。都说是现在免疫力下降的关系，也就是说，因为已经到了 81 岁了，有很多事情没有办法去抵抗，所以需要去面对这个事实。

不过只要听到你的声音，看到你的信，看到你的视频，我就真的开心起来了。因为从你的谈话当中，我看到了一个老师应该是什么样子，真希望有更多的人能够听到你说的话。你现在这样的心态对我是一个很大的鼓励，我相信对你身边的人也是一样，他们都会受到特别的感染。

每一句话只要是从心里面去讲，其实就是最美的、最真的、最善的，所以我非常感谢你一直以来的坚持，我也非常珍惜。

谢谢你，自己多保重啊，谢谢你！

2022 年 4 月 15 日

玉萍心语

- 幸福是善的尘世报答。
- 随遇而安，做好自己，也尽最大可能帮助他人。
- 看见喧闹的操场、孩子们的笑脸，就如同看见春天的蓓蕾一样开心和感动，这就是我喜欢的人、喜欢的事、喜欢的地方、喜欢的姿态。

给天中老师的第 36 封信：真正的感恩和爱一定是双向的，生涯教育的力量也是双向的影响和激励

亲爱的天中老师：

明天我们的城市将进行第一次全员核酸检测的演练，疫情防控的压力让我夜晚的梦境都充满了恐怖。我一直在调整着自己的情绪，希望自己在特殊时期保持淡定，毕竟身上承担的是无法逃避的责任。

今天到学校后，打开了写给您的三十多封信的一部分，再次充满了对您和生活的感恩。是您的聆听，让我有力量记录下从 2019 年夏天开始的一千零一个日夜关于工作的故事。

这些故事里的那个“我”，那个您看见和期待的我，是我非常喜欢的模样——灵动向上，朝气蓬勃，善良有爱，闪闪发光。其实，我并没有那么好，或者说给您写信的那个玉萍虽然是真实的我的一部分，每一个字、每一分情都是如此真实和深情，但是也只是我的一部分。有的时候，我也是一个脆弱的、孤独的、悲观的、没有劲儿的，甚至怀疑人生的意义和努力奋斗的价值的“姑娘”。

所以，我始终在您的信念里汲取力量，包括今天重温这三年来的每一次倾诉。您总是会在我的每一次留言和倾诉后对我说谢谢，其实要说感谢的人是我呀！由此我也懂得**真正的感恩和爱一定是双向的，生涯教育的力量也是双向的影响和激励**。

曾经活力满满的您，现在因为带状疱疹带来的疼痛而变得虚弱无力。希

望中医治疗会带给您奇迹，也特别希望到了六月份的时候，您能够痊愈，那将是送给“相约2049”厦门生涯研讨会的伙伴们最好的礼物！我非常期待这份最好的、最珍贵的礼物！

今天还是五四青年节，祝福亲爱的天中老师永远年轻、永远幸福！期待着您活力满满的那一天！

爱您的玉萍

2022年5月4日

多希望这可爱的小喜鹊给您带来安慰，让疼痛早点远离亲爱的您！

天中老师给我的回复

玉萍：

看到那个2019年的照片，真的非常非常高兴。这段时间我看了中医，也看了西医，中药也吃，西药也吃，但是疼痛还是继续，所以我还要坚持。

很高兴你同意把你的这些信，你自己的一些文章，你给女儿、学生写的信，都放在一起出版，这样这本书就可以成为你的专著。快乐生涯人的家书，大家都说写得非常好，很受感动。你可以把初稿交给晓彬，让她来帮你整理。

看到那张照片就想起来她是你的学生，她现在是不是去支援新疆了？有空就代我问她好，也谢谢她来参加我们的那次研讨会，当然这都是因为你。

谢谢玉萍，每次看到你的信、看到你的照片都是那么阳光，实在是太高兴了，这是我们快乐生涯人最需要的第一条。我生病我都没有借口，我要保持快乐的心态，谢谢！

2022年5月15日

玉萍心语

- 真正的感恩和爱一定是双向的，生涯教育的力量也是双向的影响和激励。

生涯缘故事二十九：从彩虹故事开启的生涯缘

彩虹故事——爱的聆听与看见

在园丁看来，一年都是春天，生命永远年轻，万物都在绽放。像园丁一样，以虔诚之心，给予这个大地温暖与爱。

——（捷克）卡雷尔·恰佩克

文字是传递爱的精灵，从1997年担任班主任开始，我就不断地在学生的周记本和作业本上留下爱的路标。二十多年过去了，很多毕业的学生还会记得当年我留下的点点滴滴的爱。

从2016年到2019年这一千零一夜的陪伴里，因为组建了心灵陪伴小组，我和孩子们有了心灵的沟通和碰撞。后来在心理学课堂遇见了彩虹卡，那上面充满阳光和疗愈力量的文字带给我爱的感染，也引发我在沟通交流后送给孩子们一张彩虹卡的想法。三年来，我送出去一百多张彩虹卡，其中特别引发触动和感动的就记录下来，成为今日的彩虹故事。

2019年春天，在东北大学的生涯论坛上，我再次遇见在精神上对我产生至深影响的中国华侨大学博士生导师、生涯规划研究院院长黄天中教授。在我心里，黄天中老师就像一个带着虔诚之心的园丁，注视着广袤的祖国的每一片土地，花朵的绽放、树木的生长就是他最大的快乐和幸福。

我希望自己就是那个沐浴着爱和暖长大的小园丁，也许园艺还不够精湛，也许体力还不够充沛，但是我愿意带着爱和暖去陪伴，去看见，去呵护每一朵相遇的花朵、每一棵生长的小树、每一个敏感的心灵。

因此，我整理了从2016年到2019年一千零一夜的陪伴里留下的彩虹故事的一部分，送给亲爱的黄天中老师，这是回应，也是感激，更是传递。

如今，又迎来了新一届的孩子们，也把这些彩虹故事送给今年高中入学的所有宝贝们。愿你们勇敢地穿越风雨，坚定地相信生命的彩虹就在风雨后。在爱的天空上，彩虹就是给风雨最好的礼物！

本溪市高级中学　玉萍老师

2019年秋天

彩虹故事一：祝福婷婷

彩虹心语：我知道把界限设在什么地方，并在必要的时候说“不”

婷婷是一个非常可爱的单纯善良的女孩，是闺蜜的女儿，就像我的亲外甥女一样。她总是热切地望着你，充满着爱意，充满着期待。很多时候，她只要笑眯眯地在我这里站一小会儿，我就仿佛非常开心和满足。

婷婷比同龄人要小两岁，特别懂事和善良。但随之而来的就是做事的小心翼翼和做人的谨小慎微，她不敢打开自己，不能勇敢地表达自己的真实心愿，在取舍上也有太多的犹豫和纠结。其实她非常聪明，也很有学习潜力，最需要的就是自信和勇敢。

和婷婷之间的默契也体现在送出的第一张彩虹卡就非常符合我对她的了解和期待：“我知道把界限设在什么地方，并在必要的时候说‘不’。”

新生活，新开始，新适应，过有界限的生活，勇敢选择自己真正想要的一切！

有的时候，学会拒绝和学会接纳一样，都需要勇敢和自信。要坚定地选择与自己的节奏、自己的价值观相匹配的人和事，不人云亦云，不盲从附和。

祝福亲爱的婷婷，越来越勇敢、越来越自信呀！

后记：三年后的婷婷已经到了遥远的深圳，开始了一段新的人生旅程。愿本溪高中带给她的勇气和力量一直陪伴着她，帮助她克服更大的压力、更多的不适，更好地成为自己，成就自己！加油，婷婷！

彩虹故事二：爱的疗愈

彩虹心语：当我把愤怒的能量转变成爱的疗愈能量时，就会产生美好的转变

值班的时候，有个小姑娘来请假，说胃疼要回家。她给妈妈打电话的时候，妈妈说希望她坚持，结果她就开始掉眼泪。我想孩子应该不是因为胃疼要回家，而是心里有痛。我把她带回办公室，拉着她的手问她为什么不开心。她说学习一直都跟不上，很自卑。来自农村偏远地区的孩子很多都是这样开启在本溪高中的新生活的，当年的我也是一样。

我告诉她今天和我的相遇就是幸运的开始，因为我俩有同样的命运——同样是来自偏远农村，就读于本溪高中，同样自卑无望，但是我选择了坚强和付出，最后实现了人生理想，过上了自己满意的生活。

我希望她也能这样选择，每天坚持含笑奔跑前行，只要跟随上本高的铁流，就一定能海阔天空！最后，她破涕为笑。我准备送她一张彩虹卡，让她心中默念美好的愿望抽卡。她抽到的卡片上写着：**“当我把愤怒的能量转变成爱的疗愈能量时，就会产生美好的转变。”**这是今天我送出的最贴合心意的卡片，此时此刻，我发现自己特别喜悦和开心。

孩子的妈妈接到我的电话也非常高兴，她不知道我是谁，但是她知道我是本溪高中的老师。我希望因为有我，老师这个称呼总是与温暖和爱紧密相连。

彩虹故事三：勇敢面对

彩虹心语：当我被允许成为真实的自己时，我乐于付出

笑笑是我的间接网友，认识她的笑脸好几年了，都是通过她大姨的博客。我和她大姨是这个城市里从不曾见面却神交已久的网友，我们都是喜欢活在自己的世界里的有些许自恋的女子。从多年前遇见她的博客开始，我就始终关注着她的春花秋月。这一晃好多年，某一日忽然发现笑笑小朋友成了我的学生，又某一日在走廊检查班会的时候，笑笑同学恰巧回眸一笑被我偶遇到，瞬间我竟然仿佛看见了她大姨一般，满心惊喜。

其后，我一直期待着真正的偶遇，但在一所学校里竟然一直没有实现。今天是文理分科新班级成立的第一天，得知笑笑同学如愿以偿进入了心仪的班级，为表示庆祝，我主动从班级里找出了笑笑同学，以送她彩虹卡为名义“偶遇”成功！

“当我被允许成为真实的自己时，我乐于付出。”这张卡的彩虹心语我非常满意，正是笑笑同学彻底摆脱物理、化学这些自己不喜欢、不擅长的学科后的真实独白，也是笑笑同学以后在文科学习中遇到困难时，鼓励自己勇敢面对的最好理由。“当我被允许成为真实的自己时，我乐于付出。”祝福笑笑同学学文科的路上一切顺利，欢乐付出！

彩虹故事四：悦纳自己

彩虹心语：我渴望正向的改变，因此我接纳目前的自己

箫箫是一个既聪明又有超强的组织协调能力的男孩，但是自己学习的动力不是特别足，自我约束的能力稍微弱些，因此总是没有达到自己理想的状态。经过一段时间的调整，他树立了理想的大学目标，行动上有了很大的改变。这次分班也是一次非常好的契机，因此我选择了今天送他彩虹卡。这张卡片也非常符合萧萧的情况，希望他能经常提醒自己积极地行动，正向地改变，做最好的自己，不留遗憾。

箫箫的爸爸是一个特别负责任的家长，虽然不曾见过面，只是通过网络沟通，但是我真的可以透过屏幕感受到一个特别爱孩子的父亲因为孩子的成长而牵挂甚至偶尔焦虑的心。其实，每一个老师也和我一样都特别愿意帮助每一个孩子，但是人与人之间的交流也真的特别神奇和需要配合。

这些天连续和近十个孩子谈心，更加验证了我的这一想法。有的孩子一见面就特别接受你的关心和爱护，你说的话他也特别喜欢听，他脸上的表情也会在几分钟内发生变化，抽到的卡片也特别符合我的心意和孩子的情况。但有的就达不到预期的效果。因此，我也特别希望自己的内在更丰富些，心灵里储存的爱更多些，那样更多的孩子就能接收到我给予的力量。幸运的是，箫箫是我感觉和我交流得很顺畅的那一个。

男孩子读高中后，如果能激发他内在的潜力，如果他自己想要奔跑，那么他突然迸发的力量会是惊人的。我希望箫箫从此以后能勇敢地为自己的人生负责，靠内在的动力努力奔跑，祝福箫箫！

彩虹故事五：打开自己

彩虹心语：上苍总是帮助我，以我预期的或者意想不到的方式

小K是一个乖巧懂事的宝贝儿，妈妈明明有条件来陪读，可是她一直坚持住校，而且从来没有因为学校食堂伙食和住宿条件等问题影响自己的心情。这样一个一直都开开心心的女孩，后来不知道怎么就变得不自信，不喜欢说话，而且总是担心和害怕。上学期我们第一次见面应该是期末考试来临前，握着她的手和她交流的时候，我能感觉到她的无助，她最大的困扰应该还是学习成绩带来的压力。宝贝儿非常配合，和我很亲近。

这次分班之后，她面临适应新班级的挑战，鼓起的勇气再一次被扑灭，再一次被不快乐的情绪包围。某个下午，我约她来我的办公室，拿出“心灵图卡”，让她选出一张符合自己现在状态的图片。她选择的是一只被遮盖住眼睛的小花猫，一只特别不快乐的小花猫，图卡下面的文字是隐藏。然后她自己述说了自己现在的状态——害怕沟通交流，不愿意面对人和事，不愿意和人交往，不自信，不快乐。之后，我让她选择自己希望看见的自己的模样，她选择了一张叫互动的卡片，上面画着一只露出平静笑容的小猫和两只小鸭子。受到启发，她决定从明天开始主动和同学们交流，我提出的建议是每天主动赞美一个同伴。

最后我送给她一张彩虹卡，上面的彩虹心语是：“**上苍总是帮助我，以我预期的或者意想不到的方式。**”祝福宝贝儿早日回到阳光灿烂的状态中，在春暖花开的季节里，找回当初那个明媚的自己！

彩虹故事六：你就是小狮子王

彩虹心语：每个片刻都付出行动、去爱

我和小狮子王约谈时，他很犹疑，想不出自己犯了什么错误会被谈话。我认真确定地告诉他，找他的理由和他想象的毫无关系，只是因为我发现他是一只暂时还沉睡着的小狮子，他的身上蕴藏着巨大的潜力和能量，但是不知道为什么没爆发，所以希望他找出沉睡的理由。

当我这么对他说的时候，明显地感觉到他的眼睛忽然亮了，看我的眼神也变得很专注。我能感受到这确实是一个非常有潜力的宝贝儿，这样的宝贝儿一定是胸怀非常远大的理想，也非常聪明，同时也极容易将生活过于理想化，一旦自己的期待和现实有冲突，可能自己不会更高效地化解。

可是，不管是多么有力量的狮子，如果沉睡太久的话，如果不去大山里奔跑的话，又怎么有机会成为自己期待的狮子王呢？所以，我真诚地建议他，放下一切无端消耗力量的纠结和抱怨，排除一切的干扰和对抗，专心致志地行动，或者学习，或者锻炼。

他没有非常明确地接受我提出的非常具体的某一个建议，但是他说他会认真地考虑。最后我送他一张彩虹卡，上面的彩虹心语就像我们的此次交流一样非常符合我的心意：“每个片刻都付出行动、去爱。”

真心地祝福沉睡的小狮子，在醒来的每一个清晨，都为了梦想加速奔跑，不犹豫、不纠结、不抱怨。当有一天终于成为自己心目中的狮子王时，希望还记得本高老师们殷切的希望和祝愿。加油哟，宝贝儿！

彩虹故事七：勇敢做自己

彩虹心语：生命太宝贵了，所以我不能让自己迷失在过去的憎恨与痛苦里

通过每周一次的心灵陪伴小组的活动，我发现了很多勇敢地想要成为更好的自己的孩子。我很敬佩他们有勇气克服自己的胆怯，寻求心灵上的帮助。这些孩子的内心其实都是非常有力量、有个性的，小雨就是典型的一个。

她的困惑在于总是羡慕别人的淡定从容，感觉自己总是不自信，心思过于敏感，特别在意别人的目光，所以会在犹豫不决中浪费时间。其实，年少的时候，有多少人能够真正从容淡定，不在意父母、老师和小伙伴们的眼光呢，而且很多时候我们就是依靠着外界的评价才实现对自己的认可的。

我和小雨谈了很多，主要有以下几点。

（1）你能勇敢地寻找自我，并寻求老师的帮助，说明你非常有个性、有主见，这在你这个年龄非常难得。

（2）你的父母当初忽视你的感受，只是因为不懂得你那么难过，不是因为不够爱你。你长大了，要知道自己才是自己最大的依靠。父母和老师都是陪伴一程的人，陪伴一生的人只有自己。

（3）遭遇不公时你总是选择忍耐，又内疚于自己的懦弱，其实换个角度，这正说明你克制和坚强，对他人的原谅也说明你比对方更宽容。让生活去惩罚不讲道理的人，你只需要做好自己。

（4）生而为人，你是独一无二的存在，时光如此宝贵，怎么舍得浪费在迎合他人和自我折磨里。把生命浪费在美好的事情上，就是世界上最浪漫的事。

（5）成长是慢功夫，不要心急，慢慢来。

看着小雨好看的月牙般弯弯的眼睛里的笑意，我在疲惫中感到了最大的安慰。

彩虹故事八：由慎独引发的故事

彩虹心语：只要我信任我自己，就可以面对任何情况

考试结束了，但因为高一还在上课，不让孩子们在走廊里大声喧哗。小Y嬉笑着下楼，我叫住她，让她想想什么是慎独，然后有空来找我。由这个话题开始了我们的对话，我问她：最好的成绩是多少？现在的学习状态和初中有什么不一样？初三时候的自己是如何做到那么努力的？如果遇到两年前为中考拼搏奋斗的自己，她会和现在的自己说些什么？想象一下，高三要毕业的自己会对现在的自己又说些什么？对自己有哪些期待？如何实现自己的一个小的变化？这些问话之后，她满不在乎的面庞慢慢地变成若有所思的模样，眼睛里含着一种难以言说的情绪。

我告诉她之所以和她谈话，不是因为在走廊讲话，而是透过她的态度看见了她这两年比较随意的状态。青春这么宝贵，舍不得她不好好调动自己的潜能而在自己的世界里沉睡不醒。我希望帮助她唤醒那些充满力量的潜能，但是更重要的是她自己要有醒来的意愿。

第二天她来找我，给我送来一篇她对初中生活的回忆和对高中两年的反省，并认识到自己在外界的干扰下浪费了太多时间，想找回初中时的学习状态。最后我和她定了两个小的目标：第一，周六、周日开启拒绝手机聊天模式；第二，在学校自习时做好计划，专心学习。我邀请她一个月后再来看她自己写的文字，并看看自己是否按照预期发生改变。

我想说的是，这个孩子绝对不会因为这一次谈话而发生多么大的改变，但是至少她开始有了觉察和思考，至少她有了改变的意愿而不是一直沉睡着。对话的开启有利于孩子们打开心扉，在对话时要发自心底地尊重每一个孩子，相信他们的内心都沉睡着巨大的力量，需要你的点拨、需要你的影响、需要你的鼓励、需要你的欣赏、需要你的好奇。他们的每一个行为都有他们自己认定的理由作为支撑，了解到那个理由才能更好地走近和触动他们的心。我近几年发现，打开孩子们的心扉越来越困难，所以自己需要不断地学习和思考。我也把这一段时间的学习中最重要的体会和大家做个分享，那就是：**语言是有力量的，对话是特别有意义的。开启了对的对话，问到了心灵深处，很多问题的答案自然就出现了。**

这样的对话不仅可以针对学生，还可以针对自己的孩子、爱人、父母、朋友和同事。**看见对方的不容易，发现对方值得珍惜的地方，那么很多问题就可以得到化解。**

彩虹故事九：如果卷子会说话

彩虹心语：我愿意以崭新的方式经验每一天

亲爱的小航：

今天我收到了你爸爸寄来的你的考试卷子，工工整整的书写让我仿佛看见了伏案奋笔疾书的你。

也许那上面的分数，你自己并不满意，甚至那些数字还给你带来过烦恼和不开心。可是如果卷子会说话，你知道她会对你说什么吗？

她和你朝夕相处，特别懂得你的辛苦和不容易，她一定会温柔地拍拍你的肩膀，告诉你别灰心，**努力和用心才是最宝贵的品质**。这个宝贵的品质不仅会在以后的学习中帮助你，而且会在未来的工作和生活中帮助你。踏踏实实地着眼于手中的每一件事情，精益求精，持之以恒地努力，做事仔细、有效率、尽本分，值得信赖，这些都是现代人生活和工作必不可少的基本功。这份属于你的独特，你的卷子知道，你的爸妈知道，还有一直陪伴着你、关注着你的刘老师也知道。我们都为你感到骄傲，为你的坚持而感动！

一转眼，我们相识已经两年多了，距离高考就只有200天了！可能你感觉自己都还没有准备好，还有那么多的知识都不会。那又有什么关系呢？人的一生都要不断地学习，到处都是考场，永远没有止境。

在人生的考场上，我们最终想要收获的不是分数，不是大学通知书，我们要收获的是一个不断成长的自己。为此，我们要一直用心地给自己灌溉，接受阳光和爱，不断地汲取新的知识，培养优秀的品行和习惯。只要你这样用心地付出了，就一定会生根发芽，抽枝结果，越来越茁壮！一定要坚定地相信自己呀！因为老师仿佛都看见了长大的你的样子呢！又高又帅，又有爱心，又贴心，做事始终那么努力和踏实，真好呀！

最近我有点忙，好久没写信给你了。信中都是我的心里话，希望老师带着爱与祝福的话语跨越万水千山飞到你那里后，依然还有暖暖的温度！

加油哟，宝贝！

爱你的刘老师

2018年11月8日

彩虹故事十：看见你的勇敢与坚韧

彩虹心语：我观察自己的感觉，而非告诉别人他们应该如何感觉

我一直都能够感受到这个长着一双明亮大眼睛，可爱又好看的姑娘对我的友好和善意，她的妈妈也是家校一家亲平台上特别乐于为班级奉献的家长，所以我其实一直想找机会和宝贝认真地聊聊天。后来，由于高三学习日益紧张，我担心自己会打扰到孩子平静的情绪，所以就只是在走廊里偶遇的时候对她默默一笑。

今天，小姑娘主动来找我，说想说说话，但只是说了一句“去年冬天的时候，情绪特别不好”，就开始忍不住哭泣。她特别委屈地讲述了和伙伴们相处过程中的不开心，并为自己没有激烈抗争而感到懊恼，认为自己特别怂，也影响到了学习。好不容易春天来了，自己的心情好多了，也基本放下了那些不愉快，但是成绩却连续下降，所以特别焦虑。

我问她：“那你最好的状态是什么时候，是怎样的状态呢？”女孩特别开心地讲了在北校区的时候，也曾有过这样的低谷，但是参加了心灵陪伴小组的一次陪伴活动（那一期的话题是自信）后，她就变得特别愿意学习，也充满了自信，所以成绩不断进步。

讲到这里，小姑娘的情绪基本平稳下来。我也特别开心听到了我们心灵陪伴小组的故事，这给予我莫大的鼓励。我说，老师特别想表扬你，表扬你能那么好地控制自己的情绪，没有和伙伴因为琐事发生大的冲突。我给她讲了以前发生的一对小情侣和醉酒的人讲理结果失去了生命的故事，她特别震惊地说："这样真的太不值得了，为小事让自己不幸福、不快乐太不值得了。"我说，所以老师要表扬你宝贵的品质——坚韧和勇敢。**勇敢不是莽撞，而是战胜自己的小情绪，勇于解决问题，迎接挑战！**

重新把她想法里的"怂"定义为坚韧和智慧，让小姑娘特别开心。我也由衷地赞美她的可爱、善良、美丽，以及勇敢和坚韧，她的确是一个特别优秀的姑娘！

最后，和她一起明确了最近需要做的事情。

（1）不用想遗忘的知识有那么多，要做的是把遇见的都学会弄懂。

（2）学习的每一刻都要争取全神贯注。之所以别人的行为会影响自己的心情，主要还是因为自己不够投入。

（3）忽视名次和分数，把心态和状态的调整作为重要的考试。

（4）要有对未来的期待和理想信念，要思考如何让宝贵的一生有意义、有价值，这样努力就有了动力和方向，所有的挫折和失败就可以变成财富和礼物。

我和宝贝开心地合影自拍，看着她带着笑容回到教室的身影，我由衷地感受到了愉悦。我愿意用心陪伴孩子们，每一个彩虹故事也是对我内心的滋养和心灵的礼物！

彩虹故事十一：祝福岚岚

彩虹心语：我爱我独一无二而且美好的生活

偶遇岚岚的想法，停留在想法阶段一个多月了都没有实现。一直到记录这个约会计划的小纸条都丢了，还是没有偶遇成功，总是有各种的不巧。

今日再次去班级的时候，依然是失望而回，因为在上体育课。回到办公室，我依然不甘心，又返回去嘱咐第一排的女生，告诉她等下课了让岚岚同学来办公室找我。这时，一个女生回头，是岚岚，原来她就在教室里呢！我感到十分惊喜——终于偶遇成功，原来就差那么一点点又要失之交臂！

略有些腼腆的岚岚同学刚刚看见我对照小镜子的女生一番训导，然后自己就被我叫到办公室，非常手足无措，一再问我她怎么了。我邀请她在我身边坐下，她也特别迟疑，直到我诚恳地笑着说，“我是你妈妈的朋友，很早就想认识你，一直都没找到合适的机会”，她才安心地坐下来。

以我们的这次见面为引子，我让她谈谈感受——为什么各种可能中，总是先想到最坏的那一种，胆子小的背后是不是对自己不自信。她和我谈了很多，最后她自己也感觉我们的偶遇代表着一份启发，她期待着更加勇敢自信的自己。

祝福宝贝！棒棒哒！

后续：和岚岚的故事一直在延续，下面是高三后半学期她妈妈给我的留言。

刘书记：

您好！非常感谢您，在她最无助的时候，是您的鼓励与倾听帮助她渡过难关。您的话对她很有用，还有她的各科老师都在帮助她、关心她，班主任张老师更是包容她，陪她度过这段煎熬的时光。她目前状态很好，几次模考成绩都在进步，上次考试是352名，她越来越自信了，也不发脾气了。我也在改变，像您说的那样尽量多听少说。无论高考成绩怎样，我觉得她都是赢家，因为她走出来了。像您说的那样，高考不是结束，是新的开始。原来她一直不喜欢老师这个职业，这段时间她感受到你们的爱以后，当我说将来可以选择教师这个职业，像刘老师一样生活时，她可以接受了。跟您还没见过面，就这么一次次地麻烦您，真心感谢您！

孩子告诉我，每次看见您都特别开心，跟您交流很舒服。节前她就想给您送糖，但她怕您这个节伤心，所以选择在节后，这是她对您的爱。有时间的时候她会关注您的朋友圈，您的生活是她向往的生活，她真是受益太多了。再次谢谢刘书记！

彩虹故事十二：不愿意写字的小男生

彩虹心语：我一直寻找的宝藏就在我心中

好朋友拜托我找这个小男生交流，说他不愿意动笔，学习状态不好，成绩下滑，家长很担心、很着急。这一段时间，由于自己的心灵状态总是处于不稳定中，所以好久没有约孩子们正式交流沟通了。但是答应了，就好像给自己留了作业，作业是一定要认真用心完成的。

去班级找到这个小男生的时候，才发现这是个又高又帅的大男孩。对我的突然出现，他一脸懵懂无辜。带他下楼的时候，我让他想："为什么我要找你交流呢？"

和以往被我突然约谈的孩子们一样，他的第一反应是自己犯错误了，自己平时不听话，学习退步了。我说这些是缺点，我问的是你有什么特点让老师想找你交流，好好想一想你的什么优点吸引老师来找你。

他自己说："我能进步。"我把这句话写在访谈记录中，并在后面记下了优点两个字。我又问了他高三以来最好的名次和现在的名次。当我告诉他，在这个阶段学校老师最关注的就是像他这样有潜力、能进步且愿意进步的孩子，我特别期望今天和他的交流有价值、有意义时，他的表情开始恢复到认真用心的模样，不再像最初的时候，笑嘻嘻，漫不经心。

他一进来时，我让他在我的本子上写下他的名字，他的字写得特别帅气，一定是小时候练习过书法。我问他这么好的字，小时候那么用心地练习过写字，现在有没有给自己的学习做出贡献。他不好意思地说没有，因为他平时不好好写，写得很乱，也写得少。我让他想一想小时候辛辛苦苦练习书法的那个小男孩会对现在的他说什么，他想了想说："好好写字吧。"

除了好好写字，他自己还提出为了进步要认真做题，尤其是错题本上自己没有认真回顾的题目，再就是要规范自己的言行，平时自己太随意了，态度上的随意直接影响到了学习。

和他的交流特别顺畅，送给他的彩虹卡上的句子也特别符合我的心意——**“我一直寻找的宝藏就在我心中”**。上面这些改进措施都是他自己主动说的，所以我相信他会用心去做。在这个特别的时间段，如果男孩子的潜力真正爆发，能量会非常强大。

我告诉他，只要他做到好好写字，多多做题，注重整理归纳，并规范言行，提高效率，高考的时候他一定能考出高三最好的成绩。我和他合了影，目送着他离开的背影，内心充满了祝福和期待。

彩虹故事十三：勇敢信自己

彩虹心语：当我学着了解自己、爱自己的时候，我的神性会引导我

小丫头慌慌张张跑过来的时候，一直低着头。因为我最近思路不是很清晰，所以就在征得她同意的基础上拿来笔记本记录下和她说话的内容（后来才发现这个方法很好，也很感谢给我做过访谈的熙琄老师的示范）。

“是不是学习上遇到困难了？对老师有什么样的期待呀？”

“成绩连续下滑，已经由一百多名滑到三百多名了。”

“那你思考一下现在和从前都有什么不同呢？”

笔记上记录着她的回答：“方法没变，时间没变，但是同学们的状态更好了，都更有激情和劲头了，可是我没有。”

“为什么没有呢？和老师聊聊你的大学目标和人生理想呗。”

“没有目标，也不敢提出自己的目标，怕同学笑话。从小我就不敢相信自己可以实现目标，妈妈总是用打击的方式激励我。”

这个时候，我看见了一个没有自信和目标，背负着压力却依然可以跑得这么靠前的姑娘。我对她说：“那你好厉害呀，老师要表扬你，你一定是个智商很高、有独特方法的孩子，不然你不会在没有目标、没有自信的情况下，在我们学校这样一个高手云集的地方还能考到一百多名，还能坚持在三百多名的位置。”当我非常肯定地和她说这些的时候，她的眼泪夺眶而出。

最后，为调整她的心态，我提出以下建议：

（1）专注学习，放下杂念，给自己计时打卡；

（2）每晚十二点前睡觉，不断提醒自己提高效率；

（3）微笑面对父母，进家门时快乐地和父母打招呼，然后迅速进入学习状态；

（4）近期要主动挑战自己，和自己薄弱学科的任课老师主动交流一次。

女孩子擦干眼泪后，已经和进门的时候不一样了。送给她的彩虹卡上的话也特别符合我的心意：“当我学着了解自己、爱自己的时候，我的神性会引导我。”我们自拍的时候，她的嘴角已经荡漾着笑容，这让我非常开心。

彩虹故事十四：遇见你有多开心

彩虹心语：只要肯用心，就会不断地看见惊喜，不断地收获生命赠予的礼物

认识小 Z 是因为这个夏天归来看我的老学生。这个学生非常喜欢我的笑容，所以当年即使我批评她，她也能欣然接受。这次她从遥远的地球的另一端回来出差，短短的时间里还想着来看我，让我非常感动，所以我对她交给我的任务也欣然许诺用心完成。她拜托我找小 Z 这个小学弟聊聊天，鼓励鼓励他。

找到小 Z 的时候，我笑着问他：“为什么老师找你呀？”他摸着脑袋想了半天，还是一片茫然。揭晓的答案是每个孩子都应该很喜欢听到的答案：“我在全年级寻找最有潜力的孩子，想找机会送他一张彩虹卡。你那么聪明，可是却常常让潜能沉睡着，所以老师很着急，就找来啦！”

不得不说人与人之间的缘分很奇妙，同样的话不是对每一个宝贝说出来都能收到期待的效果。这个孩子看起来非常喜欢我的答案，我马上就看见了他眼睛里的光彩。我们相约以后每次考试结束，都要针对他的弱科的提升和下一步的努力方向开展一次交流。因为成绩的提升是慢功夫，所以第一次交流的时候我就提出：**“分数不是目标，通过复习和考试磨炼自己的意志品质，让自己更加坚韧有耐性才是最好的礼物。”**

果然二模的成绩出来后，他有些失望，但是依然在走廊里见了我就笑着跑过来，和我分析他的成绩，表示一定不灰心，继续努力。

这一次考试后，成绩还没有出来，他就欣喜地告诉我感觉考得不错。等到看见成绩单，他却对自己的语文学科产生了不自信，感觉自己只是幸运地蒙对了而已。我特别想告诉宝贝的是，从来没有无缘无故的幸运，**每一个被幸运女神眷顾的人，最起码是有一颗充满期待和希望的心**。正是这一段时间他的努力和付出，让他拥有了足够的知识储备和信心，也才让他在考场上找到了良好的状态，有了答题的感觉。这一点对语文和英语的学习尤其重要。幸运女神能够找到你，是因为看见了你的用心和努力，她该有多开心！

受到小Z愉快心情的感染，我创造出了第一张我自己的彩虹卡，还把我的形象代言猪也印在了上面。我希望收到我的彩虹卡的宝贝可以像看见彩虹的行路人一样，因为绚丽的光芒而疲惫尽消，忘记风雨，勇敢而快乐地前行！

彩虹故事十五：写给彩虹宝贝们的一封信

在高考前的十八岁成人礼那天，我给我送过彩虹卡、书写过彩虹故事的宝贝们写了一封信，并送出了彩虹糖，祝福他们可以拥有彩虹般绚丽的人生，也能因此爱上风雨，收获风雨后的美丽！

亲爱的宝贝：

如果我们为了某种愿望，已经竭尽所能地付出了自己的汗水和辛劳，那么剩下的就是坦然面对和接受任何结果。十几年求学生涯中的奋斗本身就是最重要的意义，高考只是为她做个阶段性的小结。

和长长的一生的快乐和幸福相比，考试永远只是为你的幸福服务的手段。总有一天你能意识到，青春里的这些困惑和焦虑只是源于自己的过度关注而已。所以，我想告诉你六个字——**不要悔，不要怕**。后悔和害怕永远不会给你任何帮助，只是你快乐前行的绊脚石。从现在开始，忘记那些你还没有来得及复习的知识难点，抛开你对未来大学生活的种种完美期待，只安下心来准备这次重要的总结。对教材中的基础知识，每天要有计划地回顾，避免遗忘；对一些基本的习题，要有重点地回顾，避免生疏。

另外，不要轻易打乱你的生物钟，和平时迎接月考一样就好了。短短十几天的时间，知识水平和能力不可能大幅度地发生变化，但是好的状态对水平的发挥却有着非常重要的影响。

花朵的美丽需要外界的阳光、水分还有土壤，但更需要的是自己内心的成长力量。在你之前千千万万的孩子已经顺利地走过，在你之后仍然有万万千千的青春要这样度过，所以我想你一定可以顺利地走过，做最勇敢的自己、最好的自己。加油吧！为长大的自己，从容自信地喝彩！

一直在你身边的刘老师

2019 年 5 月 25 日

工作篇后记

亲爱的天中老师：

从2019年到2022年，这一千零一夜的书写，从彩虹故事到生涯缘故事的讲述，是这个春天赠予我最宝贵的礼物。就在今天，2022年5月25日——全国学生的心理健康节，也是倡导每个人关爱自己的节日里，我在情绪和身体状态都有些低落的时候，被心理教研组邀请，陪伴孩子们一起在关爱自己的小活动中写下爱自己的一百个理由。当我在孩子们的簇拥下，在展板上写下“我特别喜欢笑”的时候，我发现自己的笑容已经不由自主地灿烂起来。那一刻，我体验到了志业的愉快和幸福，感受到了您温暖而坚定的目光，以

及疼痛中依然在积极面对的决心和力量。

好些天没有听见您的声音了，很牵挂，又担心打扰您。唯有每天积极乐观地投入到工作中，认真地整理快乐生涯人的家书。希望在您一生无数的宝贵的生涯缘故事里，您和来自祖国东北一个小山城的老师的生涯缘故事，可以一直延续下去。我希望自己继续带来更多更美更好的爱的涟漪，给更多的人带来力量，坚定地做生涯志工，为建设一所没有围墙的生涯大学，付出自己的努力！

非常期待您早日痊愈，再次听见您激情满满、活力满满的声音。我在遥远的东北，祝福疫情早日结束，祝福您早日康复，早日回到您一生最爱的讲台。希望我可以有机会再次当面聆听您的教诲。

时间真的好神奇，2016 年相遇，2019 年重逢，三年、三个月、三天的故事后来延续为美好的生涯缘故事。如今又一个三年过去，真的太久了。如果时光可以倒流，我是多么多么希望可以回到 2019 年。

爱您的玉萍

2022 年 5 月 25 日

第二部分 生活篇

与女儿的家书

妈妈的999封情书

——从2013年到2022年，一个妈妈对女儿无尽的祝福和嘱托

题记：

难忘的一千零一夜之后，我的女儿和2013届毕业的一千多个孩子就像蒲公英的种子飞向了四面八方。送别的时候，没有想象中的伤感，回到原地等待孩子的过程中，也没有人们常提起的焦虑。我只是祝福和期待，我相信我的女儿和其他孩子一样，是在进行人生最重要也最美丽的一次远离和蜕变。每一次疼痛都是一种成长，青春里的疼越深，回忆里的甜越浓。

时代确实发生了巨大的变化，因为再也不需要信笺来传递思念了，这是唯一让我隐隐失落的细节。因为我的大学一年级里，最美好的回忆就是等待来信、读信以及含着眼泪回味信中的内容。尽管每天打电话是那么方便和容易，但是我还是喜欢文字，喜欢用文字留下一些爱的痕迹，留给未来的岁月。

这些情书送给女儿，也送给那些曾经在内心里把我当成小姨妈的孩子们！

妈妈的 999 封情书：

每当我遇见困难的时候，我都坚持再往前走一步，再坚持一小下

亲爱的女儿：

自从 2013 年 8 月 27 日晚，我们在宿舍楼前拥抱着分别，仔细算来才过去了六天六夜，可是我们都感觉仿佛过去了好长时间。对你来说，离开家就意味着开始一种充满挑战的生活，尤其是大学里的军训，严格的要求会考验你的身心。妈妈现在也开始了新的挑战满满的生活——从青岛回来就来到了石桥子北校区，一切都和以前不一样，甚至不知道各个办公室在哪里，需要不断地询问，尤其是夜晚检查完学生们的寝室后回到住的地方，迈着疲惫不堪的腿孤单地上楼，那种滋味真的不好受。

女儿，每当我遇见困难的时候，我都坚信一个事实——再往前走一步，再坚持一小下，一定会战胜困难。很多年前，妈妈就告诉我的学生电影《走出非洲》的女主人公说的那句话——“很多时候，我以为自己再也不能坚持，就告诉自己再往前走一步，然后我发现一切都可以忍受！”所有的困难都是暂时的，而时间不会因为艰辛就放慢脚步。

在爸爸妈妈身边的时候，我们虽然懂得吃苦就是锻炼，严格更是关爱，可是作为父母总是千万般不舍得。所以，从心里讲，不管教官多么严苛，妈妈其实是感谢他给你上这堂“折腾课”的。等你长大，你就体会到无论多么顺利和幸运的人生，都一样会有这样那样的挫折。**当你别无选择的时候，你**

的承受力越强，受的苦才会越少。所以，宝贝儿，感谢困难吧，要是公主的故事里没有了巫婆，那该多么单调和无趣呀！妈妈相信你，一定会战胜自己的！

爱你的妈妈

2013 年 9 月 2 日午后

妈妈的999封情书：

生命最重要的就是生命本身，身体是爱的容器

亲爱的女儿：

又是周末了，妈妈现在感觉最明显的就是时间流逝的速度在加快。最近两天，听见你电话里的声音明显地欢快起来了，妈妈就更加放心了。

妈妈从青岛回来之后，由于休息不太好，身体一直没有调整过来。每天坐在校车上，想着应该和同事们聊聊天，可惜就是不愿意开口。你看，当一个人身体不舒服的时候，连话都懒得说，又怎么能有精力做有意义的事情呢，更别说高效地思考和做事了。

所以，妈妈今天主要想和你说的是：在大学里，一定要学会照顾好自己的身体。安排好自己的饮食，每一餐都应对得起自己的身体，尤其要坚持吃早餐。体能状态是一切的基础，是事倍功半还是事半功倍，有时候就在于此。

宝贝，你越长大越懂得，**生命最重要的就是生命本身，身体是爱的容器，身体也是爱的发动机**。没有健康的身体，一切都毫无意义。妈妈多么感激上天，给予你健康的身体，但是日后的健康与否就取决于你自己了，一定要珍惜和爱护自己的身体。每一天每一餐，记得像当初妈妈照顾婴儿时期的你一样给自己的胃细心的照顾，给她足够的蔬菜、肉、水果、牛奶以及白开水。

女孩子要养成走到哪里都带着暖水杯的习惯，尤其是秋冬季节，要尽最大可能不喝凉水。考虑你的体质，你就更加应该如此。对于爱着亲人的人来说，把自己照顾好就是对对方的关爱。对于想要把自己的生活安排得井井有

条的人来说，只有把身体照顾好，心灵才能踏实地安放。女儿，一定记得妈妈的嘱咐啊！

不知不觉中，妈妈就变成了和天下妈妈一样爱唠叨的女人。希望妈妈也能像姥姥一样，在你到中年后还能让你在妈妈的唠叨中感受到爱和温暖。

爱你的妈妈

2013 年 9 月 6 日

妈妈的 999 封情书：

多珍惜现在，少后悔过去，不担忧未来

亲爱的女儿：

妈妈今天晚上接到你的电话，真的好开心。昨天晚上，我们通话以后，妈妈第一次在和你分别后因为你的情绪而心烦意乱。因为我特别不喜欢你总是不满意自己的选择，青春多美好，珍惜都来不及，要是总是纠结和后悔、犹豫和彷徨，那真的就是在荒废光阴。最后妈妈宽慰自己，也对爸爸说："耐心地等待女儿自己醒悟吧。"可是今天下午，还是忍不住在网上给你留言："青春不是用来后悔的，是用来珍惜的。""环境不会因你而改变，唯有改变自己的心态。"

到了晚上，妈妈就接到你的电话。你告诉我，你已经想清楚三件事情：第一，努力才能实现梦想，要做自己喜欢的事情；第二，树立目标，才不会虚度光阴；第三，只有自己才能拯救自己，对自己负责。宝贝儿，妈妈真希望此刻你就在眼前，好让我好好拥抱你。短暂的疼痛与眼泪之后，你终于自己走出了困惑和迷惘。谢谢女儿，让妈妈的心只是那么悬在半空一小下，就又回到了大地上。

今天妈妈和大姨、四姨和五姨出去野餐，回来的时候虽然有些累，但是一想到姥姥可能盼望我去，就上楼陪了她一会儿。从我坐在她身边开始，姥姥就一直不停地讲啊讲。其实，妈妈现在很享受这样的好时光——左边是八十岁的老母亲天天盼望着和我说话，右边是十八岁的大女儿天天盼望着和

我倾诉。我知道时光不会因为我的眷恋而为我停留，总有一天母亲要远离我的世界，总有一天女儿要长大，身边会有相爱的男孩子第一时间分享你的喜怒悲欢。请相信妈妈，到那时候，我也一定会调整好自己的心态，因为我在用心地珍惜和享受现在与父母和女儿相处的每一天。**多珍惜现在，少后悔过去，不担忧未来。**妈妈愿意以此与你共勉！

爱你的妈妈　于喜悦中写信给你

2013 年 9 月 8 日

多反思自己，少苛责他人

亲爱的女儿：

今天阳光特别好，甚至中午时分有炙烤的感觉，有点像青岛的阳光。妈妈忽然很想念你。

妈妈想你的时候，最希望的事情就是你能够和宿舍伙伴们好好相处，并找到自己的好朋友。朋友就是我们自己寻找到的亲人，你一个人在外面，如果总是感觉生活在亲人身边，那么内心就会时时刻刻充满温暖。

对于你们这一代人来说，基本上从小就是一个人享受着一群亲人的宠爱，忽然开始集体生活，最初的时候一定是不习惯的，所以要学会宽容和体谅，要学着接受和适应。正是因为如此，**宿舍也是课堂，也是我们成长的重要场所，从中学会的理解和包容、得到的温暖和陪伴，都是青春里不可缺少的。**回想妈妈的大学生活，当时的日子虽然平淡，但随着岁月的流逝，已经成为妈妈记忆中闪亮的珍宝。你还记得你小时候总穿的那个肥肥的咖啡色的裤子和红毛衣吗？那就是你红秋大姨也就是妈妈大学寝室里的大姐给你买的。你还说就是因为小时候老穿这个裤子，长大了不喜欢瘦裤子呢。我们毕业后虽然很少见面，但是很多年来一直彼此挂念。这次回到大连聚会，和当时妈妈相好的姐姐们见面，真的好像我们从不曾分离一样。岁月改变了我们很多，可是我们还在彼此的心灵里，因为我们见证了彼此最美丽的青春年华。

南京大学心理健康教育与研究中心最近研究总结出影响宿舍真诚沟通的

11个因素，妈妈摘录下来送给你们：第一，有好事不通报；第二，明知而推说不知；第三，进出而不相互告知；第四，不说彼此的私事；第五，不肯向同学求助；第六，拒绝同学的“小吃”；第七，常常和一个人说“悄悄话”；第八，热衷于探听家事；第九，喜欢嘴巴上占便宜；第十，神经过于敏感；第十一，该做的杂务不做。仔细想想，都是一些细节和小事。妈妈认为，要处理好宿舍关系，需要自己从内心深处接受彼此的不完美，并**多反思自己，少苛责他人。**

妈妈大一时候的那件红格子衬衫穿在了你的身上。青春也许因为有你，从未远离！

哪里有人会时时刻刻让对方满意呢？就像你那么喜欢和依赖妈妈，可是我们之间不是也经常有冲突，妈妈不是也经常让你感觉到不可理喻吗？开学以来，你的各种不适应里没有和同学的相处问题，这让妈妈很高兴。以后的日子里遇见些问题也是很正常的，妈妈愿意随时与你交流和沟通。只是妈妈想，**只要你在生活里能多多记得他人一点一滴的好并加倍回应，能够体谅他人的疏忽，尊重他人与自己的不一致，那么你的生活里就一定会有更多的愉快、更少的计较，就会在大学里收获更多温暖美好的回忆**！妈妈祝福你！

爱你的妈妈

2013年9月12日

妈妈的999封情书：

要有看淡金钱的心态，和让你的钱成为天使的能力

亲爱的女儿：

爸爸把你的机票订好了，我们很快就会见面了。从你走后，你一直都没给妈妈传过相片，也不知道军训把我的白天鹅晒成了黑玫瑰没有。你早晨来电话特意关心妈妈的心情，还嘱咐妈妈什么时段的机票都可以，就是不要价格太贵。你的体贴和周到让妈妈感觉特别高兴，但是我也想说有些事情我们要适当把握好度，比如年少时候的妈妈就总是体谅他人，结果我很多时候就失去了自己的想法和主见，好像从小到大就没有任性过，所以常常会在心底里为某些没有实现的心愿而遗憾。好在你们九零后，自我意识都很强，即使是你这样心思细腻、很愿意考虑他人感受的人，也在很多事情上能够坚持自己的想法，懂得保护和照顾自己，这样妈妈就可以放心些了。

再有，关于消费的问题，爸爸妈妈虽然是普通的工薪族，但是我们只有你一个女儿，在经济上给予你足够的照顾是没有问题的，尤其是提供学习上和生活中必需的花费，所以女儿你一定不要有任何负担。当年你姥爷在家庭困难的状况下都能答应我只要是学习上的需要一定都满足，都能答应我去北京参加夏令营活动，何况是现在的我们对你呢?

将来你长大了，有经济能力了，更要有看淡金钱的心态，和让你的钱成为天使的能力。当你用辛辛苦苦的劳动换来的金钱为自己亲爱的人实现心愿的时候，当你支配着手中的金钱追求自己的梦想的时候，金钱的意义就真正

地实现了。妈妈以往总是说期待着你多年后送给妈妈的那些礼物，女儿，你懂得，那不是普通的礼物，那里面满满的都是妈妈对你未来的期待和祝福。只有女儿生活得幸福并有足够的经济能力，妈妈才会充满幸福和坦然地接受来自孩子的关怀。妈妈对此深信不疑，深信女儿对妈妈的爱，更深信女儿将来一定会有足够的能力让自己幸福、让妈妈开心。好女儿，爱护好自己，千万别舍不得花钱，爸爸妈妈都非常愿意给你最好的关爱，为此我们愿意竭尽所能。

我们在美丽的厦门，我穿的衣服、裤子和鞋子都是女儿的。

爱你的妈妈

2013 年 9 月 17 日

妈妈的999封情书：

在健康快乐、生活幸福的基础上有自己的梦想，并努力实现自己的梦想

亲爱的女儿：

新的一周开始啦！早晨，爷爷奶奶去参观抚顺海洋馆，由于妈妈粗心，没有在他们出发前再次叮嘱奶奶带好身份证，结果导致爸爸一路开车追。由此妈妈想到现在你什么都是自己管理，一定很辛苦，但是生活要井井有条，必须得通过自己的体验形成好的习惯。妈妈在日常生活中随意性太大，没有通过示范让你从小养成规整放东西的好习惯。现在为了避免遗忘带来的麻烦，妈妈开始学习运用“固定位置法”管理自己的钥匙、手机等重要物品。呵呵，只要开始就永远不晚，妈妈愿意好好培养自己，好在将来做一个可爱的、能干的、你的宝贝喜欢的姥姥。

这次爷爷奶奶能去旅行，还要感谢妈妈的一个朋友，她坚持做公益活动，每年都为一些贫困老人和自己好朋友的父母提供一次免费的一日游活动。她说的一句话很让人感动：**“珍惜生命里那些曾经敬重和喜欢的人。”你看，一个人尽自己的力量去温暖世界、温暖他人，是多么美好和幸福的一件事。**

前两天，你告诉妈妈，舅舅在你的鼓励下已经十天没有吸烟了。你看，你的一个提醒、一份创意，可能就真的帮助舅舅戒掉他的烟呢。如果你好好地发展和完善你的“戒烟俱乐部”，并持之以恒，这个世界不就因为你的付出而改变了一点点吗？

昨晚妈妈之所以非常支持你参加海大视频的社团工作，除了妈妈感觉到我们和海大视频有缘分之外，就是非常希望你能尽己所能学习一些应用性的东西，这样将来不论是做老师还是做其他工作，甚至就只是为了实现心目中那些小小的梦想，这些东西都可能帮助到你。**一个人有了善良美好的心地之后，只有能力越强，才能福佑更大的空间。**而你现在就是储备能量的最好时机，一定要相信所有的付出都是有意义的，哪怕这意义很多年后才能显现。妈妈虽然从不曾期待你将来能有世俗里的大成就，但是妈妈从有你之后就一直希望女儿将来**在健康快乐、生活幸福的基础上有自己的梦想，并努力实现自己的梦想。有这样的过程，我们的生命才会经常充满期待、惊喜和感激。**

今天妈妈接到了带的第一届毕业生从青岛打来的电话，她就是你的校友颖姐姐，也是中国海洋大学的毕业生，现在已经在青岛成家立业。她和父母这些年一直住在青岛，所以我们很多年未见了。在媛媛姐那里，她知道了你的情况，给我打电话说要去看望你。

宝贝，你看，妈妈当年对学生辛苦地付出时从未想到要有什么回报，但是多年后妈妈享受着被人惦记的喜悦和幸福。当初你高中学习遇到困惑的时候，曾给钰姐姐和萧哥哥打电话，那时候妈妈也体会到了这样的幸福。所以女儿，不管多辛苦，年轻的时候一定要舍得付出，付出爱，付出艰辛和汗水，让自己更强大、更壮实，无论是身体还是心灵。

人生是一场旅行，妈妈盼望着你的旅途有更美的风景、更多的顺畅。妈妈每天都将代表你的小猪戴在脖颈，每天都为你加油呢！

爱你的妈妈

2013 年 9 月 23 日

妈妈的999封情书：

大学时代是一个人一生中最应该有自我、最有机会实现自我、最能表达自我的时期

亲爱的女儿：

清晨半梦半醒之间，妈妈竟然写诗了。梦里那么清楚的文字，等到真正清醒却只记得一句：“想你，铺天盖地。”好像前面写了一大段优美错落的句子呢，可惜一句都想不起来。呵呵，这一句，也很美。说起来，妈妈好久好久都不写这样的文字了，也再没有年轻时候那些风花雪月的小心思了。

前晚，妈妈和你的金花姨相聚，看见正在马尔代夫度蜜月的你的哥哥姐姐的相片，妈妈的第一个念头不是什么时候我和爸爸能去，而是我的宝贝女儿结婚度蜜月的时候，也要去这么美丽的地方，做几天真正的小仙女。

一直以来我就盼着你上大学的日子，以为那时候我就可以成为我自己，过属于我自己的生活。到现在我终于明白了——妈妈已经没有了自己。你还在妈妈的宫殿里以胚胎的形式存在的时候，因为有你，妈妈放弃了一直渴望的去北师大进修的机会；你初三时，妈妈又遇到一个能够实现自己出去读书的心愿的机会，但是妈妈只有一瞬的犹豫，就决定放弃；你高三时，妈妈每天的情绪都会因为你而波动起伏；现在，妈妈看到所有美丽的风景，都第一时间想到让你去看看。妈妈知道，我已经不再是从前的我自己。虽然说到这里，有些微的伤感，但是更多的是满足和喜悦，因为妈妈心甘情愿。**在爱里，不管有多辛苦，只要你愿意，那就不是真的苦。**

昨晚你告诉妈妈不喜欢现在有点忙碌的生活，但妈妈鼓励你要坚持。你现在处在人生最美好的时期，等你到妈妈这个年龄的时候就能完全明白。**大学时代是一个人一生中最应该有自我、最有机会实现自我、最能表达自我的时期，所以宝贝，你一定得好好珍惜。只有在这个时期储备了更多的能量和能力，你的生活才能由自己自由地掌控。**这样将来当你有一天也为你的爱人、你的女儿、你的小家庭适当调整和妥协的时候，你的心里才会和妈妈一样，都是心甘情愿和心满意足，而没有遗憾和失落。

女儿，妈妈现在只要是和心爱的人在一起，就是去一个小小的城镇逛逛都觉得特别幸福，但是不知道为什么，总还是希望将来你能够像妈妈现在去“小微”游一样轻松地去巴黎、马尔代夫等，去看看世界上最美丽的风景，这难道是一个母亲的虚荣心使然？答案未知，今天就说到这儿吧。

你像一只小羊，依偎在妈妈的怀抱里。虽然是落叶满地，却生机盎然。

明天我们就见面了，妈妈将欢天喜地地去机场接你，走的时候可就不送你了。妈妈这人很奇怪，人家都是第一次送女儿到大学的时候转身就哭得一塌糊涂，我当时则恨不得一下子把你从我的怀抱里推开，让你去成长和锻炼，但是现在忽然想到让你一个人回去，心里面全是不舍。

美丽的一天从快乐的清晨开始，宝贝加油！

爱你的妈妈

2013 年 9 月 30 日

妈妈的999封情书：

这个世界上唯一永恒的是被记忆抚爱过的一切

亲爱的女儿：

七天小长假，一眨眼就过去了。你又飞回阳光明媚的青岛，过你自己的“小日子”去了。想象着你给妈妈描述过的，你一个人在音乐声中走在洒满了梧桐叶光影的甬路上，在宿舍和教学楼之间穿梭的样子，妈妈总是感觉时光倒流。二十年前的自己也是那么走着，不知不觉就到了现在。真喜欢那句话：“这个世界上唯一永恒的是被记忆抚爱过的一切。”

从你上高中以来，“三只小猪”好像再也没有亲密地在一起逛街和出游了。昨晚，我和爸爸还在怀念我们一起度假的时光。记得你小时候，有一年五一假期，我们三个去还没完全开发的兴隆湖度假村度假，沙堆上、树林里都留下了我们响亮的笑声，多么好啊！可惜，现在你好像已经不喜欢出游了，忽然就变成了喜欢安静宅在家的姑娘。看来人的性情和想法真的是不断地变化呢，未来的你会变成什么样子呢？

妈妈和你距离那么远，除了放手，除了爱和信任，好像给不了你什么帮助了。最近看了情商教育讲师张怡筠的博客，下面妈妈把觉得有意义的话转引在这里，希望会给你温暖和力量哟！丫头，快乐是一种状态，也是一种习惯，还是一种必不可少的美德呢。妈妈希望我的宝贝女儿每天都开心快乐，在大学里创造最美的记忆，留给未来的自己！

一分钟快速乐观法：不抱怨，只解决问题。（选自张怡筠博客）

要培养乐观一点也不难，请就从现在开始，只要把注意力的焦点从“往后看，怨天尤人”，改为“向前望，解决问题”就行了。实际的做法则是闭口不提“为什么总是我……？”，而用另一句话来代替：“现在该怎么办会更好？”

在面对不如意时，只要改变这一个重要的思考点，你会发觉自己的挫折忍受力大为增强，从而能够更容易地从逆境中走出来。

1. 我已经养成凡事先找优点，再看缺点的习惯。

2. 我相信想法是一种选择，而我可以选择积极乐观地面对问题。

3. 我已减少抱怨的次数及时间，并多花精力在解决问题上。

4. 我每天会提醒自己抬头挺胸，并用愉快的声音说话。

5. 我已不再说“困难”“麻烦”等字眼，而用“挑战”来代替。

6. 我相信积极乐观的态度，才是快乐生活的不二法门。

7. 展望未来，我觉得充满了期待。不论会发生什么事，我相信自己都能处理得当。

大女儿，加油！

爱你的妈妈

2013 年 10 月 9 日

妈妈的999封情书：

不管多么平淡的生活，只要用心去体味，就能品尝出特别的味道

亲爱的女儿：

昨晚本来以为能接到你的电话，但晚上十点四十分看完电视剧，手机还是郁郁寡欢地在角落里躺着，一直都没欢快地歌唱。在网上留言给你，才知道原来周日也是那么忙碌。因为很快就要熄灯了，所以妈妈就和你说了晚安。在沙发上安静地坐了一小会儿，瞬间有了一点点小失落，也可能是爷爷奶奶回桓仁了，家里忽然安静下来导致的小不适应吧。

现在妈妈因为你又开始恢复了从前“胡思乱想”的习惯，又开始常常去思考一些关于成长、关于人生的问题。比如，昨晚就想到关于爱的距离的问题。妈妈一心一意地想让你不再依赖妈妈，在没有妈妈陪伴的城市里生活得快乐而安心。可是到了女儿真的开始自在从容地安排自己的生活，而不那么需要妈妈的时候，心里竟然又开始失落和挂念。看来，在爱里，把握好距离和平衡真的是一门艺术啊！妈妈越来越发现，成长是一辈子的事。很多事，妈妈现在也需要不断地学习。希望能够一直这样想、这样做，尽可能地跟上你的脚步，不至于到老了成为你的负担哟！

妈妈这里开始降温了，青岛的气温也比前一段要低了。忙碌的时候也要记得每天吃水果，每晚喝牛奶，尽最大可能用热水。不给妈妈打电话的日子里，记得找点时间给妈妈留言啊。现在网络可真方便，每当想你就找得到你，

这种感觉真好。北方暖气来之前难熬的日子来了，妈妈希望你在青岛依然明媚的阳光里，每天身体和心情都能够暖暖的，这样万水千山之外，妈妈无论处在多么寒冷的天气里，都会因此感觉到幸福和温暖。

今晚，“两只小猪”准备在咱们家楼下吃牛肉面，这让妈妈又情不自禁地想起我们“三只小猪”在东明牛肉面馆聚餐的情景来。很多平常的小事在记忆里都会因为特别的原因而变得特别美好。所以，宝贝要好好珍惜每一个平淡的普通日子啊！**不管多么平淡的生活，只要用心去体味，就能品尝出特别的味道。**

爱你的妈妈

2013 年 10 月 14 日午后

妈妈的 999 封情书：

学习专业知识，辅修感兴趣的学科，多读书，认识有趣、有见识、暖心的朋友，提高管理身体和情绪的能力

亲爱的女儿：

昨晚妈妈和你的彩霞阿姨在家疯闹来着，我们十几岁相识，相处三十多年了，在一起的时候都感觉自己还是小姑娘。妈妈好希望你也有几个这样的朋友，一辈子的。大学同学里也有几个是妈妈的好朋友。我们上次聚会，妈妈就感觉虽然很多年没有联系，可是当初内心接近的人儿，还是愿意在一起。妈妈这个年纪的人，为什么这么热衷于同学聚会，就是因为在同学身上看见了自己的青春，在欢喜的每一个瞬间都看见了自己最好的年华。等你长大后就知道你现在拥有的是多么美好的时光了，所以妈妈特别想让你好好珍惜，珍惜每一个清晨和夜晚，珍惜每一堂课，珍惜每一次锻炼和提升自己的机会。

由此想到你的担心——韩语专业的未来前景。其实，在你报志愿的时候，我们像其他家长一样也面临很多纠结，是尊重你内心的愿望还是考虑现实的就业。爸爸单位有很多人对他说，孩子小，不能什么都按照孩子的想法来。尤其是知道以你的分数预期可以有其他的选择的时候，妈妈也曾经瞬间动摇过。但是最后，我还是觉得**不管什么专业，只有适合的才是最好的，只有发自内心地热爱才能学好，只要学好了，就总会有自己的位置**。之所以有这个专业存在，是因为有相应的需求，关键看你在这个专业圈子里是不是出类拔萃。所以，妈妈坚定地选择支持你的想法，爸爸也一样，他很快地调整了自

己。妈妈后来和在大学当教授的曲阿姨、陈叔叔联系，他们也很支持我的想法。像辽大韩语专业的毕业生，后来又读了其他专业的研究生后，就业的岗位都很不错的。

所以，不要担心专业的就业前景，最重要的是成为一个综合能力强，能够管理好自己的身体和情绪的人。这样的人不管到哪里都会有自己的位置，养活自己不成问题。

大学四年是你的人生中很难得的集中学习和储备的时期，毕业后，妈妈希望你能继续读研究生，因为女孩子集中读书学习的机会其实并不是很多。妈妈更希望你能在人生的每一个时期都顺其自然地做好生活安排，二十五岁之后，你的生活重点就不只是学习和工作，还增加了重要的一部分——爱情和家庭。所以在这四年里，你要**学习专业知识，辅修感兴趣的学科，多读书，认识有趣、有见识、暖心的朋友，提高管理身体和情绪的能力**，等等。

妈妈现在每天早晨都告诉自己："新的一天和新的自己见面了，要加油对得起新的最年轻的一天啊！"无论是为了自己的身体早晨坚持吃坚果和大枣，还是中午坚持去跳舞，或者晚上少看手机、多看书、早睡觉，无论是给亲人朋友送上问候和关怀，还是全心投入上好每一堂课，妈妈都感觉自己在为全新的自己负责着。因为我现在的生活重点很明确，就是要好好生活，好好爱自己，好好陪伴我爱的人儿，做一个幸福快乐还能给亲人朋友带来温暖的人。对妈妈来说，那些艰难的求学和工作生涯如今都已成为回忆，但还是会为曾经的付出而感动，也为自己努力过而没有遗憾。

妈妈也非常**希望你确定了自己的目标后，每一天都做接近她的事情，并且化繁为简，变成具体的小事**。比如，多去一次图书馆，多认识一个朋友，多参加一次活动，多做一次积极的思考，多记几个单词，多看几篇文章，等等。总之，只要你想象着未来那个美好的自己，把自己当成最心爱的公主来培养，总有一天你就成了你心目中的那个人，最起码是无限地接近着那个可爱的、幸福的人。妈妈对你充满信心，当初妈妈读书的时候，好多事情做得都不如你，妈妈现在还自我感觉非常良好呢，更何况我的宝贝姑娘呢！

哈哈，好啰嗦啊，一不留神就说了这么多，当老师的人真愿意讲道理，你要是没时间看，就分期阅读哟！

爱你的妈妈

2013 年 10 月 16 日

妈妈的999封情书：

坚持不仅是一种好习惯，也是将来工作上取得成功的必备素质

亲爱的女儿：

冬天很快就要来了。每年到了秋末冬初的季节，你和妈妈一样总是容易受凉。尽管一再嘱咐，你还是出现了肚子疼的情况。以往在妈妈身边的时候，只要给你熬一碗红糖大枣姜汤，喝了暖暖就好了。可是现在，你在千里之外，在家里非常简单的事情忽然就变成了难题。妈妈除了担心和惦记，不知道能给你做些什么。

女儿，现在妈妈尤其体会到**对于相爱的人来说，照顾好自己就是对对方最好的爱和关怀**。等你长大了，你就知道**世界上最宝贵的是健康的、充满活力的生命。唯有这样的生命，才能实现自己心中所想所愿，才能成为他想要的自己。**

你和妈妈一样属于寒凉体质，因此在饮食和着装上必须特别注意。妈妈现在从不喝冷水，也基本不吃枇杷、西瓜、螃蟹这些凉性食物，即使是曾经喜欢吃的东西也毫不犹豫地舍弃。妈妈早晨天天坚持一碗粥、一个鸡蛋、一点咸菜。到了学校，一边化妆，一边吃三颗枣、几粒腰果或者核桃，然后喝一杯热水。中午固定吃一个馒头和几样菜，然后跳半个小时左右的舞，微微出汗的时候就去宿舍睡午觉。晚上，基本上是看书、看电影，还有陪姥姥姥爷。

对了，提到姥爷，他是我和你共同的榜样。他做事的持之以恒是我们这些人仰望而难以达到的。从戒烟开始，姥爷的饮食习惯几十年保持不变。比如，每天早晨他给姥姥准备好后，就开始吃自己的早餐——牛奶、鸡蛋、蜂王浆、饼干。曾经妈妈也买过蜂王浆，可惜那酸酸涩涩的味道和我匆匆忙忙的早晨把这个保养计划给断送掉了。姥爷这么大年纪，之所以还能生活自理，就是因为他有坚定的信念和良好的习惯。除了每天喝蜂王浆，姥爷每天还要坚持走步。每当妈妈看见他蹒跚的背影，总是要感动得流泪。

还有姥姥，每天都坚持在小区跳舞，肩周炎都好了。妈妈现在就在努力向他们学习，争取坚持一项运动，坚持一个好习惯。每天都好好对待自己，因为妈妈特别想老了的时候，也像姥姥一样，不仅不给女儿带来负担，反而还能让女儿感觉到幸福和温暖。每当我回到自己爸爸妈妈的家，常常会恍惚，感觉自己还未出嫁，还正年轻，那是多么美好的一种感觉啊。女儿，妈妈在为那么一天而努力呢！那么你呢，是不是也要为让妈妈的一颗心少一些牵挂而努力地让照顾好自己成为一种习惯呢?

书上说一个好的行为至少重复21天才能形成习惯，我觉得21天只够养成一些语言上的习惯，比如口头语之类的。而运动和饮食上的好习惯，必须得依靠坚定的毅力和信念来养成。坚持不仅是一种好习惯，也是将来工作上取得成功的必备素质。**成功从来不是一次努力的结果，而是许多努力的累积。**现在你还处于了解自己的阶段，一旦确定自己想做什么之后，妈妈真心希望你能好好地坚持住，不为任何的诱惑或者困难而改变。

好了，妈妈不和你说这些了。现在对我来说，最大的心愿就是你的小毛病快点好起来。你好，妈妈才能快乐而心安地接受分离，才能做到不主动打电话给你，而是给你机会让你想念妈妈的时候就能够找到妈妈，才能真正做一个从容而快乐的母亲。

石桥子的雨今天淅淅沥沥地一直下个不停，又到了妈妈值班住宿的日子了。今天早起的时候，因为天气，因为最近睡得不好，身体有些许的不适。但是我发现，只要你主动去调整自己，就可以掌控自己的情绪。做自己身体和情绪的主人，女儿，为自己、为妈妈、为梦想都要这样努力呢！

爱你的妈妈

2013 年 10 月 23 日

妈妈的999封情书：

善良真诚，敏感丰富，舍得付出爱，记得他人的好，忽视他人的缺点，这些好的性情和品质会带给你幸福

亲爱的女儿：

每当我们通话后，感觉到你的情绪有些低落，妈妈就总是像有了心事，虽然刻意地去遗忘，但总是会不经意地想起。好在妈妈了解你，相信很快就会再一次听到你充满活力和喜悦的声音。

时间过得好快啊，我们的城市已经开始了供暖。你进入大学也已经整整两个月了，最难熬的头半年过去了一半。妈妈想让你知道，你的适应能力远远地超过了妈妈的预期，对你的表现，爸爸妈妈非常满意。妈妈在你小的时候，对很多事情想得不周到，没有意识到培养独立生活能力的重要性。加上我们一直和爷爷奶奶一起生活，其实你没有过锻炼自己的机会。但是，我们往往不知道自己的潜力有多大。

这次，你一下子由万事依赖变为完全独立，真的让妈妈好佩服！你除了因为选课掉过眼泪，从前发达的泪腺都在你的调控下开始变得不敏感了呢。丫头，成长就是这么一点点发生的，也许你自己感觉不到，但是妈妈感觉得到呢。就像你前天和妈妈讲的那件事情，你特别想参加舞蹈演出，但如果你去参加，就可能替换掉你的好朋友，这个时候，你选择了退出。妈妈不仅非常支持你的想法，更为你坚持自己的想法而感到高兴。

在我们的生活中，每个人看重的东西有太多的不同。妈妈不想让你受到

妈妈的价值观的太多影响，但是事实上家庭就是价值观的原生地，可能妈妈的很多看法和做法不知不觉地影响到了你。妈妈想告诉你的是，活了小半生，妈妈坚定地认为，**善良真诚，敏感丰富，舍得付出爱，记得他人的好，忽视他人的缺点，这些好的性情和品质，或者说是习惯，也许在人生的某个过程里、在和某些人的相处中会让你失落、受伤，但是，终有一天你会享受到这些带给你的幸福和温暖**。

妈妈欣喜地看到我的女儿不仅越来越漂亮，越来越会打扮自己，而且变得越来越坚定。不管遇到什么困难，都能越来越客观地寻找原因，而不再苛求环境。妈妈为此感到非常高兴！

昨晚妈妈还执意要求你说几句关心妈妈的话，现在想起来我都不好意思了，怎么我竟然像小姑娘一样索求爱呢。就像你说的，这么远，只有自己照顾好自己，还能怎么办呢。你在我身边的时候，每当我身体不舒服，说心里话，我总感觉你对我的关心比你爸爸的更迫切、更真挚呢。每当那个时候，妈妈都为有个这么乖巧、懂事、贴心的小棉袄而窃喜呢，所以现在每当有了小小的不适就想你呗。

在爱里，所有的付出都是有意义的，这意义也许要等很多很多年才能显现；**在成长里，所有的努力都是有意义的，越努力，越幸运**。这意义也许不能马上让你体会到，但是只要你相信，就会看见。好女儿，加油哟！

爱你的妈妈

2013年11月1日

妈妈的999封情书：

最大的成就感就是通过自己的努力，在亲人需要的时候，有能力付出爱

亲爱的女儿：

今天妈妈的小发卡又找不到了，所以把你的小蝴蝶结用上了。特意问了你小弟是否可以这么去上班，他答可以，我就放下心来。尽管妈妈那么希望能和你像姐妹一样出现在大街上，但是心灵可以幼稚些，穿衣打扮上还是和年龄相配才好些吧。这让妈妈不禁有点期待你说的要送给妈妈的发卡是什么样子，同时也让我再次思考，如何让你既保持勤俭节约的好习惯，又能正确对待日常花销，不因此而烦恼。

人们常说富养女儿，妈妈并不认同这个观点。**无论男孩女孩，在消费上，最重要的是自食其力，选择适合自己家庭和适合自己的消费方式。**回想起来，姥爷姥姥在这个问题上给我的最大影响是——“只要是生活和学习需要的，不管有多难，爸爸妈妈都竭尽全力”。记得在我小的时候，曾经为了一件心爱的布拉吉裙子，我故意把自己藏起来让他们找不到。当时姥爷很生气，但是后来他还是给我买了一件。

天下的父母都是一样的，都非常愿意在自己力所能及的情况下满足孩子的心愿。当初妈妈上大学的时候，姥爷已经六十多岁了，还在为我辛苦地工作，这让我在花每一分钱的时候都会想起他的辛苦，所以很多时候虽然很羡慕那些穿得漂漂亮亮的女孩，但是却很少在大学里买衣服。你现在还穿在身上的那件红格子衬

衫就是我当时犹豫了好久才终于舍得买回的衣服，这一穿竟然穿了二十几年。

但是妈妈想让你明白，其实作为小姑娘来说，我是对我的大学生活有些许的遗憾的，除了没有好好地谈一场恋爱之外，也包括这些生活里小小的细节。所以我后来想，等我女儿上了大学，我一定要有能力让女儿没有这样的遗憾。妈妈不敢说能满足你的所有要求，但是我觉得妈妈有能力让你在大学里不要像妈妈当初一样，为买一件衣服、买一件礼物而犹豫和纠结。只要喜欢，只要不是在浪费，就可以满足自己，满足了你自己也是满足了妈妈的心愿。所以女儿，以后再遇见类似的情况，不用打电话给妈妈，记住只要你喜欢，你不买会遗憾，那么你就去买。

无论什么时候，都要懂得，**钱永远是帮助我们实现人生梦想的手段，它永远都不是目的，更不是意义**。妈妈在生活上非常随意和粗糙，希望你不要跟妈妈学。但是我和爸爸希望，你对待钱的态度能和我们一样。妈妈这么多年来辛苦地工作，除了学生成长带来的成就感之外，**最大的成就感就是通过自己的努力，可以在亲人需要的时候，有能力付出爱**。自从妈妈有了工作之后，就从未在任何时候在经济上再向姥爷姥姥求助。

身心健康，自食其力，让爸爸妈妈放心，并能在父母需要的时候，毫无负担地表达爱。这就是你长大后妈妈对你最大的希望。在你工作之前，只要你是读书、学习或追求梦想，爸爸妈妈都愿意倾其所有，支持你、帮助你。这一点请你一定放心，并理解妈妈的心愿，千万不要在吃上节省，也不要在穿上节省。大学时期真的是一生中非常难得的美好时光，你能快乐地学习和生活，有最少的遗憾、最美的体验，就是这个阶段给爸爸妈妈最幸福的回应。

对了，今天你爸爸还说以后他想负责给你打钱呢，他现在老想表达对你的关心，可都不知道咋表达好呢。记得要常常给爸爸留言哟！

爱你的妈妈

2013 年 11 月 10 日

妈妈的 999 封情书：

书籍就像我们的朋友，妈妈好希望你能和她成为最亲密的朋友

亲爱的女儿：

昨晚没有给妈妈打电话，也不给妈妈留言，一定是在忙，忘记对妈妈的承诺了吧。大学的头半年，最重要的事情就是适应新环境和新生活，多多参加活动，认识新朋友，所以你忙碌些是妈妈非常愿意看见的状态。等到下半年，你的目标和想法明确后，做事的方向性可能就强一些了。

不管你确定的人生目标和工作方向是什么，妈妈都希望你能够养成一个好习惯，并将其作为日常生活中不可分割的一部分，那就是阅读。这种意义的阅读不是在网络上的消遣式刷屏阅读、匆匆点赞式阅读，而是一个人静下心来在灯下读一本书，写一篇读书笔记或者读后感。纵然时代在变化，你们获取知识的方式与妈妈年少时已经有很多不同，但是好的书籍对一个人精神世界的影响，对一个人价值观形成的作用真是太大了。

妈妈想用自己亲身的体验跟你聊聊读书对人生的影响。受喜欢读书的你大姨的影响，妈妈小学四年级时开始看《一千零一夜》，还有《人民文学》。虽然读得断断续续，但是我到高中时，对语文的学习轻车熟路，不用在语文学习上花费额外一点力气，就能得到不错的成绩，而这仅仅是世俗的功用。

在后来的人生里，当我大学时期苦苦思索人生的意义而没有答案，内心纠结无比的时候，史铁生的《我与地坛》和我相遇，回答了我内心所有的困

惑。明白存在是一个事实，不是一个需要苦苦思考的问题；明白死亡是早晚会来的节日，我需要做的是活好生命里的每一天。

再后来，当工作的繁忙和压力让我难以找到意义和价值的时候，纪伯伦的诗歌告诉我："从工作里爱了生命，就是通彻了生命最深的秘密。"然后我对我的学生们真心地说："在你的成长里我听见了自己生命的呼吸，在你的飞翔里我看见了自己梦想的延续。"

再后来，走过了小半生之后，当开始再一次思考命运的时候，余华的《活着》让我看见了一个人与他的命运的友情，他告诉我人是为了活着本身而活着，而不是为了活着之外的任何其他事情。活着就是意义，就是最幸福、最美好的事情。

还有关于爱情，那个写过著名的《百年孤独》的哥伦比亚伟大的小说家加西亚·马尔克斯的《霍乱时期的爱情》，让我了悟原来琐碎与高尚、变幻与永恒、平淡与传奇、理智与激情从不曾真正地分离，在爱里，永远交错缠绕。"世界上没有比爱更艰难的事情了。"但是世界上也没有比爱更美好的事情了。我了悟世间的爱有太多种，有些爱始于幻影，终于想象，根本不需要遗憾，没必要非要什么结果，这个过程给予自己的美好期待就是最好的结果。

关于阅读的美好体验真的是太多了，曾经为《弟弟的波斯猫》哭得一塌糊涂，为王朔在《空中小姐》里描述的爱情神思恍惚。曾经，昏天黑地地从白天到夜晚守着一本书。如今种种美好都成过往，妈妈现在其实好长时间都没看大厚书了。看书时那种投入的状态，好久不曾出现。不过妈妈现在想让自己随心随性地过一段日子，所以没有刻意让自己重新回到阅读中。

我想说的是，现在是你最有机会静心读书的时光，尤其是学习语言专业，没有深度的阅读和相关专业的辅助，最后语言只会沦为一种空洞的交流工具，谈不上什么专业。**学好一门语言必须深入了解一个国家的文化。比如，会说汉语的人很多，但是如果不了解中国的文化，就不能很好地写作，很好地表**

达。了解这个世界的途径当然有很多，我认为读书和旅行都是不错的选择。看似无用的一些东西，其实在人生里是最有意义、最有用的。这需要你自己慢慢地体会。关于读书的意义，毕淑敏《淑女书女》中的观点我比较认同，摘录如下：

“日子是一天天地走，书要一页页地读。清风朗月水滴石穿，一年几年一辈子地读下去。书就像微波，从内向外震荡着我们的心，徐徐地加热，精神分子的结构就改变了，成熟了，书的效力凸显出来。

“读书的女人，更善于倾听，因为书训练了她们的耳朵，教会了她们谦逊。知道这世上多聪慧明达的贤人，吸收就是成长。

“读书的女人，更乐于思考。因为书开阔了她们的眼界，拓展了原本纤细的胸怀。明白世态如币，有正面也有反面。一厢情愿只是幻想。

“读书的女人，更勇于决断。因为书铺排了历史的进程，荟萃了英雄的业绩。懂得万事有得必有失，不再优柔寡断贻误战机。

一生和书本相伴、和少年相伴，真的很幸福！

“读书的女人，更充满自信。因为书让她们明辨自己的长短，既不自大，也不自卑。既然伟人们也曾失意彷徨，我们尽可以跌倒了再爬起来，抖落尘灰向前。”

女儿，书籍就像我们的朋友，妈妈好希望你能和她成为最亲密的朋友。那样，无论你的身边是否有陪伴的人儿，妈妈都不担心你会孤单。

又说多了，以后妈妈一定要让情书简单明了些。妈妈好希望你在看了情书后能给妈妈点个赞或者留言哟。妈妈特别喜欢文字，特别享受手指在键盘上舞蹈的感觉。尤其是心中盛满爱的时候，那种感觉就更加美妙，就如此时此刻。

爱你的妈妈

2013 年 11 月 13 日午后

妈妈的999封情书：

目标不一定要多高，但是每一天都要采取实际行动去接近

亲爱的女儿：

今天恍然发现都十多天没有给你写情书了，最近你也好像不是很愿意给妈妈打电话了。妈妈因为感冒，始终也没有把身体调整到最佳状态，现在心里又忽然感觉到一点点和你的疏远。起初送你到大学时妈妈就说过，在爱里失落的最后一定是妈妈，就是没想到这么快，我还真有点不适应呢！

如果说你是因为忙碌了、充实了、适应大学生活了，和妈妈沟通少了，我当然是非常开心的，但是总还是不能真正地为此安心。人，一旦安逸地满足于某种生活，就容易忘记自己当初的梦想。大学时光真的是太短暂也太重要了，这是决定你未来的人生设计和走向的几年。而**一切美好的设想，到最后都必须落实到具体的行动中去，不去努力实施的话，最终梦想就会成为空想和遗憾**。

妈妈想说的是，**目标不一定要多高，但是每一天都要采取实际行动去接近**。年轻的时候认真地努力过、经历过，当你年老的时候，就会感觉人生特别美好和有意义。将来无论你是选择做老师，还是做翻译，或是做中韩文化交流等工作，都会对你的各个方面，如专业能力、与人交流的能力、组织协调能力等有很高的要求，那么你要想想现在的每一天是不是为此而努力了。

每一次活动都没有所谓的失败，因为是为了提升自己，不是为了获得什么奖项或者别人的赞美。妈妈希望你尽早了解自己的优势，对每件事都努力

尝试，这样等大二下学期你就对怎么选择未来方向心中有数了。还有，考证也是大学生充电的一种选择，你从低年级开始就要了解自己向往的职业需要的资格证明，早做准备。

妈妈希望你能在大学期间考取教师资格证、人力资源证等，你自己是否已经上网查询或者咨询学哥学姐都需要在哪些方面做准备呢？妈妈知道你长大了，也一再叮嘱自己，要放手让你去飞，不要再给你更多的建议和要求，但是做妈妈的总是按捺不住这份牵挂的心啊，希望你能理解。

另外，如果不忙了，抽空给姥姥姥爷、爷爷奶奶打个电话哟。他们每次接到你的电话都很开心，上次全家人都和你聊天，奶奶因为买菜错过了，回来还直念叨想和你说说话呢！也许和老人之间没有多少话题，那就问问身体，关心一下他们。你想想等你大学毕业了，姥爷都九十岁了，我们和他在尘世里彼此陪伴的日子真的越来越少了，在来得及的时候，我们都要好好珍惜，这样才不会有更多的遗憾。

还有，宝贝，天气冷了，自己注意加衣，尤其是脚不能凉。鞋不合适的话，就赶紧买一双。

爱你的妈妈

2013 年 11 月 24 日

妈妈的999封情书：

妈妈一直在努力成为一个更好的自己

亲爱的女儿：

妈妈从阳光明媚的青岛又回到了这个安静山谷里的学校。一上午的匆忙之后，妈妈再一次感觉有好多话要和你说。这次借着到潍坊学习的机会，妈妈实现了期待已久的小心愿——去看你并和你过个周末，现在感觉真幸福。

自从读了杨敏阿姨送的《秘密》那本小书，并知道了吸引力法则之后，你别说，在妈妈的生活里还真的就常常出现那种心中的美好期待不知不觉就变成了现实的情形呢！比如说自从我设想了“小微”游之后，不仅经常和你的几个姨妈在大桥下或者小山沟旁度过美好的周末，还曾赶到厦门和你珠姨一起度过愉快的周末。那种匆忙之中的悠闲和舒畅，让妈妈感觉特别开心。这次周末，虽然妈妈只是在食堂里和你一起吃饭，在图书馆和你一起看书，在宿舍里和你一起看《爸爸去哪儿》，在甬路上和你一起散步，但真的感觉特别开心和幸福。现在，这些情景已经变成美好的回忆，在妈妈的脑海中不断重现。

也许正是因为妈妈现在特别能体会到回忆的美好，所以才非常珍惜每一个现在吧。因为我知道**所有的现在终将成为过去，陪伴我们到生命最后的不是世俗中一切被人们追逐的东西，而是自己一辈子珍藏的记忆。**

这次去你那儿，不仅真实地看见了你的生活，也仿佛重新回到了大学时代。妈妈欣喜地看见女儿在宿舍里的那些好习惯——主动把地拖干净，自己的箱子和书都摆放得整整齐齐；回来和出去时都和在宿舍的伙伴们打招呼；

和室友们分享自己的水果和零食。你的室友告诉我，你是个特别可爱的姑娘，妈妈相信这是她发自内心的表达，因为妈妈也感觉我的女儿特别可爱——妈妈一咳嗽你就给妈妈准备好面巾纸，随时随地纠正着妈妈的坏习惯，如不许我吃苹果的时候不吐皮，不许我用手拿馒头。

妈妈和你比起来，真的生活得很粗糙呢。其实，妈妈自己也感觉女人生活一定要精致些，慢一点。只是，我觉得自己已经习惯了这样的自己，习惯了这样的生活，不愿意在这些问题上改变自己，而且最主要的是妈妈现在到了非常需要学习接纳自己的年龄了，但是妈妈希望女儿将来过上精致的慢生活。就像陈丹燕在《上海的金枝玉叶》那本书里介绍的女子那样，八十七岁了和三个年轻的女人一起去吃饭，也绝对是最吸引人目光的那一个精致而优雅的女子。

可是，我的姑娘啊，在这个充满了压力和竞争的世界里，在青春时得付出多少艰辛和汗水，那样的生活才有可能出现在我们的世界里呢？不过，没关系，**只要我们一直在努力地完善自己，努力地让自己更美好，就一定能过上那样的生活。幸福的生活不是追求来的，是靠改变了的自己吸引来的。**你若芬芳，清风自来。妈妈相信所有的梦想都能实现，只要你一直渴望并一直努力！

妈妈很想对你说谢谢，谢谢你给妈妈带来这么多美好的体验和感受。妈妈一直在努力成为一个更好的自己，希望多年以后你到了妈妈这样的年龄，能够因为妈妈在而感觉特别幸福。那么我们都要好好加油哟！让彼此放心安心地成为自己喜欢的样子！女儿，你看见你们校园里天天陪伴着你的小喜鹊了吗？可能你天天路过都没有注意呢，**记得在生活中一定要有一双渴望美、发现美的眼睛和一颗积极快乐的体会美的心灵哟！**

爱你的妈妈

2013 年 12 月 16 日

妈妈的 999 封情书：

妈妈非常希望你在学习阶段多付出汗水，培养足够的能力，将来不必受生存之苦

亲爱的女儿：

今天有件事情让妈妈一直处于自责之中。我自己一个人在办公室里的时候，有人敲门，是一个小伙子来推销擦鞋的产品。不知道是因为我胆量小，还是对推销习惯性地抵触，我本能地拒绝了他。可是他还是非常热情地给我展示，当时我真想买了产品让他快点走，不是因为他的热情受到感动而是心里有些害怕。恰巧这时候，同事来妈妈这里，结果我们一起拒绝了他，这事就结束了。

可是后来，当我了解到这是一个勤工俭学的大学生后，妈妈忽然就很后悔，后悔没有买下他的产品，给他一份鼓励。妈妈就想，如果是我的女儿、我的学生在辛辛苦苦地做社会实践活动，或者就是一个家境困难的孩子通过自己的努力来改善生活境遇，那么妈妈就错过了一个鼓励和帮助他人的机会呢！

同时，妈妈在自责里也深深地体悟到：在青春时代依靠耐心的说服，他人的善良、同情或者感动来锻炼自己是历练和成长，但如果一生都依靠这些的话，将是多么可怜。因此，妈妈非常希望你在学习阶段多吃些苦、多付出汗水，培养足够的能力，这样将来就不必受生存之苦，不必为衣食发愁。

我在做班主任的时候，一直告诉学生们：“**将来老师希望每一个女孩子**

都能自食其力，希望每一个男孩子都能够有足够的能力让心爱的人儿衣食无忧。”这是妈妈从最真实的生活中走过所获得的人生体悟，也是妈妈总希望你能在有精力的时候，多学习、多考一些相关的资格证书的最真实的用意。不管是做一个好的老师，做一个好的翻译，还是做一个优秀的导游，你要知道：舞台不需要多大，我们也不需要多大的光环，在自己的小舞台上跳出属于自己的美丽身影，展示最好的姿态，自得其乐，衣食无忧，就足够了。

和你说说以后，妈妈的心情好多了。真的很佩服那个男孩子，相信他通过这样的锻炼所积累的表达力、忍耐力和抵御挫折的能力会让他的生活越来越好，真心地祝福他！妈妈其实也非常希望你能多参加学校组织的类似活动，你也非常需要锻炼这些能力，尽管妈妈心里很不舍得。

进入期末复习阶段了，记得要吃好早饭，晚上不要熬夜啊。对于文科的考试，期末复习能产生非常明显的效果，加油宝贝儿！

爱你的妈妈

2013 年 12 月 18 日

妈妈的999封情书：

每一个女孩子的内心都渴望一个宠爱自己的幽默又可爱的父亲

亲爱的女儿：

明天就是2013年的最后一天了，自从那天在网上看见《爸爸去哪儿》节目组的爸爸们给自己宝贝写的信，妈妈感动之余就一直想给你写封信。妈妈特别喜欢心里涌动着的情感，顺着妈妈的指尖自然流淌的那种感觉。可惜期末的工作总是有些忙乱，所以一拖再拖。

记得在青岛的时候，你们宿舍的女孩子在自己的电脑上看《爸爸去哪儿》这个节目，笑得前仰后合的，妈妈在你的邀请下和你一人一个耳机看了“爸爸大变身”的那期。妈妈知道，每一个女孩子的内心都渴望一个宠爱自己的幽默又可爱的父亲。其实妈妈想告诉你，很多事情你可能都记不得了。在你小的时候，虽然爸爸没机会像节目里的爸爸那样带你去旅行，但是留在妈妈记忆里的那些温馨和爱与节目里是一样的，都让人感动。

你还没出生的时候，妈妈非常希望你是儿子，所以你出生后妈妈内心里有着些许的失落。但是，爸爸对每一个来看望你的朋友和亲戚都兴致勃勃地说：“看看，我女儿漂亮吧？”好多年后，彭姨还津津乐道这件事，说你爸爸哪里是在问啊，明明是逼着人家夸自己的宝贝儿呢！你六个月的时候，我们回到自己的家。每天晚上，不管有多晚，不管是几次，只要是你要喝奶了，妈妈就将爸爸推醒给你冲奶，最频繁的时候，你竟然一个小时就醒来一次。

我们感觉好像是眼睛刚刚合上，就又惊醒了。我们当初考大学的时候，也没这么辛苦过啊。

宝贝儿，回想起来，爸爸妈妈那时候才24周岁，就像你茗茗姐现在那么大。你爸爸那时虽然有点贪玩，但每天清晨抱着你下八楼再上到华子奶奶家的六楼，中间还要经过几十级台阶，并且从未因为任何事耽误接你送你。

自从妈妈做了班主任后，每天很累，哄你睡觉的时候总是不耐烦地发脾气，后来陪你睡觉讲故事的任务就交给了爸爸。妈妈现在都还记得他给你编的小猴子上树的故事，只是遗憾当时没有把细节记录下来。爸爸讲得特别有意思，而且每天随着他的心情，小猴子一路遇见的小动物和经历的事情都不一样。我感觉自己好像就是从那时候开始发现爸爸原来是一个非常有责任心，而且有才、有趣儿的男人。

要是你看看你小时候的相片，看看爸爸和你疯闹的时候他脸上洋溢的那份笑容，你就知道爸爸对你的爱了。爸爸下雨天一手打着伞，一手抱着你，带着你看雨滴，哄你到破涕为笑的那份宠，绝不比电视里的爸爸少。其实，有一天等你做了妈妈，就什么都懂得了。只是妈妈看了这个节目后，心里忽然涌起这些话，想和你说说。

难忘的2013年过去了，明天妈妈给你看看我的2013年年末感悟。妈妈希望你以后每一年过去也能盘点一下这365个日子留下的点点滴滴。**妈妈喜欢文字，喜欢美好的情感通过这些小精灵留下印痕，这样我无论多么老，都能找到过去的那个自己，从而更加充满力量地好好生活，好好爱！**2014年，要加油哟，宝贝儿！

爱你的妈妈

2013年12月30日

妈妈的999封情书：

健康地活着就是世界上最幸福的事，每一天都要珍惜

亲爱的女儿：

昨晚通电话的时候，还以为就只是情绪的小问题引起的不舒服，今天因为你考试就没和你联系。你忍着疼痛和不适坚持考完试，还在空间写了感受，但妈妈却没有及时看到。一直到五点多，你打电话给妈妈，妈妈才知道你的情况。妈妈这一会儿的心慌意乱，让妈妈知道女儿的健康和快乐是多么重要。妈妈也再一次生发出对你的感谢，半年来，你的独立和坚强超出了爸爸妈妈的想象，你真的很少让爸爸妈妈操心和惦记。

我知道其实你很想考出好成绩，因为妈妈提出过关于成绩的要求。可是女儿，妈妈想让你知道的是，**一切成绩和证书都是督促自己努力上进，为自己的未来积蓄能量的手段。只要你真正地尽力，在平时付出了，那么就不用在意结果是否如自己的意。**很多事情是我们不能完全控制的，比如说身体的状态，有的时候出现一些突发的状况是很正常的。不会危及生命，依靠自己的免疫力能够解决掉的都是小问题。

昨天妈妈在看朝鲜歌舞时，总是想要是大女儿在这里看看就好了，等以后有机会妈妈和你一起看。明天就周一了，大女儿周四就回家了。今晚好好睡一觉，第二天，睁开眼睛醒来，你会发现一切都是那么好，不难受了，一切都恢复正常了，唯一变化的是更加感恩健康、珍惜生命。对吗，大女儿？每当妈妈生病后第二天醒来，妈妈都在心里对自己说健康地活着就是世界上

最幸福的事，每一天都要珍惜！宝贝儿，加油！强烈地赞一个，赞我坚强的女儿！

爱你的妈妈

2014 年 1 月 12 日

妈妈的 999 封情书：

你独立生活的能力越强，自己给自己的快乐就越多

亲爱的女儿：

昨天晚上九点多，你才回到宿舍，一路疲惫，连午饭和晚饭都没吃上，但是你给妈妈打电话的时候却能非常平静地描述这一切。妈妈想起半年前我们送你去青岛，同宿舍的姐妹们住进去三个人了，只有你和小石两个不听爸爸们的劝阻，执意央求和妈妈在宾馆再住一晚才回宿舍。

女儿，你看半年的时光给了你多少成长。半年前，妈妈一滴眼泪没掉就和你分离，半年后，在这里回忆起来，却情不自禁地涌出眼泪。天下的每一个妈妈也许都是这样地爱着孩子——孩子依赖的时候盼望着孩子独立，孩子真的独立了又千般万般地不舍。

昨晚回家就遭到了奶奶的批评，她竟然破天荒地严厉地说我不帮你收拾箱子。妈妈没有生气，知道那是奶奶爱你的方式。可是妈妈觉得自己这么做是对的，你看你这次完全是自己收拾了要带的东西，尽管有一点遗落，但是都不是特别重要的东西，而且到了下次你一定就会提前做个备忘录，养成提前计划的好习惯。了解自己的慢性子，安排时间的时候打好提前量，这样就永远都是虽然我慢，但是我一定来得及。就像你这次赶火车，很多认知都是我们的想象，除非你自己去体验。

这个假期，应该是从你记事起我们俩在一起黏腻时间最长的一次，好多年没听见你又像小时候那样在我的耳边甜腻腻地说“妈妈，我喜欢你”，好

多年没有像你小时候那样傻呆呆地看着你的小模样，越看越欢喜了。妈妈仍然偶尔会为你的慢性子而心急火燎地生气，但是总是分分钟就被你抓住小辫子——“你错了没？怎么保证的？”我怒吼一句“我错啦”，然后我们和好如初。这样和你在一起的时候，总感觉我们是姐妹。现在常常想起你小的时候，你喊我“妈妈姐姐”，我叫你“妹妹妈妈”的样子呢！

女儿，你知道吗？你对我说学校里的水刺骨冰凉的时候，妈妈多想让你永远不受那样的苦。可是，如果没有那样的苦，可能你永远都不会体会到回到家的时候那种好像进入王宫一般的温暖。

爸爸妈妈其实很享受这个假期我们“三只小猪”或坐或躺在沙发上，一起看电视剧，一起看《非常完美》的温馨，但是时光永远不会为我们的不舍而停留。你要有自己的生活，现在就是你为未来的幸福生活储备知识、储备智慧、储备能量的最好时期。很多事情当时你自己是无法意识到意义的，就像你不一定看得见自己每天的成长，可是每次和你分离后再相见，爸爸妈妈都能为你的变化而感动和欣喜呢。

所以，**宝贝儿，永远记住现在所吃的每一点一滴自己能够承受的苦，将来都会成为礼物，等在你人生的某一个路口给你惊喜**。所谓越努力越幸运就是这样，你独立生活的能力越强，自己给自己的快乐就越多。你送给妈妈的赞美里我最喜欢的就是，妈妈是一个和谁在一起都会幸福的人儿。妈妈希望你也一样，将来**做一个可以给自己幸福的人，这样当你找到相亲相爱的伴侣的时候，彼此的爱才永远不会成为负担，而是分享和成长**。

今天你的小云姐姐订婚，妈妈参加完订婚宴，又和大姨、四姨、五姨一起去看了电影《北京爱情故事》，然后又回姥姥家陪伴姥爷。这真是一个非常愉快的周末。妈妈现在的生活目标就是快乐健康地活着，能有多老就有多老，那样我就可以多多地让女儿有妈妈的陪伴和牵挂。你知道吗，你的在意和每一个对妈妈的小心愿，妈妈都非常在意。自从你给妈妈准备好化妆包，还说希望我老了的时候也要漂亮之后，我每天都坚持着在自己的脸上涂涂画画呢！妈妈还和年轻的老师以及你茗茗姐积极学习网络上的新事物，因为我要积极主动地跟上你的脚步呢，和你一起成长，和你一起加油！

亲爱的女儿，一定要坚持喝牛奶，吃水果还有早饭哟！把自己照顾好了就是对妈妈最大的关心，拜托你一定要善待我的公主，不许随便诋毁她，好好关照她的胃，不许影响她的心情。你要经常对她说积极乐观的语言，经常让她和充满悦能量的人在一起。好了，就不啰嗦了，晚安，做个好梦！

爱你的妈妈

2014 年 3 月 1 日

妈妈的999封情书：

不要把时间耗费在犹豫和纠结中

亲爱的女儿：

时光飞逝啊，一转眼离上次给你写信竟然过去了近二十天。新的学期开始了，如果说大一上半年的主题是适应的话，那么大一下半年的主题是什么呢？我和你心中肯定有不同的回答，妈妈把自己的想法和你分享一下，也是我的一份建议。

我觉得真正的大学生活从这个学期就应该是正式开启了，开启之后就要有目标，而**一个人要真正知道自己到底要的是什么，其实是非常难的，所以要努力寻找和追求，并且越早确定越好**。我觉得大一下半年的主题是寻找和出发，要通过各种活动和课程了解自己的爱好和特长，了解自己心灵的需要和对未来生活的期许，并踏踏实实地为目标付出行动。

走过青春以后，妈妈在大学毕业二十年的同学聚会上，才真正懂得大学到底给了我什么。虽然那时候学的很多知识在现在的工作中很少用得上，但是那四年大学生活里，我通过锻炼获得的独立生活、独立思考的能力，在为他人服务的过程中所培养的自信和宽容，以及宿舍里的姐妹们、班级里的兄长们给我的关爱等这些看似无形的东西，陪伴了我，滋养了我，让我在后来的工作生活中能够继续成长，逐渐成熟。

我想大学里的很多孩子会逐渐明白——**高中时期辛苦而枯燥、充满竞争压力的生活不会压垮一个人，但是大学里没有目标的茫然失措绝对会让一个**

内心脆弱的人浑浑噩噩地陷入深渊。高中时期是一个心中有确定的目标和梦想的时期，对一个方向明确的人来说，一切困惑和困难都是暂时的，因为他心甘情愿地为此付出辛苦和汗水。

女儿，你从小就是一个有梦想的孩子。妈妈始终抱有一个信念，那就是只要你真的想，并为此始终在努力，那么走到最后所有的梦想都会变成现实。最好的结果之所以暂时还没出现在你面前，那是因为没有真的到最后。

妈妈想对你说的是，多么美丽的梦想都要依托实实在在的现实。现实里，没有完美，所以我们要一点点地去接近完美。在这个过程里，首先就是要悦纳自己，对自己充满信心。要坚定地相信，独一无二的我会越来越好。所以，再**不要把时间耗费在犹豫和纠结中，无论是选择还是做事，选了、做了，那就是我的责任，我的作品。我的作品是不是最美，这是没有唯一的标准的，这取决于你的心态，取决于欣赏者的态度。**

这个学期，你选了很满的课程，并有意识地学习放开自己，让自己大胆自信。而且，你还能主动地学习管理自己的情绪，这多好啊，这都是为了以后那个独立、自信、阳光、幸福的美丽姑娘在努力呢。无论是网球课、小提琴课还是舞蹈课，都将让你的身体和心灵发生潜移默化的改变，都是让你学会关爱自己的课程。

妈妈希望你每天都快乐积极，珍惜自己的幸运，在努力学好专业课程的同时，把自己的时间都这样合理地安排利用好。要减少一切消耗生命的无谓的烦恼，在空闲的时间里寻找自己的小确幸，比如为自己涂上漂亮的指甲油。终有一天你会发现，原来你拥有的那些心灵品质和性格特征，才是世界上最珍贵的宝藏，一生享用不尽。

你杜鹃花姨在这次生病期间，再一次生出对健康和平常日子的珍惜之心。妈妈希望你也能从这件事上进一步知道健康的重要性。你要坚持自己的好习惯——喝热水、热汤，每天吃水果、蔬菜、肉和蛋，还有晚上记得喝牛奶。

少熬夜，多锻炼。妈妈从今年初开始每天和奶奶一起吃苹果，现在一直坚持得很好。我还固定了吃红枣、苹果、酸奶的时间段，分别在早中晚。早晨的热粥里也加了黑芝麻、黑米、黑豆、燕麦，只是简单的改变，却每天都关爱了自己和亲人。你的每一点一滴对自己的照顾，都是对爸爸妈妈的爱。每天听见你开开心心地笑着，妈妈心里就充满了甜蜜和幸福，就可以放心大胆地过我的“小滋”生活了。最近妈妈每天和爸爸一起看《父母爱情》呢，等我看完了写篇观后感和你分享哟！

一不留神就啰嗦了这么多，妈妈好担心自己也会在变老的过程里，变成爱唠叨的妈妈啊，那可怎么办呢？

爱你的妈妈

2014 年 3 月 19 日

妈妈的999封情书：

那只小猪在妈妈的心灵里代表着你，妈妈每天戴在脖颈上，每晚默默地祝福你

亲爱的女儿：

今天早晨起床，妈妈忽然发现从你走后就天天戴在脖子上的小玉猪不见了——红线绳还完好地在妈妈脖子上呢，就是小猪猪不见了。你知道，那只小猪在妈妈的心灵里代表着你，妈妈每天戴在脖颈上，每晚默默地祝福你，尤其是你不开心、不舒服的时候，妈妈都会对着小猪说说念念呢。

我大惊，在床上翻找，结果一眼就看见小猪安静地躺在妈妈的枕头边呢，真是虚惊一场啊。我非常奇怪的是，哪里都没坏，为啥就掉了下来呢？最后妈妈给自己的答案是，你有了独立生活的能力，妈妈可以不用每天为你担心牵挂，可以自由自在地做妈妈喜欢的事情啦。想明白这点后，妈妈那个开心啊，赶紧戴上了一个新的小葫芦项链，臭美着上班去了，并且非常急切地和你分享这个好消息呢。妈妈现在又像从前一样，把小玉猪挂在台灯上，她每晚和柔和的灯光一起陪伴着我。

女儿一天天地长大，真好啊！爸爸为你总是不理他，很是伤心呢，你记得要关心一下他，安慰一下他受伤的小心脏啊！这么短的篇幅，可以吗，女儿？这封信是专门给你看的，没有和爸爸共享，好不？爱你，宝贝儿！加油，大女儿！

爱你的妈妈

2014年3月21日

妈妈的999封情书：

在年轻的时候，一定要给自己机会去冒险、去爱、去旅行

亲爱的女儿：

在这个清明小长假，你上大学以来第一次出去度假，你们班级也第一次举行大型集体活动——去海边吃烤肉。每当你和妈妈说起你的大学生活的点点滴滴，妈妈总会情不自禁地想起自己当年的样子，回忆起那些闪闪发光的日子。真的感谢女儿，因为有你，让我有了重温的机会。因为未来还那么远，所以青春里的你们不会像妈妈现在这样体会到时光的可贵。没有后来琐碎日子里责任和压力的折磨，你们也很难现在就体会到大学时光的宝贵。妈妈在这里的说说记记，也只是一份纪念和善意的提醒而已。

时光，就是我们的生命。所以，**在年轻的时候，一定要给自己机会去冒险、去爱、去旅行，去做自己以后很少有机会做的事**，要避免把时光消耗在网络上的无聊信息和八卦新闻上（这是八十岁以后做都不迟的事儿）。你要给自己一个约束，比如什么时间开电脑，平时怎么利用手机。这无论是对眼睛还是心灵，都是非常有益的。除了学习和读书之外，要舍得把时间用在和小伙伴们交流和出游上。

大学同学中的很多人，在四年之后一转身，往往就是一辈子都没机会再见。**珍惜你们之间短暂的兄弟姐妹般的情缘，互相帮助，互相鼓励，多多地走出宿舍，在图书馆停留，在大自然停留，在彼此的关爱与互动中停留。**

又一次战胜了感冒，并独自度过了妈妈不在身边的假日，你又长大了，

祝福你，宝贝女儿。不多说了，以后尽最大可能言简意赅地抒情，坚决做不唠叨的妈妈！

爱你的妈妈

2014 年 4 月 7 日

妈妈的999封情书：

妈妈为你在作文里流露出来的对妈妈的赞美和爱而特别感动、特别幸福

亲爱的女儿：

今天妈妈在从前的博客上看见了你2008年写的作文，妈妈为你在作文里流露出来的对妈妈的赞美和爱而特别感动、特别幸福。这篇作文可能你都忘记了吧，和你分享一下。妈妈现在很多事情都受你的影响呢。今天刘老师也下了戒烟的决心，并正在努力付出行动呢。美好的人总是会慢慢地影响自己身边的人，这样的感觉真好！妈妈每天都为将来成为让你骄傲、给你省心的母亲而加油呢！让我们在不同的地方，做好自己，每天都好好成长，为爱加油！

爱你的妈妈

2014年4月13日

难忘的启蒙

记得我小时候，妈妈很忙，她就像一只忙碌的小蜜蜂天天为她的学生们飞来飞去，但是她还是尽量抽出时间陪我，更给了我难忘的启蒙教育。

童年的很多事情我都忘记了，但是妈妈陪伴我练琴的情景还经常浮现在我的脑海中。那时候，我学电子琴，妈妈就坐在我身边听我弹琴。每当遇见

困难，不想坚持的时候，妈妈就说："你专心，我耐心，心心相印，永不分离。"然后脸上露出甜蜜的微笑，看着我。她的话语总是给我力量，鼓励着我坚持，鼓励着我前进。

妈妈不仅在学习上给予我克服困难的勇气，她的一言一行更在我幼小的心灵里播下美好的种子。有一次，我在姥姥家写作业，姥爷在床上看报，这时候妈妈端着一盆热乎乎的水进来了，要给姥爷洗脚。姥爷一看，连忙说："不用不用，我自己洗吧！"妈妈笑着说："我给您洗，让您好好享受。"一边说一边帮姥爷脱下袜子，蹲下来认真地给姥爷洗起来……这一切，作为女儿的我看在眼里，记在心里。我知道，那一刻姥爷一定特别温暖。将来，我也一定要像妈妈一样孝敬父母，关心老人。

我的妈妈虽然平时和我在一起的时间比别人的妈妈少，但是她却用自己的言行影响着我、教育着我，让我知道将来也要做一个热爱生活、认真工作、与人为善、孝敬父母的人。这不正是妈妈给予我的深刻而难忘的启蒙教育吗？

幸福就像春天海大校园内的玉兰花儿一样绽放！

妈妈的999封情书：

平淡舒服的生活最容易磨灭自己曾经的激情和梦想，你的梦想，还在吗？

亲爱的女儿：

阳光正好，微风徐徐。学校的校园湖湖面上亮晶晶的阳光在跳跃着舞蹈，一切都是那么美好、宁静，让妈妈情不自禁地想起你，想起我们曾经一起度过的一千零一个日日夜夜。

还有几十天，就又到一年一度的高考，而你也将度过大一的时光。当大把的光阴都在你们手上时，你们可能就很难切切实实地珍惜每分每秒吧。青春是你自己独特的体验，妈妈说再多也没有意义。我只是通过你的成长再一次明确，**多么艰难的现在都会成为过去，而那些我们用心付出过的时光，一定不会辜负每一颗真诚的心，她一定会回馈给有爱的心灵最美好的记忆，装点着她的现在和未来。**

五一假期很快就到了，妈妈非常希望你能够提前计划一下。青岛是个美丽的城市，四年之中的假日要争取多和小伙伴们四处走走逛逛。2014年青岛世界园艺博览会在四月到十月之间举办，你们可以利用哪一个周末的时间去逛逛，劳动节期间可能人会比较多。

你也可以邀请高中的好伙伴们去你那里进行一次“小微”游。妈妈的大学生活有好多遗憾，比如，没有去海边游泳，没参加过大学的舞会，没有谈一场随心的恋爱。每一个人的生活中，都不可避免地会有这样那样的遗憾，但是在还有机会的时候，如果就有所了解、有所感知，还是要好过懵懵懂懂吧。

妈妈还想唠叨的就是大一马上要过去了，你要想想计划里要读的书是否已经读完，计划里未完成的心愿是否在努力地实现，每天是否都给予自己的身体和心灵以最健康的滋养和补充。**平淡舒服的生活最容易磨灭自己曾经的激情和梦想，你的梦想，还在吗？**

爱你的妈妈

2014 年 4 月 22 日

妈妈的999封情书：

妈妈为你高兴，为你每一点一滴的成长而开心

亲爱的女儿：

又有半个多月没有和你抒情了，今天妈妈收到了你的精神礼物——你特意为妈妈拍照，在照片上写上甜言蜜语，妈妈感觉特别开心。还有就是前两天你发的上台演出的微博，让妈妈想起你小时候学习拉丁舞，参加表演赛的事。当时你和你小云姐姐都在现场跳舞，可是妈妈的眼睛情不自禁地就转向你，不由自主地围绕着你旋转。那时候妈妈才真正理解了妈妈对你和对学生的区别，也真正明白了世间很多妈妈的心。

在你的成长里听见自己生命的呼吸，在你的飞翔里看见自己梦想的延续，这是妈妈曾经对学生说过的话。如今妈妈才更深地体会到，最真实、最直接地让我感受到生命的呼吸和梦想的延续的人就是你，我的女儿。

你的小云姐姐竟然已经要做妈妈了，她怀孕了。那天她说，原来做妈妈这么不容易。其实这只是一个小小的开始，相信她随着日子的流逝，才能真正懂得其中滋味吧。

这个母亲节，我作为妈妈的女儿，也作为女儿的妈妈，感觉到非常幸福和满足。你对自己的小小挑战——试戴隐形眼镜，竟然也挑战成功了。**每一个小小心愿的实现都值得祝贺，妈妈为你高兴，为你每一点一滴的成长而开心。这就是你送给妈妈最好的礼物——你快乐、幸福、健康、充实，每天，每天！**

爱你，感谢你，亲爱的宝贝儿！有这么贴心懂事、美丽聪明的女儿，真的好骄傲哟！

爱你的妈妈

2014 年 5 月 11 日

妈妈的999封情书：

没有完美的人，却完全可以有最美的关系

亲爱的女儿：

昨晚爸爸出差回来了。我和你聊着有关感情的话题，有一点点兴奋，以至于晚上竟然很晚才入睡。妈妈很多时候还感觉自己处在二十几岁的状态里呢，一转眼我的女儿都到了探讨爱情的年纪。我们的话题也让我思考一个问题——什么是优秀的男人。

那些完美的男人大多数都存在于妈妈那个时代的琼瑶小说里，你们这个时代的韩剧里。其实，从男性的生理特征和男性所承担的社会压力来看，我认为男性的弱点要远远地多过女性。

一个优秀的男人，要有责任担当，要有能力养家，还要有适当的幽默感，这些让他们承受得太多，所以他们内心的压抑也多。因此，往往在家庭里，在自己最亲近的人面前，男人反而需要更多地被包容。妈妈认为，**年少时期的很多爱其实是来源于我们内心对爱情本身的幻想，是我们将自己对爱情的美好期待都投射在一个人身上而产生的结果**。而生活里最真实、最可靠的爱情，是必须经过岁月的打磨的，只有如此才能让你真正了解这个人是不是你的真爱。

每个人对爱都有自己的理解，所以爱情观千差万别。妈妈希望你能形成属于你自己的价值观。有一点妈妈想提醒你，**在选择未来伴侣的时候，无论对方多好，你有多喜欢，假如他不爱你，那么你的所有付出都没有意义，因**

为你不能满足对方的需要，你的爱只是满足了你自己的需要。世界上所有的真爱都是相互的，需要在回应中生长。就像人们常说的男人天性里就喜欢追逐和奔跑，你都不给对方追逐和奔跑的机会，他轻易得到的也就同样轻易地会放弃。

亲爱的女儿，真爱你的人儿就在世界的某个地方等着你，你现在要做的就是努力完善自己，这样等你们有机会相遇成为伴侣的时候，他就会心甘情愿地为你奔跑，为你做任何事都心满意足，而你也将在这份爱里体会到幸福、满足和甜蜜。

没有完美的人，却完全可以有最美的关系。你常常说爸爸脾气不好，可是当年二十四岁那么贪玩的他成为你的父亲，从未因为自己的娱乐耽误了接你送你，他为你做的一切让我看到了他的责任感；舅舅那年来本溪，尽管爸爸不是很理解妈妈的那份怀旧之情，但是却热情周到地接待，他做的事情让妈妈体会到了他的胸襟和对妈妈的在意；还有，他对生活充满热爱，对工作积极上进……是这些，让妈妈愿意忽视他的缺点。而这些让妈妈爱上他的优秀品质，不是当初和他相遇的时候就了解的，是经过了岁月，经过了生活和相处，慢慢发现的。

岁月是世界上最神奇的魔法师。**我相信我的女儿，一定会越来越美丽，越来越自信，一定会和妈妈一样，找到自己的幸福并好好把握自己的幸福。**在等待的日子里，静下心来，好好沉淀，多多读书，努力学习，将来有个好工作。一个人的时候把自己的日子过得有滋有味，自然会吸引到世界上最好的（那个最适合你的就是世界上最好的）男人来到你身边，一生陪你忧伤，陪你欢喜。

爱你的妈妈

2014 年 5 月 23 日

中国海洋大学校园春天盛放的樱花，就像女儿的青春一样美好。

妈妈的999封情书：

多么完美的梦想都要通过点点滴滴的行动才能变成手中紧握的真实

亲爱的女儿：

昨晚打电话的时候，听见你气喘吁吁地和妈妈说话，你不知道妈妈有多开心——虽然只是小小的跑步，但是这代表着行动和开始，代表着你对未来的付出。多么完美的梦想都要通过点点滴滴的行动才能变成手中紧握的真实。健康的身体，坚强的心灵，以及扎实的知识功底，不断学习的能力，这些都是你日后承担责任、实现价值的必要储备。妈妈为你终于开始理性地考虑未来而感动。成长就是这样，看起来仿佛是一瞬间，其实是从前的你的一切付出的累积。

妈妈还很感动的是，你总是很在意妈妈的想法，你的内心里始终希望你的选择也是妈妈所愿，希望你是妈妈的快乐和骄傲。妈妈想让你知道，现在的你已经让妈妈非常满意和知足了，之所以希望你继续读书深造，一方面是感觉你有足够的能力可以做得更好，另一方面是希望未来的你更加自在从容。其实除了这些之外，还有妈妈对你的小宠爱呢，不知道你是否能体会到。一个人念书求学的时光是一生当中最幸福、最轻松的时光——不用为经济担忧，不用为责任发愁，还可以任性地风花雪月而没那么多世俗的眼光围绕。妈妈希望尽可能多地让你享受那样的好时光，而且爸爸妈妈也有足够的能力帮助你。无论你大学毕业后选择去北京，还是厦门，还是沈阳，还是首尔，你走到哪里，爸爸妈妈的支持就跟到哪里，物质的、精神的，都没有问题。

昨天你和珠姨的聊天给了你很多不一样的启发，希望你以后能经常主动地和一些良师益友说说你的想法。学习过程中有困惑的时候，你可以多多咨询陈伯伯和珠姨。当然有的时候，爸爸的想法也是很不错的。妈妈这个人，感性多一些。其实我也很矛盾，是不是我们之间的交流太多对你做自己并不是好事，但是我又总想满足你的倾诉需要，也不知道怎么做才是最好。谁让我只有你一个宝贝儿呢，我只能永远在学习中做妈妈。

自从你说让我多行动，少写虚幻的东西之后，妈妈都少了写情书的动力了。但是妈妈还是希望通过这样的方式，记录你成长的点点滴滴，这是我们母女之间，也是我们“三只小猪”之间拥有的共同的美妙珍宝。我很享受这份幸福和温馨，**希望有一天你在回忆青春时光的时候，这些文字也能成为你记忆的路标，带你来到一片充满爱的森林，呼吸最新鲜的空气，然后更有力量地好好生活，好好爱！**

爱你的妈妈

2014 年 6 月 12 日

妈妈的999封情书：

多么怀念，曾经“三只小猪”一起约会的日子

女儿，你还记得吗？

现在妈妈多么怀念，曾经“三只小猪”一起约会的日子。自从女儿上了高中，这样的日子就基本上停留在了记忆里。暑假的时候，女儿再陪伴爸爸妈妈一起去约会吧。

2014年6月19日

“三只小猪”的约会

周末，女儿忙碌着在各个学习班穿梭，她自己还形象地说是“烤串”呢！宝贝还有六年就要离开我到外地读书了，这么一想，她依恋我的甜蜜可能就是我的甜蜜回忆了。我应该好好珍惜三个人的好生活才是，所以答应她每个周末一定安排一次“三只小猪”的约会。

我们一起在肯德基吃完饭后，我去买做菜的材料，他们两个在小区的健身区玩。等我回来的时候，两个人已经笑得蹲在了地上，并且达成了宝贝下课后爸爸陪她练习自行车的协议。

下午两点，我系上围裙，变成了快乐的小主妇。我答应他给他做好吃的菜——美味炖肉。按照记忆和新浪博客里胖星的指导，我完成了所有步骤，

但忽然开始担心起来。我告诉他要晚一点才吃饭，这样他有强烈饥饿感的时候才能感觉到食物的美味。不知道偷偷掀了多少次锅盖，到五点多一点点的时候，肉熟了，心放下来了。有人说，这样用心用爱做出的菜即使不好吃，也不会差到哪里去。

晚上迷迷糊糊的时候，他问我："怎么这几天对我这么好啊？为什么呢？"原来美味真的起作用了啊，把我的甜蜜装进他心里了。

妈妈的999封情书：

一旦选择了，就坚信自己的选择是最好的

亲爱的女儿：

2014年7月15日早晨，目送你下楼。今天整整三天过去了，尽管这中间有那么多眼泪，那么多后悔，但是你已经度过了最困难的三天。万事开头难，为梦想付出辛苦不是想象的那么简单，所以能为梦想坚持的人并没有很多。

妈妈以前和你说过，只要自己真的想，并踏踏实实地付出行动，所有的梦想都会成为手中紧握的真实。然而，梦想和行动之间总是有这么大的距离。女儿，妈妈知道这次你克服困难、战胜自己的动力之一就是因为在意妈妈的感受，妈妈当然非常感动，更为你骄傲。但是妈妈更希望你通过这件事情学会为自己的选择负责——**选择之前怎么犹豫都不过分，一旦选择了，就坚信自己的选择是最好的。学会欣赏自己的选择，坚持自己的选择。世界上每一种选择原本就没有绝对的好和坏，我们最可以选择的是自己如何面对的态度和想法。**无论是对待工作还是对待爱情，这都是非常有益的思考方式。

这次回家，你的美丽大方让爸爸妈妈欣喜万分，你的懂事体贴让爸爸妈妈温暖幸福。尤其是看见你和爸爸融洽地相处，妈妈明白你终于开始理解爸爸爱你的心意了。爸爸因为我支持你做的选择而批评我，就是因为他心疼女儿，不舍得让你吃苦。其实妈妈何尝就舍得你吃苦呢？只不过是我总觉得现在所吃的每一点一滴自己能够承受的苦，将来都会成为礼物，等候在你的人生的某一个路口。妈妈是希望等你长大以后，你会因为经常收到这样的成长

礼物而更加自由幸福，所以才狠心地鼓励你走出去。希望宝贝儿明白妈妈的心意，相信女儿总有一天会真正懂得妈妈爱你的心。

好女儿，加油！妈妈为你的选择而欣慰、开心、感动，谢谢女儿！

爱你的妈妈

2014 年 7 月 18 日

妈妈的999封情书：

有些路只能自己走，有些情绪只有自己能化解

亲爱的女儿：

从暑假到现在，好久没有给你写情书了。昨天是中秋节，晚上忽然很想念你。恰巧你也在想念妈妈，打电话过来。我们都不记得去年中秋节的情形了，我便再一次想起我为你写的那些情书。也许我们将来都需要文字的路标指引着，才能回到记忆的森林。这片记忆的林子，可能暂时对你来说还不那么重要。不过妈妈坚信总有一天你会懂得，妈妈为你守护的这一片充满爱与美好的森林，会带给你美妙还有力量。

这个暑假送你去北京的时候你泪眼婆娑的样子，从北京回来的那晚你兴致勃勃地走在夜色里的样子，现在想来都那么清晰。妈妈感觉这份苦吃得很值，因为从此妈妈知道原来我的女儿无论是承受能力还是适应能力都很强，同时你也明白了梦想和现实之间确实有着很长的距离。年轻时的很多想法在落实的时候总会有这样那样的问题，但是我们的每一份经历都是一份成长。

在成长的关键期，只要将时间用在学习和体验上，都是会有意义的。这是妈妈一直坚信的信念。某些信念一旦确立，会给予你无限的力量，支持你不断向前。妈妈能赠予你的也就是这些以后能帮助你的好的习惯或者想法。比如，**看人看事多看优点，悦纳自己和他人的不完美**；比如，**所有的付出都将化为成长的礼物，必将在人生的某个路口给予你馈赠。**

妈妈高兴地看见女儿现在已经慢慢地将这些想法或者习惯变成了自己的

思维和做事习惯。这次假期回来，你不仅和爸爸相处融洽，还特别能理解爷爷奶奶，特别关心姥爷姥姥，而且你现在有了强烈的培养自己的意识，想要多学习、多经历、多体验，妈妈真的很为你高兴。无论将来从事什么工作，下面这些能力和素养，如文字表达能力，与人沟通的能力，肯于吃苦、承担责任的意识，还有一定的专业知识，都是非常必要的。

妈妈希望你能够有意识地通过多读书、多写字、多交往、多出游锻炼和培养自己，记得自己是最宝贵的矿藏，你是美玉，最好的雕琢师就是你自己。妈妈真的感觉自己力不从心，鞭长莫及了，你大了，能给予的指导其实越来越少，妈妈也怕总是给你建议会影响你自己的判断。我亲爱的大女儿，无论爸爸妈妈多爱你，无论将来你的爱人多爱你，有些路只能自己走，有些情绪只有自己能化解。因此，大二了，妈妈希望宝贝能够更多地了解自己的内心，明确自己的想法，每天都为自己吸收正能量，为未来储备更足的能量，要加油哟！

又啰嗦这么多呢！记得每天吃大枣、牛奶还有水果哟，还有每天尽可能少在宿舍，宿舍空气不流通，要多出去走步，这是最好的锻炼方式。爱惜身体就是对爸爸妈妈最好的爱。今天我给唐红阿姨打电话，听她说到你陈伯伯身体的变化，妈妈的眼泪难以控制地涌出来，那种心痛和不舍太让人难过了。**无论怎么样，健康的身体是爱的发动机，我们每天都要为自己、为家人呵护这个机器，为她加油、保养。**

女儿，你是如今的妈妈好好生活的最大动力，我们都要为爱加油哟！妈妈也会照顾好自己，每天都开心，让你放心，让你知道无论有多么老，都有值得我们幸福和快乐的足够理由！

爱你的妈妈

2014 年 9 月 9 日

妈妈的999封情书：

是金子，什么时候、在哪里都能发出自己的光芒

亲爱的大女儿：

昨晚你哭着和妈妈打电话，让爸爸妈妈都感觉好心疼。爸爸虽然情绪也不是很好，却还是温和地和你道歉，原因只有一个，他很爱你，舍不得你难受，看不得你流泪。等你做了父母，你就懂得了这份爱里藏着的那些珍宝。妈妈再一次明确地告诉你，当时没有支持你重新读高三，是妈妈觉得那样的经历一次足够，没有必要再经历同样的煎熬。是金子，什么时候、在哪里都能发出自己的光芒。考大学虽然是重要的一步，但是决定我们命运和人生走向的权力永远都在我们自己手中。

只要心中有梦想并付出行动，学什么都能学好。困难和不如意就同快乐幸福一样，它们都稳定地以不同的形式出现在我们的生活里，从而形成波动的曲线。现在是这样，以后也是这样。妈妈相信，睡了一觉醒来，你就会像郝思嘉一样，坚信明天一定是更美好的一天。妈妈还是再一次希望你能多读些书，**书籍里的一些人物虽然是作家想象出来的，但是都来源于生活。一旦他们被创造出来，就有着和真实世界里的人物一样的灵魂和力量。**正是这份力量给予我们的心灵和思维一定的影响。余华的《活着》、路遥的《平凡的世界》，有机会你尝试着看一看，看看自己的心灵是否会受到震撼。

亲爱的女儿，十一长假如何度过，妈妈将绝对听你的安排。无论你是回家还是出游，妈妈都坚决精神上支持，行动上配合，唯一的要求就是你早点

定下来，早点告诉妈妈，好为你服务。大女儿，美丽的一天从快乐的清晨开始，妈妈为了让你高兴，一大早就给你写情书。也许妈妈并没有说到你的心里去，也许妈妈总是没有找到让你满意的劝导方式，但是你总得承认妈妈爱你的这份心吧。这么多年来，只有写给你姥爷还有你和爸爸的文字，能如此顺畅地在我心中流淌，就是因为你们都已经深深地住在了我的心灵里，我每天都有那么多的话想和你们说。

爱你的妈妈

2014 年 9 月 15 日清晨

妈妈的 999 封情书：

你在语言、情商和创造力上都有着一般孩子不具备的潜能和优势

亲爱的女儿：

在杭州分别后的几天里，怎么感觉你好像又长大了好多呢？看来适当的出发真的会丰富你的经历，给你更多的心灵营养和能量呢。最明显的变化是，你又开始了新一轮的动力火车加速运动了，想趁着年轻多学习点知识，多参加点活动。这真的很棒，这也是你的特别好的习惯——不断地完善自己，追求更好的自己。其实，妈妈年轻的时候也一样，因为对自己的某些方面不自信、不满意，所以拼命地成长。当你不断地通过自己的努力，终于有一天，对自己的生活和状态基本满意的时候，你自然就悦纳自己、相信自己了。

昨天晚上，妈妈再一次犯了性格急躁并在你面前毫不掩饰的重大错误，而我的大女儿，非常宽宏大度地原谅了妈妈。真心地感谢宝贝儿。你的好性情是你巨大的优点之一，这一点你比妈妈强，希望你能够一直保持优雅淡定的性情，轻易不暴跳如雷。当然，你一旦忍无可忍爆发了，就会小兔子变小狮子，拥有把对方一下子吓傻的那种气势。这一点你可能像姑姑，妈妈也要向姑姑学习。

我感觉自己已经有了些许的进步，也越发感觉到你爸爸的优秀品质，这让我愿意忽视他偶尔的小脾气。昨天，妈妈陪姥姥姥爷出门，爸爸就特意从单位跑回家接他们。要不是爸爸去了，我们就不能在太子城广场转转，拍到

好看的相片。姥爷昨天吃了两个地瓜饼，三个小蒸饺，还喝了不少酒。妈妈记得爸爸每一点一滴的好，这让我更快乐、更幸福。这一点应该是妈妈的优点，希望你也一样。事实上，我的宝贝儿在这些方面始终做得非常好。

你问妈妈你的优势在哪里，妈妈认为，你在语言、情商和创造力上都有着一般孩子不具备的潜能和优势。妈妈看好你，对你充满信心。而且你越长大，这份优势将越会在你的生活里给予你创造幸运和美好的机会。

心中常怀美好期待，真心付出爱与真诚，自己就总是和幸运美好在一起。这么多年来，每次出行，老天都能感受到我的诚意，每一次都以非常好的天气配合我。这就是真实的例子。好好爱自己，好好爱生命。

记得每天上午吃点妈妈邮寄的桂圆干和红枣，午后吃水果，晚上喝奶，这样就保证了营养搭配的均衡。妈妈希望看见你脸上红润的样子，要加油哟！还有别忘记我们的约定，十二点再不睡，穿水晶鞋的公主就变回灰姑娘啦。好习惯，是一辈子的财富，按时睡觉，管理自己。

爱你的妈妈

2014 年 10 月 12 日

妈妈的999封情书：

幸福的决定权在自己的手上，在自己的心灵里

亲爱的女儿：

从周日开始你就纠结于一些选择题——去不去韩国交流，去哪一个学校交流，是去半年还是一年。对还没有明确想法的你来说，要做出选择的确很难，妈妈非常理解。

但是妈妈欣喜地看到，这一次你明显更加淡定和从容了，犹豫和纠结也少了很多。其实，这原本就是一次黑裙子和白裙子之间的选择，是为你增添靓丽的一次决定，不会影响到人生的大局，怎么选都是对的，怎么选都需要你自己给她增添实质的内容，主导权都在你自己的手中。

宝贝，你对妈妈的赞美里我最欣赏、最感动的是——“妈妈和谁结婚都会幸福”。这是让妈妈很享受的一份鼓励，同时妈妈也希望你明白，幸福的决定权在自己的手上，在自己的心灵里，自己拥有了让自己幸福的能力，自然会吸引优秀的伴侣和你分享幸福、创造更多的幸福。

最近几天，妈妈感觉到有人陪伴你上自习，送你回到宿舍楼前，让你感觉很快乐。青春众多的美妙感觉里，这就是其中不可缺少的一部分。**享受这种单纯的、懵懂的幸福吧，但不要有太多的期待，一切随缘，顺其自然，最好。**妈妈非常喜欢和你分享这一切，随时给妈妈打电话或者留言哟！

既然做出了选择，剩下的就是怎么让这次选择更丰富、更有意义。所以，爸爸妈妈希望你能开始为此做准备，尽可能地加强韩语的听力和口语，适当

地多和小金联系，打电话或见面都行。要有意识地和她多用韩语交流，为自己适应韩国留学生活而做准备。

一想到我的樱桃宝贝儿要出国留学，我这曾经充满梦想的一颗心就激动雀跃呢！活在中年真美，前有接近八十的健康长寿的老母亲，后有芳龄二十的如花似玉、聪明好学的女儿，我感觉自己好幸福。感谢女儿，这份幸福里有你对我的深深的爱，还有你的美好成长的每一天！

爱你，宝贝儿，加油！

爱你的妈妈

2014 年 10 月 21 日

并肩站立，双手相牵，有一个女儿是我的闺蜜，真的很幸福！

妈妈的999封情书：

你越长大，妈妈的牵挂反而越长

亲爱的女儿：

你上大学一年多了，妈妈第一次因为接不通你的电话而坐立不安，也第一次给你的大学同学发信息“寻人”。妈妈也不知道为什么，你越长大，妈妈的牵挂反而越长呢！可能终于有一天被你言中——你大大方方地把背影留给妈妈，妈妈在身后和所有的妈妈一样，一边笑着为你高兴，一边无限失落。但是，妈妈相信，女儿永远是妈妈最贴心的小棉袄，总会体谅到妈妈的心思。以后一定要记得妈妈的嘱咐，每晚回到寝室和妈妈及时说晚安。如果没事不用打电话说，就留言给妈妈报平安，说晚安。

女儿，这次你去办护照，是你独自在外办的第一件大事，妈妈必须给你好好记录下来呢！我也再一次发现你真的是个有慢福的姑娘。当初，妈妈为你的慢悠悠，不知道让怒火焚烧了我的多少细胞啊，那些望着教学楼前的甬路期盼着你的身影的情景，如今想起来还历历在目。但是自从你参加自主招生和高考后，妈妈放心了。你虽然是个慢性子，但是大事上有原则，有坚持，而且有运气和能力 HOLD 住场面。妈妈给你打电话的时候知道你还坐在车上呢，这个心急的我啊！后来，我想到过去鼓励我的那八个字——“与其担心，不如祝福”，妈妈就高高兴兴地祝福你了，结果你果然非常顺利地把事情搞定了，还自己买了双新鞋。

宝贝儿，也许你自己还没意识到，这段时间，你真的长大了好多。出去走走，多多体验，会不知不觉中给予你成长和历练。这样的历练越多，你把握自己生活的自由度就越高。妈妈相信，我的天鹅会越来越美丽，越来越自在从容。

这几天妈妈没有问你的感情状态，很多事还是要你自己去感悟和体会。**人生的每一种体验都有意义，妈妈唯一希望的是，无论何时何地，都记得爱护自己，和人品靠谱的人相处，彼此共同成长，懂得感恩彼此的陪伴。**即使有一天无缘在一起，也不会后悔这一段的相处和陪伴。这方面其实你的情商很高，没问题的。相信自己的内心吧，很多时候其实你的判断力是很不错的。

爱你的妈妈

2014 年 11 月 9 日

妈妈的999封情书：

爱笑的善良女孩是世界上最幸运的女孩子，我的女儿就是这样的姑娘

亲爱的女儿：

今天是2014年的最后一天了，妈妈又有一个多月没给你写情书了，尽管妈妈心里有太多的话要和你说。圣诞节收到你的礼物的那一瞬间，妈妈的心被你温柔地触碰，这一段时间以来为爷爷生病所受的煎熬，都因你的祝福化为泪水。过去的一千零一夜，我们在高中阶段经历的种种困惑和考验，也在那一刻有了意义。妈妈为你的成长而开心，也为妈妈的幸运而开心。好女儿，真的感谢你，感谢你一直一直在给予妈妈努力的动力和好好去爱的理由。

昨晚听你说可能初五就要去韩国，妈妈怕你不愿意走，和你欢快地说东说西的。其实妈妈心里很舍不得，但不想让你知道妈妈内心的脆弱。近来，爸爸妈妈忽然也萌生了去其他国家生活一段时间的想法。韩国离中国那么近，也不是没有这种可能。如果你喜欢这个国家，是否考虑去韩国读研究生呢？所以爸爸妈妈希望你早点去体验，通过自己真实的体验做自己喜欢的选择。妈妈在20岁的时候，根本没有对未来的精心设计，所以我希望我的姑娘年轻的时候就开始对未来做精心的准备。**只要你每一天都这样为更好的自己而努力加油，将来的你就一定会经常收到生命奖赏给你的礼物！**

你在和班主任老师交往时，当老师批评你后，你能自己化解和反思，把

老师不满意的缺点改正，主动和老师表达自己对她的喜爱，并用自己努力取得的好成绩重新赢得老师对你的喜欢，说明你成长了很多。这个过程中，你对人的心思的把握和你采取的行动都体现了你的高情商，妈妈大大地为你点赞呢！只要你具备了这个能力，无论你在什么岗位从事什么工作，都会很好地处理人际关系，你的生活也会有更多的微笑和爱。宝贝儿，**爱笑的善良女孩是世界上最幸运的女孩子，幸运的是我的女儿就是这样的姑娘**。善良、乐观、爱笑，还美丽、聪明的女孩子并不多见呀，大姨说羡慕我有这么好的女儿呢！

2015 年马上就到了，爸爸妈妈将在医院陪伴爷爷度过这个难忘的新年。我们也诚挚地祝福我们的宝贝女儿，新年快乐，2015 年一切顺利，健康平安。我们在不同的城市里，彼此相爱着、牵挂着，这让妈妈倍感幸福！

PS：这段时期爸爸特别辛苦，所以我经常写写说说的，等他没事的时候给他看。因此，没有按照你的要求只写给你一个人看，请女儿批准哟！再说

无论是面对镜头还是天空，妈妈总是情不自禁地笑着，希望女儿也是这样！

爸爸对你的事情最关心在意了，他每次看见我对你的赞美，心里都乐开了花呢。最近他也没心思评论了，不过我想情书一发，他就会来劲，肯定会祝福你的。请拭目以待，看看妈妈的预言会不会实现。

爱你的妈妈

2014 年 12 月 31 日

妈妈的999封情书：

所有的梦想，开花结果的时候是美丽的，但是耕耘的过程都是艰辛的

亲爱的女儿：

妈妈这学期的课结束了，最近被《何以笙箫默》里的爱情童话蛊惑，竟然像少女时代一样没事就发呆呢！无所事事的时光固然让人很享受，但回想起来之所以能够体会到这样的美，就是因为曾经存在过的那些艰苦奋斗的时光，也正是那些时光里积累的一些东西，让妈妈对今天的工作更加得心应手。

大二上学期很快就过去了，从青岛到上海到杭州再到厦门，这半年里走过的城市一定都给予你不同的感觉吧。妈妈希望你在年轻的时候，有机会就多出去走走看看，毕竟人一生的时间和空间都是有限的，要尽最大可能地丰富自己旅途的风景。一个人最难的是知道自己到底想要什么样的生活，拥有自己的方向和理想。你是个有梦想的姑娘，妈妈一直都佩服心里有梦想并努力追求的人。妈妈经过生活的历练以后明白了一个道理，那就是**所有的梦想，开花结果的时候是美丽的，但是耕耘的过程都是艰辛的**。轻易能实现的也就不能称其为梦想了。所以，尽早了解自己的潜能和优势，确定自己想要过什么样的生活、适合什么样的工作，确定自己的方向，然后心无旁骛地为此付出汗水和努力，遇见困难也不妥协和放弃。

忽然发现自己所能给予你的指导越来越有限了，妈妈多年来在这个小城市里生活，外面的世界到底是什么样的，你的人生之路到底怎么设计才更科

学，妈妈现在意识到自己对这些也很迷惑。但是宝贵的时光就这几年，所以这一次你去韩国交流期间，妈妈最大的希望就是你能用这半年的时间充分地体验、思考，并做出一个决定——大学毕业后是否考研，学什么专业，就业的目标和方向是什么。妈妈保证无论你做什么选择都会支持你，但是唯一的要求就是做了决定就不要反悔，不能犹豫地去付出、去努力。

女儿，下周妈妈就放假了，这次你在家的时间少，妈妈一定尽最大可能不出去乱跑，做你忠实的“桃粉”，围着你的生活转。到期末复习阶段了，抓点紧，取得好成绩哟！另外，要每天吃水果、酸奶，好好地宠爱你的小胃肠啊，她将源源不断地为你的幸福生活提供能量和动力呢。身体是一切梦想的容器，一定要每天记得好好爱护呀！

爱你的妈妈

2015 年 1 月 24 日

妈妈的999封情书：

在任何领域，做到极致，总会找到属于自己的舞台

亲爱的女儿：

一转眼，你到韩国交流学习已经半个月了。如今，每天晚上微信联系，又仿佛回到了你在青岛的日子。你刚刚去韩国的时候，爸爸妈妈的担心和牵挂，甚至超过了当初你刚上大学的时候。在青岛时，爸爸妈妈总是感觉可以随时随地出现在你身边，现在虽然地理距离很近，但毕竟涉及不同的国家，所以开始的时候，我们尤其是你爸爸有些不适应。不过，现在就好了。我们发现女儿的适应能力其实是非常强的，这一点可能你自己都不知道。妈妈现在通过生活越来越发现，只要需要，其实一个人真的是可以非常坚强、非常有韧性的。

昨晚你在选课问题上有些纠结，妈妈明白你其实特别希望自己多学点，也特别希望让爸爸妈妈为你骄傲和开心。但妈妈想和你交流的是，**一个人的发展目标要尽快确定，人的精力是有限的，没有任何人可以把什么事情都做好**。所以，想当裁缝的厨师，可能最后是去卖布。如果不是发自内心地热爱并付出持之以恒的努力，任何事都是做不成的。**在任何领域，做到极致，总会找到属于自己的舞台。**

另外就是相信自己还有大量的潜力在熟睡中，只要你学会管理时间，提高效率，让自己真的忙起来、动起来，这四个月会给你意外的惊喜。我们相信，以后迎接回来的一定是一个更漂亮、更优雅、更有主见和想法、充满韩

范儿的小仪子。

妈妈知道女儿长大了，我也在尽最大努力学习倾听，学习不讲什么大道理。坚持给你写情书，是希望给你留下关于最美好年华的点滴记录。等你像妈妈这个年纪，你就能体会到青春原来是那么美，不可复制，无法重来。

那时候，希望妈妈的文字给我们“三只小猪”带来共同的美好回忆！哈哈，那时候我就是幸福的刘姥姥啦！如果你可以带着妈妈去世界各地旅行的话，我的微信微博里将晒满幸福！我外孙女外孙子如果看见我写的情书，兴许还崇拜我呢！

怎么越想越幸福呢！好了，不啰嗦了，我和爸爸衷心祝福你的韩国交流生活每一天都开心顺利，并收获满满，加油呀，大女儿！

对啦，空气净化器邮寄到啦，昨晚爸爸已经帮妈妈装好了。烟尘来临的时候，可以有办法解决了，这还是妈妈和你学的呢——**积极地想办法好过无谓的不开心**。谢谢大女儿给妈妈不断带来好的影响呀！有女儿真好，天天充满了期待，仿佛又年轻一回！

爱你的妈妈

2015 年 3 月 9 日

妈妈的999封情书：

早做决定，把犹豫和纠结的时间都用来为梦想努力和付出

亲爱的女儿：

你从韩国回来，妈妈就一直惦记着要写封情书，和你说说情话，可是一直忙忙碌碌的，静不下心来。那短短的两天里，妈妈和你在一起的每一个甜蜜的瞬间都已经化为最美好的记忆，留在妈妈的心头，每每想起，都让妈妈感动、欣喜。

最难忘——你一个人坐地铁走夜路，提着行李箱，十点多才到达酒店。本以为相互能给予对方的惊喜，因为错过预期的时间而被打破，爸爸妈妈当时很焦急，也影响了你的情绪。虽然有些许的失望，但是你仍然拿出给爸爸妈妈的小礼物，这让爸爸妈妈很感动，尤其是里面的贺卡和那些暖心的话语。现在每每看见手机上的小女孩，都仿佛看见了当时的那个你。

最难忘——你因为看见爸爸偶尔对爷爷奶奶还有妈妈有急躁情绪，就担心妈妈是否在隐忍中度日，牵挂妈妈是否幸福。为此，你专门询问妈妈，当时你对妈妈说：“你要是感觉幸福当然好，我想妈妈只有和爸爸结婚才能生出我，如果妈妈不幸福的话，我要加倍对妈妈好，给你补偿。”瞬间，妈妈热泪盈眶。有这么好的女儿，怎么能不幸福呢！

最难忘——你长大了，整个行程中，无论是坐地铁，还是问路，还是我们一起逛街购物，你都拉着妈妈的手，让妈妈第一次感觉到彼此像姐妹一样，内心满是踏实和欢愉。也是这个时候，妈妈知道自己终于可以真的放开自己的手，让你尽情去飞翔了。

你说不喜欢听妈妈总说自己不能够给你什么意见和指导了，但是这就是我真实的感受，你长大了，应该有足够的能力为自己负责了。你有自己的想法且考虑问题也很周全，妈妈还有什么不放心的呢？关于是否在韩国延期，是延期半年还是一个月，是学习韩语还是服装设计，等等，妈妈想，只要你认定了并肯付出辛苦，能够坚持，就能有收获，就能满足自食其力的要求，至于是否是你自己满意的生活状态，那只有你自己的心最清楚。所以，妈妈除了给你无限的信任，以及和爸爸一起给你做经济上的后盾之外，真的给不了什么明确的建议和指导了。

我能够确定的就是，无论做什么，一个人年轻的时候都必须实实在在地付出努力和坚持，今天的每一步都是为未来的自己储备能量呢。**选择什么固然重要，但是更重要的是每一天都踏踏实实地行动，遇见困难的时候，勇敢地克服，并坚守自己的选择。人的精力是有限的，所以尽早做出选择，并开始行动非常重要。**妈妈希望的就是你早做决定，然后开始行动，把犹豫和纠结的时间都用来为梦想努力和付出。

大女儿，妈妈是不是变唠叨啦，谁让我的手一摸键盘就像穿上红舞鞋的小姑娘，停不下呀！不好意思呀！爱你的这颗心，终有一天你会懂得。

今晚妈妈值班，爸爸自己在家，你想着给爸爸留个言，有空也和爸爸聊聊天。今天网络上铺天盖地的表白，是不是又勾起了你的心事呀？**女儿，那个对的人儿就在世界的某一个地方等着你遇见呢，你只管照管好自己，让她更美丽、更出众、更有能力过得开心，那么他闻着你的香味万水千山也会找到你。**对此，妈妈充满信心。姥姥的幸福、妈妈的幸福都会好好地传递给你的，放心吧，安心享受现在这段自由自在的单身时光，做最好的自己！

好了，晚安，做个好梦呀！

爱你的妈妈

2015 年 5 月 20 日

妈妈的999封情书：

一个人的能力越强，他所能够享受到的自由就越大

亲爱的大女儿：

天天能够在回家的时候，看见你的笑脸，真的好幸福！你从韩国回家已经二十多天了，经过了MERS的洗礼，一个对生活和生命有了新的感悟的女儿回到了我们身边。看着你在厨房洗碗收拾的身影，看着你陪伴姥爷姥姥时的耐心细致，看着你在书房写写画画的模样，爸爸妈妈心里充满了喜悦和感恩！

尤其是那天晚上和汉中哥哥三个小时的畅谈中，你聚精会神地听讲，以及很快找出新概念英语，都让妈妈感受到你对未来的设想已经开始转向踏踏实实的行动。关于服装设计，妈妈还是希望你作为自己的一个爱好，如果作为未来的职业，承担的风险太高了。选择任何一条道路都有风险，都要有付出辛苦的准备，但是毕竟这里面还有人的潜能和优势的问题。通过妈妈对你的了解，我感觉你在人际沟通和语言发展方面都有很强的能力，而且你天生善良、体贴，感情丰富细腻，所以你非常适合生活在校园这样单纯的环境里。

从妈妈切身的感受来说，虽然这么多年在学校工作非常辛苦，但是妈妈依然没有后悔自己的选择，因为这个职业是和心灵打交道的，是和花朵亲密接触的，蜜蜂的事业虽然是忙碌的，但也是甜蜜的。所以，妈妈非常希望你能够有机会再回到首尔，在那个给你留下非常美丽的春天记忆的城市，攻读韩国语言文学专业，将来做个韩语老师。**读书的苦和寂寞妈妈是懂得的，但是这也是一个人非常难得的淬炼自我和把握青春，并且错过就没机会弥补的**

成长机遇。爸爸妈妈有能力承担你学习的费用，也愿意为了你的成长竭尽全力地支持。妈妈就希望，你能明确方向，潜心前行。每一天都为未来的自己努力付出行动，不断接近自己的梦想。

女儿，一个人的能力越强，他所能够享受到的自由就越大。“钻石恒久远，一颗永流传”，**只有自己精心打磨，才能让自己成为熠熠生辉的钻石。毕竟来到这个世界上，每个人都希望自己发出属于自己的特别光芒。**这就是爸爸妈妈希望你年轻的时候一定不放弃努力，一定要勤奋和付出的唯一理由。因为爱你，所以一定舍得放手让你吃苦。相信，爸爸妈妈的一切心思，终有一天你都会真正懂得。

真心希望新的牙齿能够和你很好地磨合，给你的美丽人生加分哟！悦纳自己的不完美，爱上独一无二的你！求求你再也别追问妈妈自己是戴眼镜好看还是不戴好看，是否戴眼镜真的没有那么大差别，人的长相只有和性情、性格很好地搭配才是最美。我的女儿肯定不是世界上最漂亮的姑娘，但是像她那样聪明、懂事、温柔、体贴又身材好，还有文化，会英语和韩语两国语言的，爸爸妈妈非常相爱，家庭很幸福的，还有那么爱她又健康长寿的爷爷奶奶、姥姥姥爷的，最幸福的姑娘却只有一个。这不比什么都重要吗？

女儿，这段时间每天晚上和你一起睡下，然后又醒来回到爸爸身边，好像我又回到了你初中和高中时期呢！不过不同的是，现在的姑娘和从前那个真的不一样啦！另外，我有一点点窃喜你们两个都愿意我陪伴呢！

爱你的妈妈

2015 年 7 月 1 日

妈妈的999封情书：

感谢你一直以来对我无尽的依恋，让我感受到生命的意义

亲爱的女儿：

生日快乐！

1995年8月7日，是我人生中最特别的节日——24周岁的爸爸妈妈和你如期见面了。从此以后，我的生命以最完整的姿态和这个世界亲密相拥。女儿，此时此刻，二十年的光阴化为一幕幕的影像，在妈妈眼前闪现。而我从今天早晨收到你的问候开始，心里始终充满了甜蜜和幸福。妈妈最想对你说的话汇成一句：有你做我的女儿，可真好！

从小你就那么乖巧懂事，每当爸爸妈妈下班，你听见敲门的声音，就飞快地跑过来给我们拿鞋；每天早晨妈妈上班，你都搂着我的脖子不舍得我离开，但随后又乖乖地亲吻告别；每当和我们一起出门，你总是因为懂礼貌、爱说话而得到周围人的赞美，让爸爸妈妈心里面总是美滋滋的。

这一路走来，从幼儿园到小学，你都没让爸爸妈妈有任何不愉快的记忆。也许就是因为你的这种性情，让妈妈在忙碌的工作中忽视了青春期里你的困惑和眼泪。多年后，当你委屈地和爸爸在饭桌上促膝谈心，你们父女两人都泪流满面，那一刻妈妈的心好疼啊！工作的忙碌，观念的陈旧，这些都不是妈妈忽视你的理由。是那个太过乖巧的小姑娘让妈妈误会了，以为你永远都会按照我们设定的轨迹按部就班地前行，不会有风雨雷电。

高中三年，我们朝夕相处的一千零一夜的点点滴滴，无论是欢喜还是眼

泪，都已经成为我们母女间特别的回忆。**让妈妈倍感庆幸的是，我的小仙女，终于以善的纯良，美的真挚，以最质朴的品行获得了高考期间的事事顺利。**如今，你如愿学习了自己喜欢的专业，并在到韩国做交换生的半年里，终于重新找回了那个曾经迷失的自我，找到了自己喜欢的城市，喜欢的感觉和味道。

女儿，当妈妈看到你在韩国交换生活回忆里写到你找回了自己，你不知道妈妈有多开心。妈妈太知道，那个在我们心里面共同珍藏的樱桃宝贝儿是多么善良有爱、懂事有梦想，当那个世界上最可爱的小女孩又回到你的心里面，那么就会时时刻刻地给予你正面的影响、积极的力量。

如果说每个人心里都住着一个小孩子，那么在妈妈看来，你的心灵里住着那个我们共同认同的小天使，无论你在成长过程中遇见什么人、什么事，她都会耐心细致地帮助你。就仿佛爸爸妈妈多年来给你的祝福和关爱一并住在了心里，这让妈妈放心、安心和开心。

女儿，从今天开始你就二十周岁了，真正是大姑娘了。妈妈真心地想对你说声感谢，感谢你一直以来对我无尽的依恋，让我感受到生命的意义，从有你之后，妈妈再没对生命离开的方式有过犹疑；感谢你一再地用你的方式鼓励妈妈——“妈妈，我感觉你是一个和谁结婚都会幸福的女人。”“妈妈，如果你不是近视眼的话，你一定能成为演员。”那个发疯的时候口无遮拦的妈妈，那个经常脾气急躁的妈妈总是很快被你忘记，你总是记得妈妈的好，并常常地赞美和安慰妈妈。

不管和妈妈之间发生了什么不愉快，只要妈妈掉了眼泪，你马上就会变成一个道歉者和安慰者。妈妈真的感觉特别幸运，能有这么体贴懂事的小棉袄。对妈妈来说，能够做的最大的回报就是好好地爱自己，生活得幸福，做好你的幸福榜样，将来老了的时候，少给你增添牵挂的烦恼。

妈妈一定要慢慢变老，也许有一天会成为你的负担，但是我愿意竭尽全力让这份负担一直充满甜蜜和温馨。我想像小时候那样成为你的“妈妈姐姐”，我想让将来你带着我旅行的时候，有人会当着你的面说你妈妈好年轻呀！我想让将来的将来，你会因为我是你的妈妈而感觉特别幸运和幸福，就像我现在因为你是我的女儿而感觉特别幸运和幸福一样！

女儿，妈妈在情书里面有太多的嘱咐，我都成啰嗦妈妈了。今天本来只想和你甜言蜜语几句话，结果还是写了这么多。希望你今晚从聚会回来之后，会因为妈妈的这封情书，因为爸爸妈妈的爱而更加温暖和幸福。这次你在北京的酷暑里坚持了一个月，又体谅妈妈辛苦不让妈妈去陪你，爸爸真心心疼宝贝姑娘了，每天都和我念叨。

“三只小猪”相亲相爱的家，永远是你最温暖的港湾，爸爸妈妈爱你！真心地祝福我们的宝贝学习顺利，天天快乐！祝愿你所有的梦想都慢慢地开花结果，变成美好的现实围绕在你身边。再一次祝福我们的幸运仙女，生日快乐！

爱你的妈妈

2015 年 8 月 7 日

妈妈的999封情书：

一个女孩子，不管拥有多么好的爱人，自食其力的能力都是不可或缺的

亲爱的女儿：

一转眼，又好久没有和你说情话了。尽管每一天我们都要互相致意问候，但是妈妈还是希望给你写情书。大学四年，妈妈争取写到99封呀！

昨天你忽然问妈妈是否需要参加公务员考试，妈妈知道你开始紧迫地思考未来了。那一瞬间，妈妈既为你的成长而开心，也为时光如此迅速地流逝而感慨。仿佛送你去青岛，和你分离的场面刚刚过去，刚刚藏在记忆深处，你的大学时光就到了后半段。大四的后半学期基本上就不能算正常的学习时间了，这学期也接近尾声。无论是到韩国读研究生还是找工作就业，都需要进行具体的准备和实践了。

每每想到我柔弱的小公主就要成为大人独自面对责任和压力，说心里话，妈妈是心疼和不情愿的。但是，从妈妈走过的人生道路看，**人年轻的时候总要经历这样的淬炼，这样中年以后才能从容自在。一个女孩子，不管拥有多么好的爱人，自食其力的能力都是不可或缺的。**所以，当初狠心送你到幼儿园，后来送你到大学，看着你去工作，以后送你出嫁，这些都是爸爸妈妈虽不情愿但又必须选择的分离。唯有我的女儿更坚强、更独立、更有自立的能力，妈妈才能放下这一颗牵挂你的心，好好过自己的日子，尽最大努力照顾好自己和爸爸，照顾好爷爷奶奶、姥姥姥爷，不让你操心、不让你分心。

这段日子以来，妈妈感受到的来自你的幸福特别强烈。首先是“三只小猪”的南京之旅，妈妈每一刻都感觉到来自你的贴心，这份幸福在回来以后的好多天都让我美滋滋的，总想着和我亲爱的朋友们分享；然后就是你在屡次参加比赛失败的情况下，依然不放弃，继续努力，终于进入了决赛；接着就是你给妈妈的生日惊喜。是你让我感觉自己特别幸运，幸运自己有这么好的你，做我的女儿。感谢你，亲爱的宝贝儿！

现在妈妈最大的心愿就是你大学毕业后有满意的去向，考上公务员或者去韩国读书都行。但是妈妈不希望你选择一个普通的工作，比如去银行或者一般的企业就业。时光有限，青春有限，经得起折腾的时间没多少。

一定要提前想好，了解自己的兴趣爱好和能力专长。好多机会错过就不会重来，一定要经常和大四的学哥学姐一起交流体会。信息就是资源，经验就是财富。你是个非常有心又有灵气的姑娘，而且你又是幸运女神经常眷顾的姑娘，妈妈有预感，以后的你无论是工作上还是感情上都会不断送给爸爸妈妈惊喜的。

女儿，爸爸妈妈都是你忠实的“桃粉”呀！有需要爸爸妈妈帮助的，不管是物质上还是精神上的，都要及时和我们沟通，我们一定竭尽全力支持我们的宝贝儿。这么好的姑娘将来就是我们的依靠，可得好好地溜须点儿呢！

爱你的妈妈

2015 年 10 月 22 日

妈妈的999封情书：

用你自己的方式，给自己更多的安全感，拥有更强的快乐能力

亲爱的女儿：

果然就像你说的那样，我总是在和你分开后开始思念，在一起的时候却不好好表现、好好珍惜。最近几次，你每次离开家，刚开始几天我都会感觉到房子里的安静和空气里弥漫着的孤单味道。妈妈一直在学习着修炼自己的身心，尤其是学习让性情柔和温润，但是我只能遗憾地说，每遇忙碌，每有压力，我表现得就和心目中的自己有差距。好在我的优点是不断地反思，不断地努力，一直在路上。希望将来老了的时候，虽然容貌不能越来越年轻，但是心态却越来越平和淡定，为妈妈加油吧！

女儿，一转眼你竟然就大三了。最近一段日子以来，我发现我又有些高三心态，就是心开始悬着，偶尔想起还没有确定的你的未来，心就会不安稳。好在你身上有那些让妈妈放心的特质，所以妈妈总会对自己说，相信我的女儿，一定有能力选择好、安排好自己的生活。**与其担心，不如祝福！我将全心全意地支持和鼓励你做自己喜欢做的事，对自己的未来、自己的人生做自己的思考和安排！**

妈妈希望你多读几年书，真的不只是希望可以借此找个好的工作。当然如果能够获得一个比较满意的工作的话，那更是妈妈感激不尽的意外礼物。妈妈更希望你开阔眼界，充分了解自己，了解自己的能力和兴趣，找到自己

喜欢并能发挥自身优势的平台，因为**最终我们在这个世界上生存，总要以自己的方式对世界做贡献，有自己安心安身的工作舞台**。如果你也认同妈妈的想法，希望你在这几个月里充分为此做相应的准备和了解。妈妈非常遗憾不能给你更多的帮助，但是这也是一个独特的机遇，可以帮助你成为你自己，按照你自己的意愿选择自己想要的生活。

新的学期开始了，妈妈最惦记的除了这个问题就是你的身体。你要按时吃饭，多喝水，多吃水果，照顾好自己的身体就是对爸爸妈妈最好的爱，也是对生命最好的珍惜和回馈。你长这么大，是妈妈多少汗水和泪水的凝结，如果你不帮助妈妈好好爱惜、好好照顾自己，妈妈会伤心的！

走到哪里都要背着开水，最好配上菊花、枸杞和大枣。特殊情况的时候，记得提前喝红糖水。每顿饭要按时按点，营养尽可能地丰富。大女儿，拜托了。爸爸妈妈不管多爱你，也只能陪伴你一段路。照顾好自己，是一门必修课，妈妈强烈要求你必须得高分。这是我唯一一件强硬要求的事情，希望女儿坚决执行和配合！

好久没有给你写情书了，一写就停不下手指的舞蹈。这个假期，妈妈看见了你对奶奶的细心呵护，看见了你对姥爷姥姥的倾心陪伴，看见了你和爸爸有说有笑地交流，感受到了你对妈妈无微不至的关心和体贴，更看见了你有效管理自己的睡眠，始终保持正常的作息时间，不熬夜、不赖床。

妈妈和爸爸真的感觉很欣慰，女儿一天天长大了、成熟了、懂事了，有自己独特的做事准则了。而且我们都感觉你在与人沟通、和人交往上的情商很高。妈妈唯一不放心的是，有的时候你过于敏感，有过多的担心。但是**妈妈相信你一定会想办法战胜自己，用你自己的方式，给自己更多的安全感，拥有更强的快乐能力**！妈妈一定会为此为你祈福和加油的，相信我的小福星一定会越来越坚强、越来越快乐！加油，宝贝儿！

今天就说到这里吧。3月12日讲座后，妈妈应该就不那么忙碌了。还是应该常常给你写信呀，省得每次这么啰嗦，再说了，你老爸现在唯一给我写评论就是在看到给你的情书的时候！我还得继续写呀！

爱你的妈妈

2016年3月5日

妈妈的999封情书：

春风十里，不如悦纳自己

亲爱的女儿：

今天早晨醒来，对着镜子看着自己的时候，忽然想起你昨晚对我说，你现在终于开始喜欢自己、接纳自己。你知道吗，妈妈心里好开心呀！在了解自己、悦纳自己的路上，妈妈探索了好多年。而我的女儿，从初中开始与自己对抗，到韩国开始慢慢地寻找自己，到现在这个学期就是大三下半年——人生的另外一个转弯处，你告诉妈妈，你不仅找到了自己，而且还真心地和自己友好相处，喜欢上自己。这是多么好的一个开始呀！妈妈好为你开心。

最近妈妈和爸爸的工作都非常忙碌，昨晚爸爸回来都快十一点了。我握着他的手，很快就安心地入睡了。爸爸喝酒后也像你姥爷一样，安静地睡觉，这是很多年前妈妈非常希望的事情。我一直在心里这样期待，爸爸感受到了，所以他就成了我期待中的样子。**我们自己也一定可以成为我们想成为的样子，只要你一直朝着那样的方向去做好每一天应该做的事情！**

宝贝，妈妈越来越放心你，也因为有你而越来越感觉幸福！当你对我说“妈妈，好爱你”的时候，我的心里充满了巨大的喜悦和幸福。拥有这份幸福，就是我最美好的成功！

好了，不说了，就是为了记录和分享昨晚美好的一刻。让我们“三只小猪”在不同的岗位，不同的地方，每一天都美美哒、好好哒，替对方好好照顾自己！

春风十里，不如悦纳自己（呵呵，我在梦里作诗，前半句是春风十里，后面的是醒了后加的。好玩吧？偷笑）。

爱你的妈妈

2016 年 3 月 15 日

妈妈的999封情书：

只要我们把握好此时此刻，美好就在前方等候着我们！

亲爱的大女儿：

自从那年夏天和你初相遇开始，其实这个节日和这个角色妈妈就一直在享受着。尽管开始的时候我因辛苦劳累还有不适应，也曾抱怨过、流泪过，但是这一切的辛苦与这个舞台给妈妈带来的喜悦相比，永远不及万一。因为你从小就是一个乖巧懂事的女儿，我的记忆里竟然从未曾有过我们之间的矛盾和冲突，留下的都是你看见妈妈时的欢呼雀跃和在一起的甜蜜温馨。

妈妈曾因为工作的忙碌忽视了你，对你心怀愧疚。让我欣慰的是，可以因为工作和你有朝夕相处的一千零一夜，可是却也因此给你带来选择的困惑和烦恼。那曾经满怀期待的三年，曾经以为可以弥补妈妈这么多年来缺失的陪伴，却带给你那么多的失望。

回想起来，我这个母亲做得那么不完美，对你衣食住行的照顾存在缺失，精神上的支持偶尔还伴随着我的强势。可是，上天安排了这么善解人意、体贴懂事的你做我的女儿。尤其是你去了韩国半年之后，尤其是在失去爷爷之后，你不仅总是体谅和理解妈妈，更是时时刻刻地让妈妈感受到你的爱。

妈妈的生日里，你送给妈妈惊喜。妈妈的节日里，你从一大早睁开眼睛就在第一时间问候妈妈，中午妈妈就抱着你送的鲜花走在校园里，下午还将收到你精心挑选的礼物。一向不愿意在朋友圈里公开示爱的你，可能也是为了让妈妈开心而第一次选择了用这样的方式祝福我，希望我快乐。套用网上的流行语，是上辈子拯救了银河系，这辈子有机会做你的妈妈，享受这么高的礼遇！女儿，妈妈真的好开心、好幸福呀！

不过妈妈想让你知道，我的幸福虽然是因为你爱的表达，但是更因为你在这个世界上美好地生活着，你开始悦纳自己、喜欢自己，喜欢自己的父母和家庭，体会到自己存在的价值和意义。这对一个母亲来说才是世界上最好的礼物！**在你的身上，妈妈看见了青春的延续，看见了生命的意义，体会到了什么是希望、爱还有温暖，这对妈妈来说就是世界上最好的礼物！**对于敏感多情的妈妈来说，这份希望和爱是我好好照顾自己、努力健康快乐的最好理由和动力，这是你送给妈妈的最好的礼物！

距离上一次给你写情书竟然都一个多月了，999 封情书的目标也许有点高，但是一直给你写 99 封应该是没有问题的。如果妈妈老了的时候仍然喜欢让手指在键盘上舞蹈，那么 999 封也许不是问题呢！不管将来你有多大多老，只要妈妈在这个世界上，那么你就永远是我的樱桃宝贝儿！到时候，让你的女儿也喜欢我，像你喜欢姥姥一样。这是妈妈现在最伟大的理想和最想追求的人生目标！

只要努力，所有的梦想都能成为手中紧握的真实，我一定会努力的！也希望女儿为了妈妈的心愿，每天好好照顾自己的身体和情绪，让自己的每天每时每刻都美美哒！记得我们之前的约定，**只要我们把握好此时此刻，美好就在前方等候着我们！**一起加油哟！

爱你的妈妈

2016 年 5 月 8 日母亲节

妈妈的999封情书：

青春转瞬即逝，务必好好珍惜

亲爱的女儿：

那一晚，妈妈一梦醒来，仿佛穿越般怅然了好久。因为梦里那么清晰的画面，早已经过去了二十多年。当初朝夕相处亲如姐妹的同学，竟然有的一直未再相见。唯一安慰我的事就是，那一瞬我想起我的女儿正在上大四，正是我当初一样的花样年华。

大女儿，那一瞬心里真的有好多话想和你说。**青春的美好，一分在彼时，一分在回忆。**也许每一代人都要经历这样的过程，都是历经生活的琐碎和平常之后，历经现实的压力和苦恼之后，才知道青春里的一切悲伤和烦恼不过是“为赋新词强说愁”。

妈妈真心好羡慕你呀，就生活在最美好的年华里，而且你比妈妈幸运的是你已经有了对自我生活的感知。虽然这样的感知经常带着犹豫，但是毕竟你不像妈妈当时那样懵懂、从不自知。

也是因此，妈妈才希望你再给自己争取两年继续读书求学的生涯。爸爸妈妈在自己的能力范围内能够支持你的小任性，你可以自由选择自己认为适合的未来方向。这也是妈妈现在很少主动和你探讨未来的原因，妈妈希望更少些对你的影响，毕竟人生是你自己的，妈妈不能陪伴你一辈子。

不管你选择读什么专业，只要你坚定和坚持，妈妈都相信你会爱上所选，越来越好！**妈妈希望你成为一个生活家，将自己的每一个日子都安排得井井**

有条，让每一寸光阴都熠熠生辉！

大女儿，妈妈最想说的就是青春转瞬即逝，务必好好珍惜。珍惜身边的人，珍惜手中的事，珍惜海大的清晨还有操场。**这一切永远不会重来，而我们尽心尽力珍惜过的人生就是属于你自己的最美好的生活。**妈妈相信你，也祝福你好好把握，随心随缘，随遇而安。

亲爱的宝贝儿，世上有你，让我感觉是那么好！

爱你的妈妈

2016 年 9 月 5 日

妈妈的999封情书：

妈妈希望你将来的伴侣也许不完美，但是一定要爱你，懂得珍惜你的优点，并有责任感

亲爱的大女儿：

今天学校开运动会，天气特别好，后背晒得暖洋洋的。可惜我不知道为啥，身体还是有些不舒服。所以，妈妈现在懂得了你昨天难受，渴望妈妈的关心和安慰却得不到的失落。

昨天一下午，我们断断续续通了好几次电话，一直从姥姥家聊到自己家，最后却不欢而散。虽然之后我们在微信里很快和好，但是爸爸妈妈依然非常不放心，竟然动了让你毕业回家乡到我们身边的念头，对你出国留学也一下子不那么热心了。但是还是那句话，不管你选择什么道路，只要你愿意、你坚持，爸爸妈妈就是你的粉丝，一定在我们力所能及的范围内全力支持你过自己想要的生活。

妈妈不能陪伴你一辈子，这是毫无疑问的。妈妈的理想是陪伴你一直到你的女儿二十岁以后，像姥姥陪伴妈妈那样。但是理想不一定是现实，妈妈现在希望你更加独立些、坚强些，也是希望以后无论妈妈的理想是否实现，你都能开心快乐地生活。要知道，你快乐生活的每一寸光阴也同时是妈妈的，对母亲来说，女儿的快乐就是她的幸福。这一点你真的不用怀疑，总有一天你做了妈妈，就懂得了妈妈的真心。

因此，**妈妈希望你不管选择什么样的工作，不管在哪一个城市，和哪一**

个人在一起，都要安排好自己的生活，管理好自己的情绪，照顾好自己的身体，这就是妈妈最大的希望，也是妈妈最需要你实现的承诺。最近妈妈在背《兰亭集序》，看《道德经》，仿佛明白了些道理。对于衰老和死亡，妈妈又有了新的认识，也更加珍惜平常日子里的每一天。

爸爸变动工作之后，尽管忙碌了，但是他的能力在新的岗位上有了充分的展现，工作进展得很顺利。我感觉他的性情变得更加平和起来，这是让妈妈非常开心的事情。每次妈妈稍微有点不高兴，他都能像你希望的那样，几句话就哄好妈妈。同时爸爸也是非常有责任感的男人，他意识到了妈妈现在身体不太舒服，需要他引导和陪伴。你看，我们“三只小猪”都在各自的维度里成长呢！这多么好呀！

妈妈希望你将来的伴侣也许不完美，但是一定要爱你，懂得珍惜你的优点，并有责任感。当然，拥有美好的爱情和婚姻虽然需要慧眼，但是我总感觉这里面有运气和缘分的牵引。所以暂时不用想太多，随缘吧。好在你还那么年轻，一切都刚刚好，都来得及。

未来这两年对你来说，就是所剩不多的可以任性的时光啦。大女儿，真的要珍惜，不然以后再后悔、再犹豫都没有机会啦！

啰啰嗦嗦这么多，都是因为爱。希望宝贝儿的感冒快点好起来！一定多喝水呀！

爱你的妈妈

2016 年 9 月 29 日

“三只小猪”相亲相爱的家，是我们抵御人生风雨的港湾，妈妈祝福你！

妈妈的999封情书：

做一个对亲人、对社会、对世界有积极影响的人

亲爱的女儿：

此时此刻，在家里的大厅里，后背是暖暖的阳光，我这样和你说话，心里感觉特别满足和幸福。妈妈为苹果笔记本电脑配上了新鼠标，发现也没有想的那么难。现在看视频和用空间，这些基本的操作妈妈都掌握了，那妈妈就更加相信女儿也一定会很快适应的。苹果笔记本电脑确实携带方便且待机时间很长，很适合你背着在学校里用。更重要的是，妈妈从这件事情上感觉到，我们很多时候要形成新的思维、新的习惯。尤其是你，在年轻的时候，一定要给自己的生命储备足够的能量，不断地接受新事物、新变化。毕竟，我们有缘分与这个世界相遇，是多么不容易的一件事，所以得好好珍惜，并尽最大可能地体验更精彩的世界。

妈妈在自己的生活中越发体会到，物质上的快乐和愉悦固然重要，但是毕竟非常有限。**我们还是要对生命有更高的期待，期待着在生命的山谷里听见自己的回声，那么，我们就要做一个对亲人、对社会、对世界有积极影响的人。**妈妈现在感觉特别开心的就是，我的女儿经过了自己这大半年的寻找，明确了自己未来人生的方向——要做一个充满爱、充满能量，给予成长中面临困惑的孩子们积极的鼓励和支持的引导者、陪伴者。为了更好地实现对这些心灵的引导和帮助，那么首先自己就要具备这样的能力，给自己争取实施影响力的机会。所以，你选择了辛苦的读书求学时光。

其实，妈妈一直没告诉你，你这个选择就是之前妈妈一直特别希望的。妈妈不希望你的韩语浪费，又感觉韩语专业的就业面太窄，所以你上大学后一直以来唯一提出的要求就是好好学英语。其实那时候妈妈就想是不是将来可以在英语学习上重新有一个选择呢。但是，提了几次看你拒绝，所以妈妈已经决定好等你考研的时候让你自己做决定，让你自己选择想要的未来。如今，兜兜转转从韩国留学到国内读研，从服装到音乐到文学到经济到语言，一路走来，你自己确定选择的正是妈妈曾经希望的。母女连心，我们又一次在心灵上默契地相遇，妈妈真的特别开心。

但是，妈妈必须得提醒的是，语言学习的某一阶段是非常辛苦的，也是特别需要毅力的。任何一项和责任有关联的事业都是和辛苦紧密相连的。**如同所有美满的婚姻都有着磨合时期的疼痛一样，所有的光芒背后一定是有着外人看不见的辛苦付出。**妈妈希望你从现在开始学会为自己的选择负责，无论遇见什么困难，都要鼓励自己坚持。毕竟，学习的苦和其他的苦相比，只要你有良好的心态，苦也是另外的乐。

要到中午啦，准备和奶奶一起做午饭啦！聊到这里吧！祝大女儿每天为理想奋斗的过程中，专心致志，充实快乐！

爱你的妈妈

2016 年 10 月 31 日

妈妈的999封情书：

伤心的时候不断地告诉自己，妈妈是最爱你的人

亲爱的女儿：

明天妈妈就要上班了，也就是说，朝夕相处的假期，母女的甜腻时光，要告一个段落啦！妈妈记忆里好像好多年都没有和你腻在一起这么久，应该是从你上初中开始吧，那时起你就学业紧张，妈妈也一直是不断地为工作旋转，而大学的假期里，也因为你去北京学习等原因很少在家待这么久。虽然每日为你的三餐而发愁，但是妈妈这个假期最有成就感的事情就是终于实现了对你的承诺，做了妈妈此时此刻所能给予的最好。每次得到你的赞美，每次看见你吃得开心，妈妈心里真的是喝了蜜一样的感觉。

大女儿，这次研究生考试的结果早在妈妈预料中，但是你面对这个结果的反应却是妈妈没想到的。考后的几天里，真正看见一个为自己的人生认真思考的你，开始行动的你，准备独立的你，妈妈格外惊喜，感觉像是收到一份礼物。

妈妈真的很想对你说，不管你将来从事什么职业，只要你能够自食其力，健康快乐地生活，你就永远是妈妈的好孩子！对妈妈来说，没有什么比孩子的幸福快乐给予她的幸福感更强烈。也许你现在依然感觉妈妈在给你压力，但妈妈真心希望你懂得，妈妈的一切出发点都是希望你有更强的能力，进而有更多的自由，永远不用为五斗米折腰，不用为日常琐碎烦恼。天天睡到自然醒是这个世界上的奢侈，可是经过自己的努力过上自己基本满意的生活，

这是完全可以办到的。妈妈虽然没有世俗上的成功，但是妈妈想说我达到了姥爷的期望，自食其力且对自己的生活满意知足。妈妈相信我的女儿也一定能够实现自己和妈妈的期待，不断遇见更好的自己！

这个假期妈妈做得不够好的地方依然是常常无法控制自己的脾气。这也是我目前的困惑和烦恼，幸运的是，最亲爱的人都在包容着我。妈妈不断学习的最大动力也是要遇见一个更加温润如玉、温暖平和的自己。妈妈一定会努力的，和你一起加油。希望你别放在心上，**妈妈惹你伤心的时候不断地告诉自己，妈妈是最爱你的人。**

女儿，最宝贵的时光就在你的掌控之中，快快对属于你的时间施展你的魔法吧。妈妈期待着你的人生里开放的那些花朵，那是我所能想象到的世界上最美丽的花朵！

爱你的妈妈

2017 年 2 月 20 日

妈妈的999封情书：

学习不会累坏，但是总是人为设定选择题折磨自己会很累，很消耗力量

亲爱的女儿：

此刻晨曦微露，天色淡蓝，妈妈早早地起床，因为心里牵挂着远方的你。

新的一天开始啦！大女儿高高兴兴地按照自己的想法，决定好是否参加培训班了吧！妈妈只是**希望你少纠结、多行动，一心一意向前看。学习不会累坏，但是总是人为设定选择题折磨自己会很累，很消耗力量。**

爸爸妈妈全力支持你，是为了你以后的幸福，一切的努力也都是在这个前提下。积蓄能量的最佳时期就是这两三年，努力过不后悔、不遗憾就行。将来一般的工作，如果你愿意做，机会到处都是。只是妈妈觉得你是一个有理想、对价值感有追求的人，所以希望你选择一个能让自己不断成长的工作。

一个有目标、有追求的人是不会舍得把时间用来哭泣和烦恼的哟，将来工作着的时间会有几十年呢，读书的机会错过就不再来呀！妈妈只是把自己的人生体验毫无保留地分享给你。

读书时光是女孩子一辈子最难得的轻松自在的幸福时光，等你以后工作了、做了母亲，就会更加懂得妈妈今天的话。

最后妈妈想说，**事情是一样的事情，对待事情的态度却有不一样的选**

择呀。妈妈希望你愉快地决定并愉快地开始，加油哦，宝贝儿，爸爸妈妈爱你！

爱你的妈妈

2017 年 3 月 13 日

妈妈的999封情书：

一切财富荣华都比不上自己的能力、生命的活力和内心的勇气

亲爱的女儿：

本来妈妈笑谈大学四年给你写不上999封情书，99封还是没问题的。可是，一转眼你还有不到三个月就毕业了，妈妈的情书才刚刚过了期待中的一半。除了感慨自己抒发得不够细致之外，最让我唏嘘的还是时光的流逝，尤其是美好而愉快的时光更是过得飞快。

这次清明小假期，我们意外地相聚。一是因为香港中文大学（深圳）的教授来本溪做宣讲，妈妈希望你有机会近距离接触语言专家，了解这个专业的未来前景；二是借清明节这个美好的节日上山看望爷爷；三是希望你在家休养几日，好让感冒得到痊愈。几项预设的小目标都顺利地实现了，没想到还有意外的惊喜——中国政法大学外语学院给你发来了复试通知，邀请你4月6日到法大参加面试。

你看，很多事情不在预料中，但是只要你努力付出了，机缘巧合的时候，礼物，就在拐弯处。不管面试结果如何，妈妈对你的学习能力、考试能力都再一次刮目相看，也再次确认了你有继续读书深造的潜质。

九十岁的姥爷很多事情都记不得了，但还记得嘱咐你要好好读书，多学习。我想你一定有一天能体会到父母亲人对你的这般爱中的深意的。**一切财富荣华都比不上自己的能力、生命的活力和内心的勇气。**

说心里话，最近妈妈的心不是很淡定，竟然又一次体会到2013年那种心悬浮在半空中的感觉，甚至好久没有过的胃痛也隐隐地来临。妈妈虽然很多时候做得不够好——不能无条件地悦纳，但是，爱你，希望你幸福的这颗真心，想必你一定是懂得的。也相信你会因此更加珍爱自己的身体，珍惜自己的时光。另外，再次提醒，坚守原则和底线，照顾好自己。这是你对妈妈最好的孝顺和关爱！

爱你的妈妈

2017年4月4日

妈妈的999封情书：

只要一颗心装满爱与热情，什么困难都不怕

亲爱的女儿：

美好的四月马上就要过去了。昨天珠姨回本溪，我们几个闺蜜相聚，她们再一次赞美了你在青岛给妈妈拍的美照。妈妈也再一次无限幸福地回忆了我们在北京、在青岛度过的美好周末。

遇见更好的自己，遇见更美的春天。虽然妈妈青春不在，但是却真实地在你那儿重新体会到了青春的美好，也因此更加热爱生活、热爱生命。真心感谢我的大女儿给予我的这些美妙体验——清华校园里喜鹊们的合唱，政法大学校外的艳丽桃花，尤其是中山公园和海洋大学的玉兰和樱花，置身于花的海洋，有女儿相伴，那种感觉真的太幸福啦！所以，拍出美丽的状态不仅是因为环境，更是因为心底里的愉悦！

妈妈知道你最近非常辛苦，在伙伴们都轻松的时候，你依然奋战在各个考场，从中国政法大学的复试到香港中文大学的面试，回来就准备30号的雅思考试，可以说一刻都没得放松。妈妈都知道，但是，妈妈相信你，这是你最好的发挥潜能的机会，是你人生中最好的春天。**苦点累点没关系，只要一颗心装满爱与热情，什么困难都不怕。**

相信妈妈的直觉，明年你一定会考取自己满意的学校继续读研深造。而且你一直都是个非常幸运的人儿，一切都会越来越好的。

考完雅思，准备论文，然后就准备毕业啦！大女儿，期待着有机会参加你的毕业典礼！

爱你的妈妈

2017 年 4 月 28 日

妈妈的 999 封情书：

所有的工作都需要付出艰辛和汗水

亲爱的女儿：

昨天中午听见你带着哭腔的声音，妈妈其实并没有像以往那样忧虑，因为这是妈妈早已经预见的情景，不过妈妈没想到你只工作三天就是这样的状态。妈妈不是不信任你，只是妈妈有的时候很了解你——你从小到大没真正吃过苦，所以如果不是自己游刃有余且有兴趣的职业，如果不是为了生活的责任和重担，你很难承受一份工作所需要付出的艰辛和忍耐。

所有的工作都需要付出艰辛和汗水，如果在这份付出中你能够找到成就感和乐趣，在满足生存需要的同时还可以感受到价值和意义，那就是你的幸运了。妈妈希望你就是一个幸运的人，所以希望你再给自己两年到三年的时间，努力成长，培养自己的心力、耐力、学力，还有体力和承受力，这些是你以后无论做什么工作都必须具备的素养。只有这些准备充足了，你才能有勇气和力量开启你真正经济独立、思想独立的新生活！

妈妈也想再次提醒你一定好好珍惜宝贵的光阴。如果这件事放在两年后，如果再次出现这样的情景，妈妈会毫不客气地告诉你必须坚持，而不是像现在这样云淡风轻地说“没事儿”，因为任何人都无法永远任性，所谓自由和任性都是有人在背后承担。

爸爸妈妈会慢慢变老，直到有一天成为你的“孩子”，所以你必须得长大，必须得学习承担。所有人的人生都是这样走过的，也因此所有人都歌颂着青春，表达着怀念。

妈妈相信每一次历练都是一次成长，就像你小时候每次生病之后都会更加懂道理一样。祝福我的宝贝儿，毕业季充实而美好！

爱你的妈妈

2017 年 6 月 9 日

妈妈的 999 封情书：

求学路上遇见的人和事，形成的品质，养成的习惯，都将成为你的礼物

亲爱的女儿：

今天是你的大学毕业典礼，妈妈曾经多次期待在台下听见你的名字，为你开启新生活而由衷地鼓掌，甚至那种激动的表情，我都想象过。然而非常遗憾，爸爸妈妈因为工作忙碌不能参加你这一场重要的仪式。但是，妈妈相信一定还有机会参加你的毕业典礼，在你与读书时光最后告别的仪式上，你一定能够看见爸爸妈妈的身影。

也许是从小受到重视教育的你姥爷的影响，也许是妈妈一直生活在校园里，在妈妈心目中读书求学的日子始终是一生中最美好的时光，也因此希望并期待着你延长这一段时光。尽管妈妈知道，一路的求学生涯，对处于当时的你们来说，辛苦多于快乐，但是**那些在校园里、在书本里、在求学路上遇见的人和事，形成的品质，养成的习惯，都将成为你的礼物，藏在岁月的每一个路口，与你不期而遇。**

随着年龄的增长，妈妈越来越相信缘分的奇妙，明白很多事情不在我们的预料中，也不是完全由人力所把握。但我唯一非常确定的是，你只要有一**颗勇敢、自信、乐观、有爱的心，不断地成长和接受，那么不管和什么样的境遇相遇，都会得到最好的安排，实现最美的遇见。**

亲爱的女儿，妈妈从你刚上大学那会儿开启书写 999 封情书模式，但还

没有实现预计的99封，你就毕业啦！2013年夏天，你在海大的宿舍楼前泪流满面、一步一回头的模样依然清晰地在眼前晃动，转眼2017年告别的笙歌就已经响起。

时光，从不会为我们的心愿而停留。而我非常庆幸的是，在这一段光阴里，你长成了一个更有主见、更加乐观、更加自信、更加美好的姑娘！而且妈妈执着地相信，这个姑娘未来成长的路上还会越来越好，因为她是那么善良有爱，那么聪明又有创意。“真的很感谢这四年的生活，最重要的是我在这个过程中，不再与自己为敌，我学会了爱自己，也学会了关心和爱别人。我变得比以前快乐，比以前独立，比以前坚强，也比以前相信自己。我也变得懂得感恩，懂得知足，学会珍惜。”“生命，是这个世界上最宝贵的礼物。每一天我都觉得很幸福，即使有不开心或者累的时候，也是很短暂的时光。我要努力成长为一个可以让海大为我骄傲的人，成长为一个让祖国为我骄傲的人。我相信我们的祖国一定会越来越好，我们每个人的生活也会越来越好。因为我们九零后是有理想、有实力、有爱的青年。只有我们一起去努力，才能让我们的家庭、我们的祖国更美好。”你的毕业感言让妈妈特别感动和骄傲！

亲爱的女儿，千言万语表达不尽妈妈对你的祝福，妈妈只是再一次深深地感激，感谢你奔向妈妈，成为我的女儿，让我有机会再一次感受青春和生命的美好，让我人到中年依然对生命充满无限的热爱和憧憬，心里满满的都是期待和希望。我爱你，亲爱的宝贝！毕业快乐，人生美好，一切都是最好的安排。么么哒！

永远爱你的妈妈

2017年6月29日

妈妈的 999 封情书：

能够陪伴你一生的最可靠的还应该是爱好、信仰和书籍，最好的灵魂伴侣是自己

亲爱的女儿：

国庆假期结束了，今天是妈妈第一天上班。回忆着这个长假，情不自禁地想起了我们一起追逐着你的脚步度过的三个假期——2014 年在杭州，2015 年在南京，2016 年在青岛。

这个假期对你来说是最忙碌的一个，基本上都在图书馆和教室度过。这个假期对妈妈来说，有轻松喜悦，也有淡淡的失落。因为就在周边逛荡，在温泉小镇休闲，所以感受到了轻松喜悦。同时因为今年国庆是妈妈和爸爸结婚二十三周年纪念日，也就是说，妈妈二十三岁离开自己的家，融入“三只小猪”的家，到如今已经超过了和父母在一起的日子，所以喜悦中也有一丝丝失落。

算起来，从离开家上大学第一次独立远行开始，在父母身边的时间就已经很有限了。目前为止，爸爸应该是和妈妈日夜相伴最久的一个人。想到这些，我的内心充满了温情。可也正是因此，又像从前一样对爱充满了期待，期待着浪漫的表达，期待着温柔的呵护，所以中间再次陷入情绪的低谷。好在，我很快就明白，**原来岁月静好、平淡相守就是最好的幸福**。世间没有完美，过于完美就不易长久。而我还是愿意长长久久地守着咱们“三只小猪”相亲相爱的家，一直到老。

妈妈和你说这些，是想和你说，**浪漫的爱情固然美丽，令人期待，但是要实现天长日久的相伴，你需要有一颗自信、乐观、有趣的心。漫长的人生里，对抗无聊寂寞孤独的力量不可以完全依靠另外一个人给予，能够陪伴你一生且对你不会厌倦的最可靠的还应该是爱好、信仰和书籍，最好的灵魂伴侣是自己。**这就是妈妈今天最想和你说的。

一定要趁着年轻的时候，多看书，多培养自己的兴趣爱好，并尽最大努力让自己拥有自食其力的本事。只有一个经济独立、思想独立的灵魂才更有可能吸引到同样有趣的灵魂，并在彼此搀扶、彼此依靠、彼此陪伴中看见更美的世界！

非常不好意思哟，今天好不容易接到你的电话，本来是惊喜的，可是因为着急收拾东西，最主要的是妈妈最近好像情绪不太稳定，明显地感觉到自己的焦虑却不能很好地调整，所以没能好好地和你说话。也许就像你说的，因为你总是非常容易谅解我，反而让我在你面前最不掩饰。

现在妈妈尽最大努力不在情绪不好的时候和奶奶对话，因为她老了，妈妈希望自己做得好一些，像你希望的那样；也尽最大努力不对爸爸发泄自己的不良情绪，因为他的工作压力很大，妈妈希望可以让他轻松愉快。那么，妈妈也不应该和你表现呀，因为你是最爱我的人。想来想去，还是要像我今天发给你的小文那样——**记得要笑呀，你笑的样子真好看！**

为努力拼搏的女儿加油！感谢宝贝在我情绪灰暗的时候给予我无限的动力，就像敦煌的月牙泉，在漫漫黄沙里给人美好的希望和期待！

记得喝水喝奶吃水果，尽最大可能少熬夜，少吃外卖！你把自己照顾好了，就是对妈妈最好的爱！宝贝，妈妈需要你健康快乐，因为我爱你！

爱你的妈妈

2017 年 10 月 8 日

妈妈的 999 封情书：

除了放心地放手，除了祝福和支持，妈妈真的不知道还有什么是比这更好的礼物

亲爱的女儿：

上一次写情书是在 2017 年的十一假期后，如今 2018 年的春天都来了，真想不到竟然这么久没有和你抒发感情了呢！还记得你小的时候，妈妈因为你准备的记录本吗？那时候你才刚刚会走路，妈妈满怀期待和憧憬，记录你成长中的点点滴滴。现在一到春天，妈妈就特别有写字的冲动，也经常打开看那本记录本，总是会被文字里的温情所感动！

大女儿，经过了一年的辛苦奋斗，成绩虽然不如意，但是妈妈感觉没有遗憾，因为这一年你已经尽力了。最重要的是，你自己愿意工作，并信心满满——**不管从事什么工作，都愿意做好，都愿意过有意义的生活**。你知道吗，妈妈看见你不舍得离开家，也一直在犹豫要不要再多留你几天。但是，妈妈知道，你已经到了飞翔的时刻，是该有自己的选择、自己的生活了。越独立，越自由；越自由，越快乐！这个时候，**除了放心地放手，除了祝福和支持，妈妈真的不知道还有什么是比这更好的礼物**。

今天是你去吉弗特教育机构工作的第一天，我从早晨到现在都没有接到你的信息。妈妈要慢慢习惯你忙碌的状态，习惯你有自己的主见，习惯有一天也许我成了你的“妹妹”、你的“孩子”。

妈妈亲自感受到了你在外出的短短一个多月（1 月 26 日出发去青岛，今

天是3月14日）所经历的锻炼和成长。“个人的命要和环境的命相配，必须依靠两个条件，其一是个人必须有环境所需要的条件，二是个人必须要有和环境的命相配合的意愿。个人一生中是否有好运，就要看个人是否有计划地经常由进修学习，储存许多当时环境所需要的条件或命，以及个人有没有意愿用自己的条件去配合环境。若是具备有用条件，又愿意与环境相配合的人，就一定会遇到好运。”（引自金树人老师的《生涯咨询与辅导》）我相信我的大女儿就是一个好运的姑娘，因为你有那么强烈的意愿去做有意义的事情，想成就有价值的人生，而你又特别具备这个大数据时代所缺失的情感丰富、细腻敏感、灵性足、韧性强等特质。你情商很高，和人相处和说话的方式总是让对方特别舒服，自己又不勉强。这样多好呀！对了，今天单位的阿姨说妈妈最近状态不错，我想妈妈的心因为充满期待和祝福而没有焦虑就是最大的原因。

这几个月的体验期一定要好好珍惜，毕竟任性选择自己想要的工作和生活的机会并不是始终存在。**所谓活在当下，就是每一个当下的寻找和选择都尽力并了无遗憾，那么无论面临什么结果自己都会乐观接纳。而当你乐观接纳了自己，一切都将风轻云淡！**

唯一希望的是再不要发生昨晚描述的情况，这个是妈妈真正惦记的。茫茫人海有缘相聚成为爱人亲人，这是上苍赐予的缘分，唯有好好珍惜！**掌控幸福，首先从管理自己的情绪开始。**大女儿，你是高情商的姑娘，你有能力和谁在一起都幸福，并也让对方感觉幸福！

爱你的妈妈

2018年3月14日

妈妈的 999 封情书：

不要有压力，也不要有需要对方负责的心态，一定是心甘情愿、水到渠成

亲爱的大女儿：

两情相悦是人生中最最美好的事之一，所以不要有负担。在现在这个浮躁的世界里，像你们一样坚守原则的九零后年轻人没有许多，所以妈妈很是欣赏和欣慰你们两个能够有这样的想法，尊重对方，互相体谅，把最美好的仪式感留在美好郑重的时刻。

妈妈想和你说的是，不要有压力，也不要有需要对方负责的心态，一定是心甘情愿、水到渠成的美好感觉促使你愿意并享受其中的乐趣。既然是两情相悦，那么只要保证不伤害身体，其余的就顺其自然吧，不用紧张和有压力！

妈妈真心地祝福女儿在人生的每一个关键处都能把握好，也都有好运气。相信有妈妈祝福的宝贝永远都会那么幸福、幸运！还有，以后注意这样的事情还是文字沟通比较好，妈妈还真不适应你们年轻人这么大胆地当着对方的面交流的方式！

同时也特别感谢大女儿把妈妈当闺蜜的这种依赖和信任，这让我的责任感、幸福感爆棚呀！希望妈妈永远是你一生中最好的朋友、最好的闺蜜，你永远是我的“宝宝妹妹”，我永远是你的“妈妈姐姐”！

爱你的妈妈

2018 年 3 月 27 日

妈妈的 999 封情书：

不辜负当时的自己，就是最好的选择

亲爱的大女儿：

昨晚妈妈梦见你回家，妈妈也想起了年轻时候的自己，时光好快呀！

只要珍惜每一个宝贵的时刻，不辜负当时的自己，就是最好的选择！你没说，妈妈就不问。

但是妈妈愿意把这个美好的时间点帮你记录下来！连同我深切的祝福和期待！

爱你的妈妈

2018 年 3 月 30 日

妈妈的 999 封情书：

一旦我对你充满了信心，我的心中就只有祝福，没有担忧

亲爱的大女儿：

还有一周的时间，你就要远赴上海开始新的人生之旅。就像那天《让生活更美好》的读书活动现场上妈妈说的那样，一旦我对你充满了信心，我的心中就只有祝福，没有担忧。年轻就是最宝贵的财富，经历更是最宝贵的资源，妈妈真的很羡慕你，在年轻的时候可以有这样的机会出去闯荡世界，看见不一样的自己，过不一样的生活！

还记得爸爸妈妈和你一起回忆 2013 年的情景吗？还有去北京、去韩国的那些难忘的记忆，都会给予你力量的。也许你没有感受到，但是岁月已经慢慢让你成长得更加坚强、更加自立。那天听见你对妈妈说“不用送我，总是要走、要出发”，妈妈很心疼，但是更欣慰——女儿长大啦！

这个短短的假期，虽然妈妈陪伴得不多，但是妈妈在倾听你的故事这一点上，应该是有进步，这也是我这一段时间学习心理学的成果。虽然妈妈还是没有做到让你完全满意的专注和耐心，但是已经有了开始。妈妈也更加理解了你对爱情的浪漫期待，以及在日常生活里面对小矛盾的犹豫和纠结。

妈妈只能说，**生活到处是课堂，人生哪里都有考场。在这样的课堂和考场里，最终给出答案的人，只能是自己。**妈妈的想法固然重要，但是你必须要有自己的人生，要按照自己的心意去追求你想要的生活。还是那句话，只要是自己心甘情愿想要的，无论是过什么日子，都能体悟到乐趣。只要你感

觉幸福，只要你衣食无忧，其余的妈妈都愿意接受，愿意为你调整和改变。

将来你无论把一个什么样的男生带到我们面前，只要你确定，这就是你爱的人、你愿意选择的终身伴侣，那么妈妈无论喜欢与否，都愿意为你接受！这个你放心。你是爸爸妈妈此生最大的牵挂，你生活得快乐幸福是我们最大的心愿！

出门在外，安全和健康是第一位的。工作的事情，妈妈能帮助的越来越少了，我甚至都说不清楚你们公司到底经营什么业务。但是我总觉得我的大女儿在与人沟通交流方面有特长和优势，所以我相信在上海有了合适的平台，我的姑娘一定会越来越好的。祝福你，我最爱的宝贝！

爱你的妈妈

2018 年 7 月 2 日

妈妈的999封情书：

为了做自己喜欢并擅长的事，每次寻找和出发都是更好的成长

亲爱的大女儿：

感觉好久没有和你像昨天晚上那样黏黏腻腻地聊天了，在遥远的上海，你对爸爸妈妈的想念穿越了电话线，爸爸妈妈都感受到啦！尤其倍感欣慰的是，你告诉我说，终于在魔都的人群中，终于在奔波的辛苦中，懂得了当初爸爸妈妈苦口婆心督促你读书学习的用意。幸运的是，一切都还刚刚好，刚好来得及。其实，**只要开始，一切都来得及**。

一转眼，时间就过去了两个月。妈妈原以为可以安心地放手三年，不想那一晚知道你遭遇了小的挫折，又要重新开始，当时瞬间难以控制情绪。其实是妈妈心生内疚和自责，没有在高中三年给予你更多的指导，也没有在大学专业选择上有更多的考量。那晚妈妈带着这样的情绪辗转反侧，第二天就开始浑身疼痛。请假在家躺了一天，也再次思考了什么是人生最重要的。

第二天早晨，内心释然、情绪正常后，身体也好了。我想这也许就是上天赠予你的礼物——就职的第一家公司帮助你开启在上海孤身一人追梦的生活，还让你认识了新的朋友，也让你了解到原来自己具备在电脑前工作一天的能力，这已经足够。**离开和告别是为了更好的开始，为了做自己喜欢并擅长的事，每次寻找和出发都是更好的成长。**幸好，你也很快懂得了这些道理，第二天晚上妈妈就听见了你依然欢快的声音。

这件事让妈妈知道，你对我真的太重要了。你也要谅解爸爸妈妈，我们只有你一个女儿，这样**抑制不住地牵挂你并非对你不放心，而只是太爱你和在乎你，也希望你从此以后一定不要舍得让妈妈牵挂，务必照顾好自己的身体和心情**。

同时也让妈妈再次确信，只要我们对生活充满无限热爱，对生命无比珍惜，只要我们怀着感恩和珍惜的心，坚持成长，坚持梦想，那么就一定会拥有丰盈自在圆满的人生。**世界是同一个世界，在不同的人的眼睛里和心灵里，世界是如此的不同**！

世界无末日，未来有美好，生命真宝贵，你也足够幸运。妈妈相信你，一切都会越来越好。还有十多天你就回家和爸爸妈妈过节啦，期待着拥抱我的大女儿呀！

爱你的妈妈

2018 年 9 月 13 日

妈妈的999封情书：

只有你更加独立和坚强，人生才有更多的自由

亲爱的大女儿：

前天晚上，你在参加了310教师产能倍增训练营后兴奋地给妈妈分享，足足四十多分钟的话语流淌，让妈妈感受到你的渴望、你的期待、你的兴奋，还有小小的矛盾。

职场中的成长，需要的是自己慢慢地领悟。这方面你很擅长，所以妈妈只是在耐心地倾听。这也使妈妈再次反思从前自己没有学会倾听，总是会在你表达的时候，很着急地给你答案，其实你哪里是需要答案呢！其实你都懂得，而且妈妈也了解你温和的一面——尽管有时候内心不满意，也不会轻易地转换成怨恨，而总是会很快地记起对方的好。

但是，从前急躁的妈妈不懂，其实也是根本上不放心你。现在不一样了，你长大了。或者说经过了这一段时间的成长，妈妈更加充满了对你的信任和信心。所以我从内心里确认——你只是想和妈妈分享，只是想得到妈妈的支持和肯定，或者要是妈妈在你身边的话，你只是需要好好的一个拥抱而已！然后你就会整理好情绪，重新兴致盎然地出发。

你独自在异乡的日子，要说妈妈不牵挂是不可能的。但是，我还是不断说服自己——**放手也是爱护**。

最近一段时间，妈妈自己也体会到了责任的压力。所有人的人生尽管有很多的不同，但是规律性的东西没有人能避免。比如，衰老和死亡就是每一

个人都需要面对的课题。对妈妈来说，五个姐姐、三个老人都是我的责任。所以，我想目前我最需要做的就是努力爱护自己，让自己变成一个身体健康、精力充沛、内心强大的人。

平时生龙活虎的你老爸最近也总是感觉到疲劳，也需要妈妈学习转换角色，不能老是让他照顾和谦让。你看不知不觉中，人生每一个阶段的生活重点就发生了变化。所以，大女儿，**只有你更加独立和坚强，人生才有更多的自由，妈妈的心也才终于可以放下！**

妈妈还是希望你重视自己的身体，兼顾中药调理、睡眠、饮食和心情，相信很快就会恢复的。只要真心地相处相爱，你会发现两性的身体之爱，会让人心情愉悦并增加感情，让人体会到水乳交融的感觉。一切都是水到渠成、顺其自然，尤其是得到妈妈祝福的爱一定会越来越好的！

爱你的妈妈

2018 年 10 月 27 日

妈妈的999封情书：

经营好一段美好的感情同样是特别重要的事业

亲爱的大女儿：

时间真的是太快啦！翻看前一封情书，日期已经是三个月前。初六我们在火车站告别，但从你离开的那一刻就开始想念。我重新陷入过去的模式——反省、自责、期待。但是不同的是，妈妈在淡淡的失落里逐渐领悟到这是你长大和独立模式的开启，尤其是初七晚上接到你的视频电话，看见黄大厨做的美食以及你依然欢快的样子，马上释然。

也想起了从前我上大学的时候，经历了盼望回家到渴望离家的过程。每一代人的成长都有自己时代的痕迹，但是总是有很多共同的规律。妈妈希望可以真正理解你的内心，但是很多时候做不到，于是就回到了唠叨的老路上。本来我一直以为自己永远都不会是一个唠叨的母亲呢，可是这次你回来我发现，你何时睡觉、是否喝水，这些与你身体健康息息相关的事情，妈妈都特别在意，不断督促，可惜并没有更好的效果。看来，我确实应该反思自己，绝对地相信你可以管理好自己，放心才能放手呀！

三月份你要回来考试，我们很快就要见面啦！妈妈特别希望的是看见你通过这一段时间的锻炼和调整，更胖一点，更有活力一点。小的时候，你的运动能力就很强，也特别活泼开朗，这些都是你的特质。而且你也看见了爷爷家的血脉里，有那种特别勇敢、特别坚强的性格特质，从法国回来的姑姑还有小俊姑姑都是实际案例，她们都在生活中激发了自己的潜能，成为独当一面的女强人。妈妈其实并不希望你做女强人，只是希望你在成长的年龄里大胆地培养和锻炼自己，因为你是一颗特别有潜质的钻石，还可以更加熠熠（仪仪）生辉呀！

你说得对，你有足够的自信和能力吸引喜欢你的小辉，这也是你的独特魅力。**经营好一段美好的感情同样是特别重要的事业，妈妈祝福你！**得到爸爸妈妈祝福的感情，幸福的概率会相当大，妈妈努力做好自己，争取给你加分！

每次到最后还是要忍不住嘱咐你早点睡觉，坚持锻炼，记得喝水。我也特别希望你能不把这当成唠叨，而是听见这里面的爱意和在意！

特别感谢我亲爱的大女儿对妈妈的包容和爱护，尤其是每次外出的时候都能体会到被你呵护的温暖，感觉特别幸福呀！

爱你的妈妈

2019 年 2 月 13 日

妈妈的999封情书：

只有将聪明与勤奋、自律结合在一起，才会取得期待的成就

亲爱的大女儿：

真的仿佛每次给你写情书，都要感慨时光的流逝。因为每次我都会看一遍最近的一封情书，然后惊觉竟然几个月的时间过去了。你一周岁开始，妈妈就在“梦幻童年”的日记本上记录你的成长，那时候就经常有这样的感慨。不过不变的是，每年春天都是一定要写点什么给你的。

这一段时间是妈妈人生中很特别的时光，陪伴姥爷走完在人间最后的十二天。妈妈学习适应人间没有他的事实，现在，不管是笑着还是哭着想念他，我终于适应了老爸在天上爱着自己的事实。也相信，一切都还和从前一样，除了不能有身体上的亲密接触，其余的都一样。通过这段日子，妈妈也更加理解你失去爷爷的心情。当时的你，还那么小，独自承受那么多，而且没有得到妈妈足够的体贴和支持，现在想想确实非常抱歉和自责。

不过我想，**经历过与至亲分离之苦的我们，对生命和生活，对每一个普通的日子都会有不一样的理解和看见。我们会更加珍惜亲人，珍惜自己。**我现在每天都用管理的思维来对待自己的饮食、睡眠和运动，对待工作和家人，这就是一种深刻的珍惜。**我想我对你最好的爱，应该是在你人生中每一个重要的时刻，都陪伴在你身边**，尤其是你做新娘的时候和做妈妈的时候。我有了这个清晰的目标后，对之前自己比较随性的生活习惯有了很多改变。我按

时喝水，按时睡觉，尽最大可能理解别人的心境，这样保持自己心境的平和就变得更加容易。

由此，**妈妈特别希望你也能这样爱护自己，把自己当成一家刚刚起步的创新公司，让这家公司在自己的管理下不断盈利，不断发展壮大，不断发挥影响力，实现更多的可能性**。你的公司现在已经从一个小城市搬迁到中国最发达的城市，那是国际级别的大都市。虽然那里竞争很激烈，但是那也是具有无限可能性的大舞台呀。只要有自己的特色，妈妈相信你的公司也一样会有自己的独特光芒，值得妈妈为你骄傲！任何公司维持基本运作都离不开CEO的总策划和总经理的执行力。这些角色都是你一人担当，那就要靠你的智慧和自律啦！**只有将聪明与勤奋、自律结合在一起，才会取得期待的成就。妈妈愿意与你共勉！**

夏天很快就来啦！南方的夏天也是对你生活的一种考验。一转眼，你到上海都快要一年了。想想大女儿独自闯荡江湖，很快地适应了那里的生活和工作，真的很不容易呀！祝福大女儿工作顺利，不断成长。三尺讲台是心灵的舞台，希望女儿可以经常表演，获得演出的乐趣，也找到自己安身的意义！

爱你的妈妈

2019年5月2日

妈妈的999封情书：

在积极乐观地面对生活方面，你是妈妈的人生导师

亲爱的女儿：

写给你的这些情书就像你小时候妈妈给你记的那本“梦幻童年”。每次翻看，自己都会被那里面浓浓的温情和爱意感动。可惜，忙碌的生活却让情书间隔的时间越来越长……

这一段时间，留在内心的美好记忆太多了。在上海的一周，你贴心地照顾妈妈，你过生日那天我们度过欢乐的时光，我们一起在音乐剧的中场休息时间吃蛋糕，午夜时分在上海的街头逛荡……

国庆节，我们一起拍照，你送给爸爸妈妈“三只小猪”的粉色蛋糕，还有你没被爸爸妈妈理解到心意而委屈和流泪……

这两个月以来，妈妈因为颈椎疼痛，写字少了，却因为这次疼痛更多地感受到来自你和爸爸的关爱。银婚纪念日上，爸爸的发言瞬间打动我的内心，忍不住热泪盈眶。妈妈深深地感受到相亲相爱的一家人一起经历风风雨雨是那么难得和不容易。二十五年的时光，回首望去竟然仿佛一瞬。不得不感慨岁月的神奇，而你就是神奇的馈赠和爸爸妈妈婚姻的见证。

这次国庆节假期结束，你回上海后，我们平时的联系好像少了一些，但是妈妈确实更加心安了。妈妈少了牵挂，多了放心，尤其是听到你说跳舞后感觉到了身体的轻盈，而且还每天坚持学习。在感情问题上，你也知道在小辉找工作的艰难时期，要把小矛盾和困扰都搁置起来留给时间，留给不断成

熟的自己和对方慢慢决定，而要紧的事情是努力提高自己生活的能力、独立的能力。

好多人都说妈妈是一个正能量的人，在这次爸爸和你的交流中爸爸也谈及妈妈对他的影响。这都让我特别感动，其实在**积极乐观地面对生活方面，你是妈妈的人生导师，也是我努力的最大动力源，我不知道自己除了更好地活出期待的样子，不断成长，不断创造更多的美好之外，还能给你做什么**。爸爸妈妈都在不断变老的过程中，生活上对你的照顾会越来越少。如果妈妈在精神上可以给你美好的影响和激励的话，那就是妈妈最幸福、最幸运的事情！

太子河畔的相片，妈妈好喜欢呀！等爸爸妈妈金婚的时候，记得要带着你的儿子女儿陪我们旅拍呀！好期待呢！为此，妈妈对未来充满向往！

爱你的妈妈

2019 年 10 月 29 日

妈妈的999封情书：

兜兜转转这么久，你们还在一起，都在为对方不断地调整和改变自己，不断地学习如何从我到我们

亲爱的女儿：

真的都有这么久了吗？妈妈都有两年多没有给你写情书了？再次感慨光阴的飞逝，再次为曾经留下来的美好而感动。

昨天晚上妈妈和你视频了100分钟，看着视频里你和小辉贴在一起的脸，还有你当着他的面和我交流各种话题，妈妈其实真的很为你感到高兴，因为你是一个非常幸运的姑娘，是一个得到很多爱的人。如今，和小辉大学毕业都五个年头了，要是从你们相识算起，就更久啦！2021年5月1日，当妈妈看见你们领证后发给我的相片的时候，你不知道妈妈有多么开心！茫茫人海，从东北到江南，其实人和人的因缘际会，命运早已经有所安排。妈妈始终相信，上天会眷顾每一个用心生活、用心付出的人。

兜兜转转这么久，你们还在一起，而且更重要的是都在为对方不断地调整和改变自己，不断地学习如何从我到我们。这就是答案，这就是选择。你长大后在选择问题上总是犹豫，其实这与你小时候我在很多事情上的强势表达是有关系的。那时候，妈妈不懂得小孩子的心理，总是按照自己的喜好来指导你的选择。

对于一些事情，妈妈一直感觉非常遗憾和内疚。有一次，你非常开心地陪伴妈妈选手机，之前也说好了让你来选，可是当最后你没有选择我心仪的那款的时候，妈妈直截了当地自己做了决定。还有你小时候在超市里买小手

表，你为到底是选绿色还是粉色而犹豫不决的时候，妈妈就着急地替你做了决定。渐渐地，你就习惯了听妈妈的。等到自己的独立意识逐渐明晰，特别想做自己的时候，却发现在有些事情上已经因为习惯而有了依赖。

也许这些事情你已经不记得了，但是妈妈却一直心怀内疚。还好，如今看见了女儿在自己人生大事上的选择，妈妈感到非常安心、放心。我想，我也要从此谅解自己第一次做妈妈的不完美吧。

新的一年，带着那么多爱的一年来到了我们身边。真心地祝福我亲爱的大女儿，好好地经营自己的亲密关系，好好工作，好好锻炼身体。要是喜欢跳舞的话，妈妈特别特别希望你能坚持。真的好喜欢你跳舞的样子，整个生命都在舞动，那么充满活力和自信，与平时的你有很多的不一样。

昨天你再次问妈妈，如果对生活你有不一样的选择，妈妈会不会接受。妈妈的回答你非常认同：**我接受不接受会改变事实吗？你已经长大了，对于你的人生，最后承担的人是你，只要是你的选择，只要你快乐幸福，爸爸妈妈都会非常高兴地接受，这绝对是我们作为父母发自内心的想法。**有的时候，干涉也好，建议也好，也是因为从我们的角度看觉得这样会让你幸福，仅此而已。

再次深深感恩我亲爱的女儿，那种对妈妈身体的关心爱护，那种对妈妈的珍惜和在意，总是让我觉得世界上最幸福的人就是我。我也特别希望我的大女儿早日做妈妈，将来也有一个贴心的小棉袄时刻温暖你，不过要是再有一个小保镖葫芦娃就更完美啦！

为了美好的期待，妈妈内心充满了无限的祝福，也愿意为此每一天都好好工作，好好生活，锻炼身体，爱护自己和亲爱的人。等我们两个老了，你们在上海等着我们，那是多好的风景呀！必须要加油呀，亲爱的生活！

爱你的妈妈

2022 年 1 月 11 日

妈妈的 999 封情书：

幸福就是靠自己的劳动，尽好自己的义务，服务于他人

亲爱的女儿：

终于在这个早春的周末看完了你的文章，你简单的叙事让妈妈两次热泪盈眶。一处是你写周末我们一起看电视的那一段。你这样写："还有一个周末，我和妈妈一起睡了懒觉，还一起看了会儿电视。我跟妈妈说：'妈妈，能和你一起看电视，好幸福啊。'直到今天我还能记得，那天早上，阳光明媚，我和妈妈躺在被窝里一起看电视，我看着妈妈的脸。幸福的日子我不想忘记。"还有一处是你写爷爷的那一段："我一看到他们就想到了您，我看着他们聊天的时候，偷偷地流下了眼泪，只好把脸转了过去。我跟他们聊天的时候，我终于可以喊一声'爷爷'，我觉得很幸福，因为我已经很久没有说过一声'爷爷'，只是这样我就觉得很满足。"

你看，**发自真心的表达总是会触动人的内心。一种书写如果感动到自己，感动到自己爱着的人，就是有意义的书写，妈妈非常欣慰地看见你也喜欢这样的方式。**在 2019 年刚和你姥爷分离的那一段时间，就是书写陪伴和治愈了我，让我明白，人世间没有真正的分离，爱是永恒的。

妈妈真的特别开心，你比妈妈年轻的时候成熟自信，也有自己的想法。你不仅和妈妈一样浪漫多情，还有更多的理性思考。尤其是最后你说的那句话："以前我总是想改变世界，让这个世界变得更好，让家人变得幸福，等

等。但是某一刻我也想，我应该学会先让自己过得幸福，也许那样才能让家人幸福，慢慢地也可能有改变世界的那天。”妈妈就是看见一篇文章表达过类似的观点，从此以后对好几届学生推荐这样的思考方式，这也特别符合“修身、齐家、治国、平天下”的中华传统文化的核心思想。你看，大女儿，你的思考真的特别有深度，也有意义。**让自己幸福，才能让家人幸福，进而让更多的人幸福。**妈妈到了中年才想明白的道理，而你年轻的时候就懂得了，这真的特别特别好！

这个周末我和爸爸躺在床上聊天的时候，我问他：“人生的意义都是自己寻找和创造的，那么你找到的意义是什么呢？”看他不说话，我就自问自答地说，我的人生意义就是要好好爱自己，爱家人，爱生活，爱很多很多的人。后来，爸爸也说他找到的和我差不多，就是让自己快乐，也让家人幸福。

这个周末，我们非常愉快地看书、散步、游泳，当然中间的小插曲是偶尔他的小脾气发作的时候，我总是第一时间就想起他温柔地对我的那些画面，结果难得的笑容就会荡漾在他那平时总是显得有点严肃的脸上。由此，我问自己：什么时候我才能做到不受身边人的影响而总是积极愉快呢？答案是我做自己喜欢的事情且身心愉悦的时候。

无论是战火还是病毒，很多事情都不在我们的预料之中。**但是我们依然可以确定的是，在平凡的生活之中，爱是我们的信仰，是我们的力量。幸福就是靠自己的劳动，尽好自己的义务，服务于他人。**这是你很早就懂得并努力践行的道理，我最亲爱的女儿，你一定会一生幸福的。

谨以此情书，回复你的文章并再次表达深深的感激，命运对我如此眷顾，她对我这么多年辛勤付出的最大奖赏就是你。今天妈妈因为没有参与先进评选工作，心里也有小小的波动，但因为看了你的书写，以及给你的这封情书，现在已经恢复了平静。

此刻，外面的天也晴了，淡淡的蓝，就像我此刻的心情。再次感谢大女儿如此爱妈妈！

爱你的妈妈

2022 年 3 月 13 日

十年后女儿写给妈妈的回信

写给自己的情书

作者：宋庆仪

因为新冠疫情被隔离，出发之前，我收拾了很多要带的东西。我们穿上了白色防护服，在门口等了半个小时。

风很凉爽，却无法闻到新鲜的空气，因为戴着厚厚的口罩。一路上，吹着风，突然就流下了眼泪，回想着上海疫情以来发生的故事。

开始的时候，他每天也居家，每天会给我做很多好吃的。可是我却还是因为一些小事情，和他生气吵架。

后来，他需要去单位工作，晚上也不能回来。我每天只能随便弄点吃的，然后因为他不能在家而不开心，还经常会哭。

接着，上天又决定了，把我住的地方也带走了，让我们去酒店隔离，因为我们楼里有阳性病例。

这时，我才意识到，自己的小屋也不能住了。那天才发现，清晨的小屋是那么好看——粉色的墙，配上我画的那幅粉色的天空画，还有暖黄色的灯光，而这些竟然以前都没发现。

《积极心理学》的老师说，我们会习惯于每天拥有的东西，因为熟悉了，就渐渐意识不到它们的存在。我为要离开小屋而焦虑，夜里睡不好，第二天早上又吐了。那时候我发现，不仅仅要失去小屋，可能连好的身体都没有了。

那几天，一步步的失去让我明白，真的要学会发现生活中的美好。很多时候，并不是我们拥有的不够多、不够好，而是我们没有真的好好地感恩、好好地欣赏。很多时候，我拥有的美好，其实应该值得很多的快乐，但我感受到的快乐却很少。

其实我自己，也是因为初中的经历而形成了一些思维习惯，总是对自己的现状不满足，总是会对自己说，这次考得还不够好，还要考得更好才行。在负面情绪的累积中，渐渐形成了对生活不满意的、消极的态度。

其实从上大学到现在这么多年，我就一直在寻找以前的自己。可是，我一直找了好多年，也没有找到。

直到这次隔离，在这个小小的地方，经历了第一天的极度痛苦、幽闭等，我发现，我终于找到了苦苦寻找多年的小时候的那个最喜欢的自己。

原来，那个自己，就是一个很快乐的自己，是一个会满足的自己，是一个会发现许多小美好并为此感到幸福的自己，是一个很阳光的自己，而不是那个一直挑剔的自己。

也通过这次的隔离，我意识到了自己的好。

我意识到，我真的拥有很多，不仅有最幸福的家庭，有很体贴他人的性格，而且我发现自己其实很漂亮。工作上也很努力，可以在年会上领奖。虽然公司不大，但是我有在自己的岗位上做好自己的工作。我的学生能在我不教课很久了还加我微信，学生家长会主动联系我，说小朋友想我了。

我会鼓励家长说，对于有多动症的小朋友，要发现他的闪光点，果然在我的课上孩子表现得越来越好。我会在课上给小朋友传递一些充满正能量的思想，让他们更积极乐观、善良有爱。

我有那么多好朋友、爱我的家人，做我的后盾。我有最好的眼光，能发现最闪亮的星星。**我真的好幸运，我想这可能也是妈妈这么多年来一直心地善良、一直在付出爱的回报吧。**

十二月明星教师
第一名：张杨路 张子禄
第二名：徐家汇 宋庆仪
夏夜的星空花园

夏夜的星空花园

我一直在进步，现在在学习《积极心理学》。虽然遇到了许多挫折，但我总是能一次次地站起来，不会被困难打败。

虽然我可能不是那个最优秀的，不是工资最高的，但是我却能每天给我的学生带来许多好的影响，这不是一件很有意义的事情吗？我确实是一个很幸福的、很幸运的、有趣的、积极的小可爱呀，可是我却很少给自己以肯定。

妈妈写的情书里面，总是希望我有一个自己的人生理想。我想，经过这几天，我现在能想到的理想就是，在每一天都带给身边的人阳光、快乐和温暖。我希望他们可以因为我的存在而变得更开心一点点，或者更热爱这个世界。在此基础上，无论我从事什么工作，其实每一分、每一秒都可以实现我的理想。

我觉得一定要学会让自己开心起来，尽可能跟随内心做选择，做自己最想做的事情，做让自己开心的事情，不要总是压抑自己的内心。同时，即使在无法实现最理想选择的时候，也能通过自己对生活的感激而变得开心。

在隔离期间，我也意识到自己的问题，就是有些好高骛远，不够踏实。总是学这学那，却不能专注和坚持，在学习方面还不够勤奋。喜欢一下子定很多目标，却不能好好落实。所以，我给自己重新定了目标，主要包括跑步、学习和读书三方面，希望回去以后好好执行。

我感谢这次隔离，虽然幽闭恐惧症发作很痛苦，房间刚刚装修也有甲醛，但我还是很感谢它。这次隔离不仅让我努力克服了幽闭恐惧症，让我完成了去年想做却没做成的事情，而且让我找到了那个失散多年的自己。

我今天看到一个视频上面说，如果你害怕一件事情，你就去做，因为你会发现在后面藏有上天给你的礼物。

没想到，这阵雨，一下就下了十多年。不过，我想从我走出这个房间开始，乌云散去，太阳又会开始照耀了。希望大家也能多多欣赏自己，从心底爱自己，爱自己生活中的小美好。

2022 年 5 月 23 日

生活篇后记

谨以此情书感恩多年来关心爱护我们“三只小猪”的家，关心爱护女儿成长的亲人和朋友们！成为女儿的闺蜜和好朋友，是我这么多年来对生活的热爱和付出所得到的最高奖赏和荣誉。和她一起的每次旅行都是最快乐幸福的享受，在她的督促下自己也始终在向上生长，不知不觉中由当初想成为她的幸福榜样而努力积极乐观，到现在真的发现自己越来越平和淡定，逐渐接近多年来自己期待的模样。也借此机会真心祝福天下所有的亲子关系都在双方不断的成长中，协调平衡至恰到好处的距离，给予彼此更多的滋养和力量。这个世界和人生都充满着太多的不确定性，但是爱是永恒确定的信仰和方向。血缘深情的链接是给予彼此勇气和自信的最初和最后的源泉！

爱，生生不息，循环往复，生命因此坚韧而美丽！

玉萍

2022 年 8 月 29 日